Werner Schneyder

Die Socken des Kritikers

Werner Schneyder

Die Socken des Kritikers

Ausgewählte Erzählungen

Langen*Müller*

Besuchen Sie uns im Internet unter:
www.langen-mueller-verlag.de

Umschlaggestaltung: Wolfgang Heinzel
unter Verwendung eines Motivs von Felix Weinold
Herstellung und Satz: VerlagsService Dr. Helmut Neuberger
& Karl Schaumann GmbH, Heimstetten
Gesetzt aus der 10/13 GaramondBQ-Regular
Druck und Binden: GGP Media GmbH, Pößneck
Printed in Germany
ISBN 978-3-7844-3170-3

Inhalt

Die Socken des Kritikers

Die Bühnenbildnerin war eines der von der Natur mit überreichen Gaben ausgestatteten Geschöpfe. Sie war bildschön, groß, schlank, biegsam, rehäugig, sprach mit einer wunderbaren leicht abgedunkelten Stimme, die nur beim Lachen ganz hell wurde. Sie war Tochter eines berühmten Bildhauers, hatte es aber keineswegs dem Namen ihres Vaters zu verdanken, an der besonders guten und daher von vielen begehrten Akademie aufgenommen worden zu sein. Nein, es waren ihre eingereichten Blätter, die das Kollegium sofort von einer Ausnahmebegabung sprechen ließen.

Nach kurzer Studiendauer schon hatte sie als Assistentin eines – von ihr immer schon verehrten – internationalen Spitzenmannes beginnen können, und nicht, weil sie sich angeboten hatte, nein, weil er gekommen war und gesagt hatte: »Hätten Sie Lust, bei mir mitzuarbeiten?«

Männer konnte sich dieses Mädchen – wen wundert das nach der bisherigen Beschreibung – aussuchen. Sie aber machte von dieser Möglichkeit keinen Gebrauch, denn sie hatte ihre große Liebe schon gefunden, einen Medizinstudenten, Mitglied des Nationalkaders der Florettfechter, Sohn einer alteingesessenen Gutsbesitzerdynastie, ein Bild von einem Mann. Die Freundschaft mit diesem jungen Mann bot als Freizeitwert, als Ergänzung des Wesentlichen, noch den offenen Sportwagen, das verschwiegene Jagdhaus und den Wanderweg am Privatbach. Wenn von uneingeschränktem Glück gesprochen werden kann, dann von dem dieses Paares.

Denn – und das hat bei aufgeklärten, intelligenten jungen Menschen mit Glück zu tun – die beiden hatten nicht übermäßig viel Zeit füreinander, sie liefen nie Gefahr, aneinander zu kleben. Sein Medizinstudium erforderte im Verein mit dem Fechttraining viel Zeit, die Bühnenbildnerin war, dem Meister immer unentbehrlicher werdend in Sachen Assistenz, des Öfteren in anderen Städten, auch schon in Übersee.

Das Thema Treue behandelte sie unpanisch. Man wusste, man lebte füreinander, jedes Wiedersehen war die Bestätigung, immer ein großes, romantisches Fest.

Die Bühnenbildnerin war auch – das zu vergessen wäre für die Erzählung verhängnisvoll – ein besonders gut gekleidetes Mädchen. Natürlich fällt es schönen, quasi dem Katalog entstiegenen Körpern leichter, sich zu umhüllen, eine Person dieser Bauart kann in die besten Läden gehen, mit dem Finger auf ein Stück zeigen und das Geschäft mit einer passenden Sache verlassen. Aber wenn wir von Geschmack sprechen, dann zielen wir höher. Dann meinen wir das Definieren des eigenen Typs, das Schaffen von

Unverwechselbarkeit durch Zuordnung von Schnitten und Farben.

Nun, was dieses Mädchen trug, war das Unauffälligste an unübersehbarem Chic, das vorstellbar ist. Von dieser ihrer Unfehlbarkeit profitierte auch ihr Freund, der Medizinstudent und Florettfechter, sehr, denn der kam in modischer Hinsicht aus einer langweiligen Gutsherrentradition, der er sich allzu auffallend und allzu trendbewusst widersetzte. Liebevoll redete die Bühnenbildnerin ihm seine Zeitgeistgewandungen aus, meist, indem sie ihm Alternativen schenkte, die auch nicht konventionell, aber eben schön waren.

Idyllen der geschilderten Art sind befristet, wenn sich die berufliche Karriere mit ihren Gesetzmäßigkeiten einstellt. Es kam der Tag, an dem ein Opernregisseur, der die Bühnenbildnerin als schon sehr selbständig arbeitende Assistentin ihres Meisters kennengelernt hatte, Intendant eines Staatstheaters wurde, dort das seiner Meinung nach allzu eingesessene Personal entließ und Platz für Neuengagements schuf. Frei war so auch eine erste Position im Ausstattungswesen geworden, und die bot der Intendant der schönen Bühnenbildnerin an.

Es ist seltsam in diesen Berufen. Man arbeitet auf den Tag eines derartigen Angebotes hin, hofft darauf, rechnet damit, wird aber doch wie vom Blitz getroffen, wenn es kommt. Denn eine Absage wäre vor der Karriere kaum zu verantworten, eine Zusage aber bedeutet einen Ortswechsel, bedeutet eine schwere Prüfung für eine Beziehung, besonders wenn sie die große Liebe ist.

Die Bühnenbildnerin besprach sich mit ihrem Medizinstudenten und Florettfechter. Der sagte: »Wenn dir so dran liegt, dann mach es, irgendwie liegt es zeitlich ideal, ich habe jetzt meine – hoffentlich – beiden letzten Semester vor mir, ich muss lernen wie ein Irrer, mich haben die letzten Trainingslager auch arg viel Lernzeit gekostet, mach's, ich besuch dich, wie ich kann, was sind acht Stunden Eisenbahn, ich kann während des Zugfahrens lernen.«

Die Bühnenbildnerin erzählte ihrem Meister, sie würde laut Angebot mit der *Carmen* als Eröffnungspremiere der neuen Ära beginnen und im ersten Jahr noch einen Mozart und eine Uraufführung ausstatten. Der sagte: »Ich muss Ihnen nicht sagen, wie ungern ich mich trenne, aber worüber denken Sie noch nach? Das ist von der Größe her das ideale Haus vor der ganz tollen Karriere, und die machen Sie, glauben Sie mir.«

Jetzt war also die Bühnenbildnerin in der Stadt mit dem Staatstheater. Ihr Glück hatte sie nicht verlassen.

Im Theater herrschte die Aufbruchsstimmung eines jungen Teams, die Technik und der Malersaal akzeptierten sie schon nach den ersten sachlichen Kontakten, ja, man wunderte sich – wie bei einer so schönen Frau üblich – über die bestechende Professionalität des neu engagierten Mitglieds.

So wie sie im Theater erstklassige Arbeitsbedingungen vorgefunden hatte, fühlte sie sich in einer Mietwohnung in der Altstadt wohl, die ihr Geld wert war, weil die Fenster der Rückseite den Blick auf einen kleinen Fluss und die dahinterliegende, verwachsene alte Stadtmauer freigaben. Dieser Platz an den Fenstern war ein geradezu traumhafter für die Arbeit mit dem Skizzenblock.

Die Vorstellung der schönen Bühnenbildnerin von *Carmen* deckte sich mit der des Regisseur-Intendanten. Sie wollte nicht das tradierte Opern-Sevilla bauen, sondern die Vorstadt, die Provinz. Ihre Zigarettenarbeiterinnen sollten nicht frisch geschminkt aus der Maske, sondern notdürftig gewaschen aus der Fabrik kommen. Ihre Schenke war weniger Vergnügungsetablissement als Ganoventreff, die Schlucht nicht wildromantisch, sondern kalt und grausam, der Platz vor der Stierkampfarena wurde zu einer Menschenarena, zu der des Entscheidungskampfes zwischen Carmen und José.

Die Premiere war umjubelt. Die jungen Sänger machten das Fehlen stimmlicher Sonderklasse durch körperliche Authentizität wett, der Regisseur hatte Mut zur Aktion, der Dirigent begriff die Musik schlank und nicht fettig, und alles wurde zusammengehalten durch den Formwillen der schönsten Frau, die sich je in diesem Theater verbeugt hatte.

Der Kritiker der einzigen bedeutenden, überregionalen Zeitung dieser Stadt hatte eine weitgehend gute

Meinung über diese Premiere, mit einer krassen Ausnahme:

»Schade, dass die neu und wohl fahrlässig längerfristig an das Haus gebundene Ausstatterin die Opernbühne mit einer Boutique verwechselt. Da fehlt es an der großen Linie, da fehlt es an der ästhetischen Konzeption, das ist nichts als modische Koketterie, die sich als Stil ausgibt, die Farben gefallen sich in Disharmonie bis zur schlichten Geschmacklosigkeit.«

Die Bühnenbildnerin saß in einem leichten weißen Bademantel vor dem sonnenüberfluteten Frühstückstisch, hörte die Vögel von der Stadtmauer zwitschern und heulte. Die Tränen flossen in die Honigschale und auf das Croissant. Sie zerknüllte die Zeitung, rief bei ihrem Freund an, den sie aber nicht erreichte, rief ihren Meister, den berühmten Bühnenbildner, an, erreichte dort nur dessen neue Assistenz, worauf sie nichts als kurze Grüße bestellte, legte wieder auf, schüttete sich eine Tasse schwarzen Kaffee hinein und heulte noch einmal.

Es war die erste Niederlage ihres Lebens, wenn wir von einer misslungenen Lateinarbeit in der elften Klasse absehen.

Diese Kritik war ihr in jeder Hinsicht so unbegreiflich, ließ ihr keine Chance zum Argumentieren, war im Vernichtungswillen zu überdimensioniert, nahm ihr jegliche Luft. Sie hatte schon Kritiken über die Arbeiten ihres Meisters gelesen, die nicht immer nur jubelnd waren, die einschränkten, ja eine gewisse Missgunst erkennen ließen, was sie das eine oder andere

Mal auch richtiggehend empört hatte. Aber nie war es eine Kritik gewesen, die dem Bühnenbildner den Rang, die Berechtigung, diesen Beruf überhaupt auszuüben, absprachen. Sich in Fragen der Ästhetik, des Geschmacks, also auf dem Gebiet ihrer angeborenen Domäne, disqualifiziert zu lesen hatte für die schöne Bühnenbildnerin den Stellenwert eines Messerattentats.

Die kuriosesten Gedanken gingen ihr durch den Kopf. Mit dem Taxi zum nächsten Zug wollte sie fahren und auf Nimmerwiedersehen abhauen. In die Redaktion wollte sie gehen und dem Mann in die Eier treten. Widerlich kitschige Entwürfe wollte sie zeichnen, dem Kritiker schicken und dazuschreiben: Wäre Ihnen das lieber?

Langsam nur kehrte die Lebensfreude zurück. Daran war der Anblick nicht unbeteiligt, den sie sich im Spiegel bot, als sie aus der kalten Dusche kam und ihr braunes Haar zu bürsten begann. Sie sah an sich hinab, als ob ihr dieser Körper nicht bekannt sei, dachte, das wirst du nie sehen, du Arsch!, und begann sich – zum ersten Mal seit der Trennung – wie verrückt nach ihrem Freund zu sehnen.

Im Theater empfing sie der Intendant mit dem richtigen Ton.

»Damit müssen wir leben, ich weiß, das sagt sich leicht, wenn man ausnahmsweise nicht selbst betroffen ist, aber ich hab's auch lernen müssen.« Und er lenkte das Gespräch sofort auf die kommenden Projekte.

Sie hatte sich über den geplanten Mozart schon Gedanken gemacht, konnte sie auch gut und mit überzeugendem Feuer erläutern, brach nur einmal in ihrer Interpretation ab und starrte auf die eben hingeworfene Skizze.

»Was haben Sie denn?«, fragte der Intendant.

»Ich habe mich gefragt, ob der Herr das nicht auch geschmacklos findet«, sagte sie.

»Spielen Sie nicht verrückt.«

Als ein nachmittägiges Telefonat ergab, der Freund würde über Samstag und Sonntag zu Besuch kommen und am Sonntag – da war *Carmen* angesetzt – unbedingt die Vorstellung, vor allem aber ihre Bühnenbilder, sehen wollen, war die Katastrophe fürs Erste überwunden. Das Leben konnte, wenngleich nicht ganz so wie bisher, weitergehen.

»Wollen Sie wissen, wie dieser Mann aussieht, der Sie so liebt?«, fragte im Vorbeigehen ein altgedienter Meister im Malersaal die schöne Bühnenbildnerin.

»Der Typ ist heute spätabends im Fernsehen.«

Ja, sie wollte ihn sehen, und wie sie ihn sehen wollte, und sie wollte ihm auch gut zuhören, wenn er eine Kulturdiskussion unter dem Titel *Wesen und Chancen des Operntheaters außerhalb der Weltmetropolen* leitete. Konzentriert saß sie, einmal mit der linken und einmal mit der rechten Hand nach der Tasse mit Malventee fassend, vor ihrem kleinen Fernsehapparat und wartete gierig auf den ersten Schnitt auf den Leiter der Diskussion.

Da saß er nun, der Mann, der *es gewagt* hatte. Da saß er nun und sprach, stellte die Diskussionsteilnehmer vor, erhoffte sich *Anregendes* und *Kontroverses*.

Zunächst nahm die Bühnenbildnerin an dem Mann nur wahr, dass er sich beobachtet fühlte, von einer Kamera beobachtet, und nicht die Souveränität hatte, sich einfach beobachten zu lassen, sondern bei jedem Wort, das er sagte, bei jeder Kopfdrehung, die er für angebracht hielt, sich fragte: Wie komme ich?

Zufrieden schlug die Bühnenbildnerin ihre langen Beine übereinander. Er fühlt sich nicht wohl in seiner Haut, dachte sie, wie beruhigend. Dann untersuchte sie sein Outfit, und da stockte ihr der Atem. Der Kritiker, in dessen Besprechung ihrer Arbeit die Worte *Geschmack* und *Ästhetik* nicht zu knapp vorgekommen waren, hatte ein Hemd an, das ihm jede stellvertretende Gewandmeisterin der *hinterletzten Provinzklitsche* vom Leib gerissen hätte. Ein Hemd, das bei breitschultrigen, blond gefärbten, Goldkettchen tragenden Zuhältern zum Kostüm gehört, an dem eher kleinen, leicht fetten und angeklatscht frisierten, nervös auf seinem Sitz wetzenden Intellektuellen aber grotesk war, in seiner Geschmacklosigkeit nicht mehr einzuordnen: ein glitzerndes Seidenhemd mit ineinanderrinnenden Farben, in denen Violett und Gelb dominierten, dazu trug der Mann einen braven, nach Buchhaltung riechenden graubraunen Trevira-Anzug. Der Höhepunkt seiner Selbstverstümmelung aber waren die Socken, die er zu Schuhen aus Plastik trug. Socken, deren Karo und deren Farben den aufstrebenden, dynamischen jungen Managertyp zu symbolisieren hatten. Socken, bei deren Anblick schon im Glanzpapierinserat die Bühnenbildnerin ein ästhetisches Ekelgefühl verspürte, Socken, die an den schwarz behaarten Beinen des Kritikers in Trevira-Anzug und superpoppigem Hemd für sie aber den Stellenwert geschmacklicher Apokalypse hatten.

Ihr Blick fraß sich an den Socken des Kritikers fest, sie hörte keine Sekunde mehr zu, was geredet wurde, sie sagte sich in Gedanken nur immer wieder Passagen seines Verrisses ihrer Arbeit auf und verglich diese Feststellungen mit dem Anblick der Socken.

Sie hatte gesiegt. Sie fühlte sich befreit. Sie hatte in allem und jedem vor den Göttern der Schönheit recht. *Ihr* Geschmack war es, der sich vor dem Olymp nicht zu verstecken hatte. Und schon überhaupt nicht vor einem Mann mit diesen Socken.

Sie begann zu zeichnen. Sie zeichnete Figurinen, leicht dickliche Männer mit überdimensionalen, scheußlichen Socken. Sie zog den Männern Sockenmasken über das Gesicht, und diese Masken hatten das Aufsteigerkaro in der penetranten Farbkombination. Zum krönenden Abschluss ihrer Rache zeichnete sie den Kritiker von hinten und karierte seine Arschbacken.

Im Hochgefühl befreiender Aggression träumte sie in dieser Nacht von Männern in entlarvenden Socken. Die Socken waren ihrer Seele zum Symbol der geschmacklichen Gegenwelt geworden.

Zwei Tage später reiste der Medizinstudent und Florettfechter an. Selig sah sie ihn schon hinter der Wagentür stehen, bevor der Zug nur wenige Meter danach stillstand. Strahlend lächelte sie ihm entgegen, voll von Geschichten, die erzählt werden, voll von Zärtlichkeiten, die gelebt werden mussten. Sie sah, wie er die Tür öffnete, den einen Fuß auf die Treppe setzte, sich mit dem anderen lässig herunterschwang, und konnte es nicht übersehen: Er trug die Socken. Identisch in Farbe und Dessin.

Eine Stunde später, als das stattfand, was in der Fachliteratur das Vorspiel genannt wird, stand sie plötzlich vom Bett auf, entzog ihre makellosen Brüste seinem Blick und sagte: »Tut mir leid, aber das wird nichts mehr.«

Von diesem Tag an verliefen weder Karriere noch Liebesleben der schönen Bühnenbildnerin so geradlinig wie bisher.

Kostüm und Maske

Wir hatten für das Finale der Show einen grandiosen Einfall. Er war zwar so alt wie wahrscheinlich das Theater, aber das hinderte uns nicht daran, ihn grandios zu finden. Der Star sollte sein Schlusslied singen, im Spot frontal zum Publikum abgehen, durch die Mitte des Vorhanges verschwinden, um dann, nachdem ein Lichtwechsel eine Illusion geschaffen hatte, mit dem Rücken voraus wieder durch einen Vorhang zu kommen – und zwar auf die *Hinterbühne*. Das Nachspiel der Show fand also *hinter* dem Vorhang statt, für das echte Publikum sichtbar, während *vor* dem Vorhang die Show sozusagen weiterging. Um diesen Effekt noch sinnlicher zu machen, hatte der Ausstatter den wunderbar gemalten Vorhang nicht zu hoch bauen lassen, über ihn hinweg waren noch Raum und Licht spürbar, das Publikum konnte ahnen, woher die Geräusche einer Vorstellung drangen, die der Star, sich auf der Hinterbühne abschminkend und umkleidend, noch einmal nachempfand.

Aber dann sagte einer bei einer Probe: »Freunde, das reicht nicht, es muss auf der imaginären Bühne hinter dem Vorhang etwas stattfinden, man muss die nächste Nummer spüren, es könnten Kunstradfahrer auf dem Hochrad sein, die wie verrückt ihre Runden drehen, da würde das Publikum dann die Bewegung der Hüte sehen oder deren Schatten am Horizont, oder noch besser: wir engagieren irgendeinen Jongleur, der uns seine Ringe und Keulen in die Lichtkegel wirft.«

Das ist gut, fanden wir alle, wir lassen über den oberen Rand des Vorhanges Ringe und Keulen tanzen.

Als der Star von der Idee erfuhr, hatte er kurz Sorge, die tanzenden Ringe und Keulen könnten von seinem Epilog zu sehr ablenken, aber wir beteuerten, Ringe und Keulen würden sozusagen nicht zu sehen sein, das beruhigte den Star, der dann auch nicht mehr wissen wollte, wozu man einen Jongleur braucht, wenn man nicht einmal sieht, was der jongliert.

Das Betriebsbüro setzte sich mit einer Artistenagentur in Verbindung, stellte den nicht besonders schmeichelhaften Umfang dieser künstlerischen Aufgabe klar, meinte aber zu Recht, einem zur Zeit arbeitslosen Jongleur könnte der Verdienst nicht ungelegen kommen.

Dem Theater wurde auch bald ein Artist angekündigt, der sich für den Job zur Verfügung stellen wollte. Er trug einen jener wunderbaren Namen, die alle so klingen wie *Pimpinello* oder *Limettini*, war aber ein sehr alter, sehr magerer und glatzköpfiger Mann, einer, dem man einen Lebensabend gewünscht hätte, in dem er sich nicht veranlasst sehen müsste, nicht sichtbar, hinter einem Vorhang, Keulen und Ringe in die Höhe zu werfen. Zudem sah er mit seinem allzu runden Rücken schon so bemitleidenswert aus, dass es für ihn wohl besser schien, nicht mehr körperlich sichtbar vorgeführt zu werden.

Ruhig und verständnisvoll hörte sich der Jongleur an, was man von ihm wollte, ließ sich die Musik vorspielen, zu der er seine Utensilien in die Höhe zu werfen hatte, schlug vor, bei diesem oder jenem Akzent ganz besonders hoch zu werfen, war von geradezu rührender Ambition.

Die Richtigkeit der Idee stellte sich schon bei der ersten Probe heraus. Wir sahen aus dem Zuschauerraum, wie der Star, die Bühne verlassend, die Bühne als Hinterbühne betrat und weiteragierte, während auf der anderen Seite des Vorhanges eine Ansage und ein Auftrittsapplaus erklangen, eine Showmusik losging und plötzlich über den oberen Rand des Vorhanges durch kreisende Lichter Ringe und Keulen zu fliegen begannen. Wurde die Probe vorne unterbrochen, weil dieses oder jenes zu ändern oder zu besprechen war, hörten die Ringe und Keulen zu fliegen auf. Ging die Probe weiter, flogen plötzlich wieder Keulen und Ringe. Da stand ein alter Mann hinter dem Vorhang, lauschte und begann, wenn er – ohne sich zu irren – der Ansicht war, vorne ging es weiter, zu jonglieren.

Irgendwann einmal wurde mir das zu viel. Ich ging auf die Bühne hinter den Vorhang und sagte: »Wir haben es jetzt alle gesehen, es kommt wunderbar, Sie machen das ganz präzise, und es sieht toll aus, aber Sie müssen es nicht ununterbrochen machen, während der Probe, Sie können auch pausieren.«

»Aber wieso denn?«, fragte der Jongleur. »Ich trainiere ja auch zu Hause. Bevor ich hier untätig rumstehe, jongliere ich doch lieber.«

Der Mann war kein Problem und deshalb kein Thema mehr. Über alles wurde bis zur Premiere noch gestritten, über jeden Lichtwechsel, jeden Auftritt, jeden Musikeinstieg. Nur die tanzenden Ringe und Keulen standen außer Diskussion.

Es kam der Premierenabend. Alles, was mit der Produktion zu tun hatte, versammelte sich nach und nach auf der Hinterbühne, um das Ritual des Über-die-Schulter-Spuckens zu vollführen. Da sah ich einen Mann, der zwar der war, der er war, aber eben doch nicht. Er trug einen roten glitzernden Smoking, ein Hemd mit Spitzen an den Manschetten, schwarze Lackschuhe, eine gescheitelte Perücke und war auf das Sorgfältigste geschminkt. Zunächst dachte ich, ich spinne, es konnte doch nicht irgendetwas umarrangiert worden sein, in letzter Sekunde, nein, nein, es war völlig ausgeschlossen, dass der Jongleur körperlich zu sehen war. Ich wollte den Mann schon fragen, was er sich dabei gedacht hatte, sich in Kostüm und Maske zu präsentieren, aber dann hatte ich doch das Gefühl, ich könnte ihn mit dieser Frage an seine Unsichtbarkeit, an die Lächerlichkeit seines Jobs erinnern. Daher sagte ich nur: »Ein toller Smoking!« Er lächelte. Das Lächeln drückte aus: Wissen Sie, wenn man so lange dabei ist, dann weiß man, was einem steht.

Die Show war ein grandioser Erfolg. Besonders das Nachspiel auf der Hinterbühne mit der magischen

Wirkung einer weiterlaufenden Vorstellung auf der anderen Seite des Vorhanges. Die Ringe und die Keulen tanzten, und keiner konnte sich fragen: wieso? – Es musste so sein.

Als nach der Vorstellung die allgemeine Gratulationscour stattfand, fühlte ich mich verpflichtet, den abseits stehenden Jongleur, auf dessen Gesicht der Schweiß die Schminke etwas derangiert hatte, einzubeziehen.

»War Spitze«, sagte ich, »gratuliere!«, und dann ritt mich doch der Teufel. »Sie machen Kostüm und Maske wohl nur für die Premiere –«

Er unterbrach mich sanft, aber bestimmt.

»Aber mein Herr, Vorstellung ist Vorstellung. Ich kann nicht jonglieren, wenn ich nicht mein Kostüm habe, mir würde alles herunterfallen.«

»Ich verstehe«, sagte ich.

Das war damals noch gelogen.

Heute weiß ich, dass die Burschen, die über einen braunen Slip oder eine rot-grün karierte Boxerhose den schwarzen Smoking anziehen, von der Kunst nicht annähernd so viel wissen wie dieser *Zampolino* oder *Flattolatti* oder so ähnlich.

Nicht annähernd.

Das Gefährliche an der Kunst

Nichts macht so Spaß, als in einem glücklichen Theater zu gastieren. Davon gibt's ja nicht viele.

Ich werde nie vergessen, wie der *Prinzipal* schon in der Hotelhalle auf uns wartete, wie er dann – nachdem wir die Zimmer bezogen hatten – mit uns ins Theater ging, um es uns zu zeigen. Dort hing die *Prinzipalin* gerade am Telefon und stellte – uns strahlend zuwinkend – einem Anrufer Notstühle in Aussicht. Das war der Tag, an dem ich für die beiden die Spitznamen Prinzipal und Prinzipalin erfand. Denn sie waren für mich das Gegenteil von Theaterleitern, sie vom Typ her ein Model, er ein Extrembergsteiger. Hätte man sie gesehen und auf eine künstlerische Betätigung tippen müssen, hätte ich bei ihr Tänzerin und bei ihm Bildhauer gesagt.

Die beiden wehrten sich lange gegen die Spitznamen, aber ich blieb konsequent, bis sie sich – im Umgang mit mir – erheitert fügten. Welch ein Vergnügen, künstlerische Ehrentitel Menschen zu verleihen, die keine wollen und keine brauchen.

Meine erste Begegnung mit dem Prinzipal, seiner Frau, der Prinzipalin, und deren *Theater im Ort* war die schönste. Es ist unerheblich, ob man sich damals an unseren Agenten gewandt oder ob unser Agent etwas von diesem neuen kleinen Theater gehört hatte, das so schön auf der Strecke lag.

Jedenfalls führte uns die Tournee in den Ort abseits der großen Autostraße, schon etwas in Höhenlage, inmitten eines Postkartenpanoramas, mit Wald, Bergspitzen, Schäfchenwolken. Alles blitzte vor Sauberkeit, der Hauptplatz war ein richtiger Hauptplatz mit zwei traditionsreichen Gaststätten und einer unaufdringlichen Kirche. Dass man von dem Ort noch nichts gehört hatte, lag daran: Er war als Luftkurort wohl nur für einen kleinen Kreis von Erholungssuchenden interessant und beherbergte keine Industrie und kaum größeres Gewerbe. Eine in der Nähe liegende Kleinstadt bot alle diese Arbeitsplätze für die, die im Ort kein eigenes Geschäft hatten.

Nahe dem Hauptplatz hatte es aber einmal eine kleine Fabrik für Seile, Taue, Stricke und dergleichen gegeben, die weniger wegen schlechter Geschäfte, eher wegen fehlender Erben stillgelegt worden war. Mit der Fabrikhalle – das Wort *Halle* soll keine übertriebenen Größenvorstellungen auslösen – und dem umgebenden Gelände konnte die Gemeinde nichts anfangen, Interesse von Käufern war auch nicht vorhanden.

Da hatte der Prinzipal die Idee für sein *Theater im Ort*. Er war über Umwege zur Kunst gelangt. Vorzugsschüler am humanistischen Gymnasium in der Hauptstadt, gewann er die nationalen Jugendmeisterschaften im Schiabfahrtslauf, kam nach dem Abitur in den A-Kader der Senioren, bestritt einige der schwersten Rennen des Schizirkus mit stetig besseren Platzierungen, fiel den Fernsehkommentatoren oft durch seinen ungewöhnlich aggressiven und riskanten Fahrstil auf und zerriss sich – knapp vor dem endgültigen Durchbruch zum Spitzenstar – sämtliche Bänder im Bereich des rechten Knies. Die Sportkarriere war zu Ende.

Für eine Ausbildung zum Schauspieler – davon hatte er während des Gymnasiums öfter geträumt – schien der Prinzipal sich nun zu alt, das Studium der Soziologie – lange in Erwägung gezogen – war ihm dann doch zu langweilig.

So zog er mit seiner Frau in das ererbte Haus in dem Ort, in dem wir gastieren sollten, und baute sich eine passable Existenz als überregionaler Sportkolumnist und PR-Texter auf.

Seine verdrängte Liebe zur Bühne hätte wohl nicht ausgereicht, um auf die Idee mit dem Theater zu kommen. Aber die Prinzipalin, als Mutter von zwei Kindern noch so schön, dass es einem die Luft nahm, sie sich als Mädchen vorzustellen, hatte vor ihrer Heirat in einer Theater- und Tourneeagentur gearbeitet und kannte die Leute und viele Geschichten von den Leuten, zu denen er gehören wollte.

So entwickelte er eines Tages, nachdem er in einem Feuilleton von irgendeinem neuen Fabriktheater in Sowieso gelesen hatte, die Idee, in der alten Seilfabrik eine Bühne zu installieren.

Was er nicht wissen konnte: Sein Einfall fiel glücklich zusammen mit der Erkenntnis eines Kulturpolitikers der Region, wonach dessen Wahlchancen besser stünden, hätte er irgendeine Initiative vorzuweisen. Da es nun weder in der nahen Kleinstadt noch in anderen, schon ferneren Orten ein Theater gab, hatte das *Theater im Ort* die Chance, ein kleines Kulturzentrum zu werden.

Als wir ankamen, war es das schon. Der Kulturpolitiker hatte Geld aufgebracht. Es reichte für kein protziges, aber ein sehr funktionelles Gastspieltheater mit kleiner Galerie und mit Buffet. Der Prinzipal und die Prinzipalin hatten alles mit Freunden geplant, hatten sich Tag und Nacht am Bauen, Malen und Einrichten beteiligt. Das Ergebnis hatte seine Handschrift und ihren Charme. Die Lichtanlage war unaufwendig, aber hochprofessionell, die Brötchen für die hungernden Komödianten von der Prinzipalin handgestrichen.

Eröffnet hatten die beiden – vorsichtig – mit einer anständigen Tourneeproduktion rund um einen echten Star, dann gab's ein paar Boulevardgastspiele, dann aber sofort auch Kabarett, Experiment, Rock, Rezitation.

Und was das erfreuliche war, besonders das Unkonventionellere wurde von der ausgehungerten Region angenommen. Publikum jeglichen Alters kam von überall her und füllte die Kassen. Das *Theater im Ort* blieb nicht nur im budgetierten Rahmen, es sparte ein und konnte investieren, obwohl sich Prinzipal und Prinzipalin keine schlechte Gage zahlten. Natürlich war noch eine Kraft im Betriebsbüro nötig – das war auch eine Freundin –, und die Jobs am Abend – Buffet, Kasse, Garderobe – übernahmen junge Leute, begeistert, nebenberuflich.

Nach der Vorstellung feierten wir im Haus der Prinzipale, die nur baten, wegen der schlafenden Kinder nicht zu laut zu sein. Aber da nicht nur wir, sondern auch etliche Freunde der In-Group des Theaters sich betranken, standen irgendwann zwei verschlafene, aber doch gut aufgelegte Kinder im Pyjama im Raum und beteiligten sich eine Zeit lang am Fest.

Mir ist in Erinnerung, dass mich der Prinzipal nach meiner Meinung zu einigen Produktionen fragte, die einzuladen er plante, mir ist auch in Erinnerung, wie sehr mir die Prinzipalin gefiel. Ich habe es ihr auch gesagt, so weit so etwas möglich ist im Hause der Familie, in der Nacht vor der Weiterreise. Das nähere Befassen mit der Prinzipalin wurde auch dadurch erschwert, dass immer wieder Leute aus der Gesellschaft von uns Tourneemenschen wissen wollten, ob man gerne in die Provinz käme, wie man sich in der Provinz fühle und wie man die Aktivitäten in der Provinz beurteile. Ich betete zum wiederholten Male meine Litanei, wonach es im audiovisuellen Zeitalter Provinz im qualitativen Sinn nicht mehr gäbe, Provinz allenfalls ein geografischer, keinesfalls aber ein kultursoziologischer Begriff sein könne. Ich konnte viel erzählen von Orten außerhalb der Groß- und auch der Mittelstädte, wo sich interessierte Menschen mit Kultur viel regelmäßiger und viel dichter auseinandersetzen, als das in Großstädten denkbar ist. Ich erzählte den Leuten, wie viele der Intelligenz zuzurechnende Menschen den Wohnort Kleinstadt vorzögen, und ich bekannte, vor diesem Entschluss größten Respekt zu haben. Es ist unvermeidlich, sich in Gesellschaften wie dieser mit Äußerungen wie diesen beliebt zu machen. Das ist aber nicht der Grund, diese Ansicht zu vertreten, sie war und ist die meine.

Die auffallendste Figur neben den Hausleuten war der in der Schilderung der Vorgeschichte schon erwähnte Kulturpolitiker. Ein Mann in einem seidig glänzenden grauen Anzug mit schwarzem Rollkragenpullover, den er mit Sicherheit nur an Abenden wie diesem zu tragen pflegte, einer leisen, überkultivierten Sprechweise und mit einem nie leer werdenden Weinglas in der Hand. Der Mann erzählte vom glücklichen Zusammentreffen seiner seit Jahren vertretenen Initiative für ein Kulturzentrum mit den Fähigkeiten und dem Geist der Theaterleiter.

»Ich glaube, Sie nennen sie, wenn ich es richtig gehört habe, Prinzipal und Prinzipalin. Ich werde, mit Ihrer Erlaubnis und selbstredend unter Wahrung des Urheberrechtes, von diesen Bezeichnungen Gebrauch machen«, sagte er.

»Aber gerne«, gab ich mich konziliant.

»Es war nicht einfach, diese Kommunalpolitiker unter einen Hut zu bringen, das können Sie mir glauben, es herrscht doch in weiten Kreisen immer noch die Meinung, man bekäme Kultur ganz umsonst«, führte der Kulturpolitiker ergänzend aus. »Ich habe da viel Wühlarbeit leisten müssen, aber wenn sich unser *Theater im Ort* so entwickelt, wie es den Anschein hat, dann können wir mit Sicherheit in ein, zwei Jahren schon weiterdenken.«

»Wieso weiterdenken?«, fragte ich. »Es ist doch alles schön so, wie es ist.«

Der Kulturpolitiker sah mich an wie einen, den er offenbar überschätzt hatte.

»Aber ich bitte Sie, es wäre doch auf die Dauer keine Leistung, auf diesem Niveau stehen zu bleiben, ich glaube auch kaum, dass der Prinzipal, wie ich ihn kenne, und vor allem die Prinzipalin« – er ließ seine Blicke wohlgefällig auf ihr ruhen – »sich damit auf Dauer zufriedengäben.«

Ich war mit Sicherheit der letzte Gast der Gastspielfeier, habe nur unklare Erinnerungen an den Abschied, was wegen des guten Rufes der Prinzipalin sicher von Vorteil ist.

Prinzipal und Prinzipalin kamen noch zum Frühstück ins Hotel. Wir mussten uns nicht anstrengen, ihnen zu sagen, dieses Gastspiel wäre das schönste seit langem gewesen. Der bezaubernde Ort, die perfekte Kulturzelle, die liebenswerten Gastgeber, all das waren Gründe, ein baldiges Wiedersehen abzusprechen. Lange winkten Prinzipal und Prinzipalin dem Tourneebus nach, bis er hinter der Kirche verschwand.

Es dauerte länger als erwartet, bis es zur Wiederbegegnung kam. Einmal hatte das *Theater im Ort* die möglichen Termine blockiert, dann waren wieder wir in einer ganz anderen Gegend. Aber so nach zwei Jahren stand das *Theater im Ort* wieder auf dem Tourneeplan.

Diesmal war es Herbst, nicht Frühling. Aber das war nicht der Grund, warum alles nicht mehr ganz so schön war. Der Prinzipal erwartete uns wohl wieder, war aber bald nach der Begrüßung ein wenig verstört, weil wir nicht wussten, welchen Erfolg er mittlerweile gehabt hatte.

Das *Theater im Ort* hatte nämlich – und das nicht zu wissen war kaum verzeihbar – mit Eigenproduktionen begonnen. Mit einem teilweise professionellen Ensemble.

Als Leiter einer Gastspielbühne kann einer, der sehen kann, viel lernen, und so hatte der Prinzipal selbst zu inszenieren begonnen. Und eine gegen den üblichen Strich gebürstete Inszenierung eines konventionellen Erfolgsstückes hatte bei einem Theatertreffen, von dem gehört zu haben ich mir nicht sicher war, den ersten Preis gewonnen. Mit dieser Produktion sei, erzählte der Prinzipal, das *Theater im Ort* eigentlich selbst auf Tournee.

»Ich müsste ja auch bei meinen Leuten sein, genau genommen, ich bin nur wegen euch gekommen, weil meine Frau ja auch erst nach Ende der Vorstellung da sein kann. Sie ist nämlich mit dem Älteren auf einem Turnier.«

»Auf welchem Turnier?«, fragte ich.

Der Prinzipal war kurz verwundert.

»Ach so, das kannst du ja noch gar nicht wissen. Der Junge ist die Nummer eins im Tennis in seiner Altersklasse, auf dem Weg zur absoluten Spitze.«

»Der ganze Vater«, sagte ich.

Der Prinzipal hatte sich ein wenig verändert. Er war dicker geworden, vorsätzlich schlecht rasiert, und hatte seine Frisur in Richtung Künstler stilisiert. Aus allen Worten und Gesten sprach die große Verantwortung für alles, die Verpflichtung des Managers, sich für das allgemeine Gedeihen aufopfern zu müssen, da keinem zweiten Menschen auf der Welt die Bewältigung der gestellten kulturellen Aufgaben zuzutrauen sei.

Er zeigte uns die neuesten Errungenschaften seines Theaters. In einer Nebenhalle der ehemaligen Kleinfabrik war ein Probenraum entstanden, um den größere Bühnen das *Theater im Ort* hätten beneiden können. Da das *Große Haus* – das war das Theater, das wir vor zwei Jahren kennengelernt hatten – durch Wegbrechen der Rückwand vergrößert und somit für mehr Publikum zugänglich gemacht worden war, hatte es für experimentelle Kleinkunst keinen geeigneten Raum mehr gegeben. Ein *Studio* war nötig geworden. Auch dafür hatte die alte Seilfabrik noch eine räumliche Möglichkeit geboten.

Alles, was wir sahen und hörten, war überzeugend. Nur ein wenig routiniert und abgespult. Wie das Programm des Theaters, das aufwendigen Plakaten im Schaukasten zu entnehmen war und lange, präzise Vorausplanung verriet.

Die für uns nicht so ganz erfreuliche Tatsache, nicht ausverkauft zu sein, begründete der Prinzipal mit dem tollen, überintensiven Angebot der letzten Wochen. Er müsse zugeben, das mögliche Publikumsreservoir sowohl programmatisch als auch finanziell bis an die Grenze ausgeschöpft zu haben.

Im Theater war alles perfekt. Es gab jetzt noch mehr junge Leute, die Funktionen hatten. Dafür lagen in der Garderobe Brötchen aus einem Delikatessengeschäft.

Ja, und dann kam noch eine attraktive junge Frau auf uns zu und stellte sich als das neue Betriebsbüro vor. Ich hatte eine andere Mitarbeiterin in Erinnerung, doch gab mir der Prinzipal auf meine Frage zu verstehen, es sei seiner Frau wegen nicht günstig, sich nach dem Grund des Wechsels in dieser Position zu erkundigen.

Die Prinzipalin kam – schön wie eh und je, aber total abgehetzt – gerade noch zum Schlussapplaus, umarmte uns in der Garderobe, gratulierte zum Erfolg und beklagte, selbst keinen gehabt zu haben. Ihr Tenniskind hatte verloren, was den Prinzipal zu Schimpfkanonaden über einen unfähigen Jugendtrainer veranlasste.

Ich hätte nicht ungern über unsere gerade zu Ende gegangene Darbietung gesprochen, aber der Prinzipal war nicht abzulenken. Ich verstünde doch was vom Tennis, ich müsse doch bestätigen können, welch grundsätzliche Fehler dieser Idiot von einem Trainer in der Einstellung der Spielanlage des Sohnes gemacht hätte. Ob ich denn nicht auch seiner Meinung sei, zu einem Trainerwechsel wäre es allerhöchste Zeit.

Von Kunst war erst die Rede, als sich wieder eine Runde – offenbar routinemäßig – im Hause der Prinzipale versammelte. Das Haus war unverändert, auffallend lediglich zwei großformatige, aggressive abstrakte Bilder im Salon. Der Hausherr nannte auch gleich den Namen des Malers und erzählte, den Mann hätte keine Sau gekannt, bis er ihn vor einem Jahr im Foyer des Theaters groß herausgebracht hätte, und jetzt gäbe es schon Ausstellungsangebote da und dort. Seine Absichtserklärungen, die bildende Kunst viel stärker in das Kulturprogramm einzubinden, wurden unterbrochen durch den Auftritt der Prinzipalin, die mit im Rohr erhitztem, industriell vorgefertigtem Schinkengebäck kam und bedauerte, wegen des Tennisstresses für ihre berühmten Brötchen diesmal keine Zeit gehabt zu haben. An der Qualität der Getränke hatte sich nichts geändert.

Den Kulturpolitiker hätte ich beinahe nicht wiedererkannt. Er hatte sich einen Schnurrbart stehen lassen und trug eine schwarze Lederweste.

Das *Theater im Ort* habe sich sehr gut entwickelt, berichtete er und nannte Auslastungszahlen, Einzugsgebiete und Budget-Eckdaten.

Das Problem bliebe, und damit sei seine Verantwortlichkeit sehr gefordert, einerseits, das Erreichte zu bewahren und finanziell zu stabilisieren, andererseits aber die künstlerische Weiterentwicklung zu ermöglichen, vor allem dem beachtlichen eigenen Ensemble die finanzielle und organisatorische Basis zu verbessern.

Höflich fragte ich, was denn das eigene Ensemble programmatisch vorhätte, hatte aber überhaupt kein Interesse daran, es wirklich zu erfahren, viel zu wenig war – nach meinem Geschmack – über unsere Gastspieldarbietung am heutigen Abend gesprochen worden.

Ziemlich unvermittelt drängte mich der Prinzipal vom Gespräch mit dem Kulturpolitiker ab und zog mich in eine Eckgarnitur. »Der Kerl hat sich als Totalschwein entpuppt«, sagte er mir.

»Wegen einer geringfügigen Kostenüberschreitung beim Bau des Probenraumes wäre mir der beinahe umgefallen, wollte plötzlich den Umfang unseres Umbaus nicht mehr gekannt haben. Ich sage dir, man hat nichts wie Ärger mit dem Scheißgeld. Und es macht mich total wahnsinnig, mich immer mit diesem Schwein arrangieren zu müssen. Außerdem« – der Prinzipal kam etwas näher – »ist dieser Arsch hinter meiner Frau her, aber ich kann ihm leider keine knallen, und sie ihm auch nicht, verstehst du, da steht ein bisschen zu viel auf dem Spiel, ich will ja mit meinem Ensemble im kommenden Jahr auf ein paar Festivals.«

Und er führte aus, mit welchen Projekten er wohin wolle und welche Unterstützung er dafür beanspruche. Dass sein *Theater im Ort* im Ort gut lief, das war ihm nicht mehr Bestätigung genug, mehrfach gebrauchte er das besonders verdächtige Wort *überregional.*

Ich suchte in der Folge die Nähe der Prinzipalin. Sie war leicht gekränkt, weil ich die ewige Jammerei ihres Alten offenbar für interessanter hielt als einen Versuch, den vor zwei Jahren unterbrochenen Flirt mit ihr fortzusetzen.

Kaum hatte ich damit begonnen, war der Prinzipal schon wieder da und fragte, was ich von einem Festival *Theater der Landschaften* hielte, ein Treffen von Theatergruppen, deren Produktionen regionale Themen behandelten.

Ich meinte, das Behandeln regionaler Themen sei etwas Sinnvolles, aber man müsse doch nicht unbedingt gleich wieder ein Festival draus machen. Und dann fragte ich, warum er mit seinem Ensemble denn auf Tournee sei und nicht hier, in seinem *Theater im Ort* spiele.

»Wenn ihr schon eine eigene Produktion habt, dann könnt ihr euch – jedenfalls für eine Zeit – Gastspiele sparen«, sagte ich.

Das brachte den Prinzipal zum Rasen, und er bezog den Rest der Gesellschaft – der Politiker war schon gegangen – in seine Beschimpfungen ein. Alle müssten bestätigen, brüllte er, diese *Idioten* und *Provinzler* wollten nur das Fremde, das, was von draußen kommt, sehen. Seine tolle Produktion, über die überregional *Hymnen* geschrieben worden wären, hätten sie nicht besucht.

»Aber«, gab er mir noch im Morgengrauen auf den Weg mit, »ich werde nicht nachgeben, bis ich mein Ziel erreicht habe.«

Ich wollte fragen, was es denn für ein Ziel sei, sagte aber nichts als: »Und nur so geht es!«

Als ich im Hotel, noch leicht verglast, beim Frühstück saß, kam die Prinzipalin. Ich schluckte hastig meinen Kaffee hinunter und bat sie, mit mir vor dem auf dem Berg gelegenen Hotel auf und ab zu gehen. Die Sonne wärmte nicht, leuchtete das leicht vernebelte Herbstpanorama aber wunderschön aus. Es war unmöglich, diesen Anblick mit dem Abend davor, den Gesprächen, den Problemen in irgendeine Verbindung zu bringen. Ich wollte sie eine Menge fragen, kam aber nicht dazu, denn ihr Erklärungsbedarf war gewaltig.

»Er ist nicht immer so wie gestern«, sagte sie. »Du sollst keinen falschen Eindruck haben. Gestern ist eben viel zusammengekommen. Heute hat er schon früh in die Stadt fahren müssen, um vor der Sitzung des Kulturausschusses mit dem Kulturpolitiker noch etwas zu besprechen. Er lässt euch herzlich grüßen und freut sich aufs nächste Mal.«

Sie sah mir an, dass ich dieses *nächste Mal* für nicht allzu zwingend hielt.

»Es wird alles wieder so, wie es war«, versprach sie. »Er muss sich jetzt nur austoben, das ist wie ein Fieber, das kennst du doch sicher, er will jetzt den großen Erfolg, dadurch hab ich die ganze Organisation am Hals, was natürlich Wahnsinn ist, neben den Kindern, aber irgendwie ist alles zu schaffen, irgendwie wird es sich einspielen, muss ja.«

Die Frau, von der ich mich verabschiedete, war nicht mehr die strahlende, glückliche Person, die vor zwei Jahren begonnen hatte, etwas zu leisten, was man schrecklicherweise *Kulturarbeit* nennt.

Drei Jahre sollten vergehen, bis wir das *Theater im Ort* und seine Menschen wiedersahen.

Der Agent berichtete, man würde uns wieder nehmen, er ersuchte uns lediglich, nicht böse zu sein, man wolle uns – aus optischen Gründen – dieses Mal im *Kleinen Haus* veranstalten.

Ich hatte während der drei Jahre einige Male über den Prinzipal gelesen. Er war mit dem *Theater im Ort* immer wieder aufgefallen, allerdings mit den sperrigsten Stücken der Gegenwartsliteratur. Ob die Kritiker die Vorstellungen verrissen, ob sie sie lobten, eines war aus ihren Berichten klar herauszuhören: Der Prinzipal hatte den Ehrgeiz, mit jeder seiner Produktionen die der restlichen Theaternation nicht nur übertrumpfen, sondern auch widerlegen zu wollen. Einmal gab's eine Glosse über einen Regisseur zu lesen – es war der Prinzipal, der nach einer knappen Abstimmungsniederlage beim Juryentscheid eines Festivals die Juroren als *bestochene Tunten* beschimpft und sie mit Aschenbechern beworfen hatte.

Eines Abends, ich ging in der Stadt unseres Stammhauses zur allabendlichen Vorstellung, kam mir die Prinzipalin entgegen, Arm in Arm mit einem Mann, dessen Gesicht im Schatten eines enormen Schlapphutes erst spät als das des Kulturpolitikers zu erkennen war. Sie bedauerte sprudelnd, wohl leicht alkoholisiert, *gar keine Zeit* zu haben, da ihr Begleiter und sie sich heute eine angeblich sehr gute neue Produktion anschauen und auf die Eignung für ein längeres Gastspiel im *Theater im Ort* prüfen müssten, wo es drunter und drüber ginge, aber im Grunde prächtig liefe, wenngleich der Prinzipal zur Zeit nicht auszuhalten sei, weil der ältere Sohn sich neuerdings standhaft weigere, weiterhin Tennis zu spielen.

»Bei euch soll es ja ganz toll sein, und wir sehen uns bald«, sagte sie so konventionell und leer, dass es wehtat.

Der Kulturpolitiker hatte zum Glück mit dem Heranwinken eines Taxis Erfolg gehabt.

Unser drittes und letztes Gastspiel im *Theater im Ort* war nicht mehr schön. Aber komisch, daher berichtenswert. Dass es komisch war, verwende ich als Ausrede, um davon zu berichten. Denn in Wahrheit erzähle ich davon, weil die Geschichte dieses Gastspiels ein Gesetz bestätigt, das mit Gesetzen der Ökonomie, der Physik und der Psychologie korrespondiert und das ich – gänzlich unwissenschaftlich – für mich schlicht als *Das Gefährliche an der Kunst* betitelt habe. Es handelt sich um die tödliche Wachstumsspirale auch im Kulturbetrieb, über das Müllproblem der Karrieren.

Einige Tage nach unserem Gastspiel sollte das hauseigene Ensemble Premiere mit seinem großen *Klassikerprojekt* haben. Die Inszenierung war als Freiluftspektakel geplant, das alte Fabrikgelände mit

Stahlrohrgerüsten verstellt, die teils als Sitzplätze für Zuschauer gedacht waren, teils als Spielflächen genutzt werden sollten. Plakate, die unseres oder andere Gastspiele ankündigten, waren in dieser Szenerie nicht mehr wahrzunehmen.

Es war später Frühling, ein sehr heißer Tag. Schwitzende Menschen mit diesem speziellen Roadie-Outfit zerrten Scheinwerfer in andere Positionen, gelegentlich vom Prinzipal angebrüllt, der dann immer zu mir, der staunend dastand, kam und erzählte, er hätte es nur mehr mit *Kretins* zu tun. Dann erklärte er mir, er sei bei den letzten Proben draufgekommen, noch einen Bühnenkeil in den linken Zuschauersektor treiben zu müssen. Dann würde die Vorstellung der *reine Wahnsinn* werden und die den gesamten Sprachraum beherrschenden Kulturtrottel endgültig von seinem Genie überzeugen.

Die Prinzipalin, die stark abgenommen hatte, kam mit einem Tablett selbstgeschmierter Brote. Aber sie entschuldigte sich, sie sei wegen der bevorstehenden Premiere am Ende ihrer Kräfte und könne daher nach der Vorstellung im eigenen Haus nichts veranstalten, man hätte im besten Restaurant der Stadt reserviert. »Aber sei nicht böse, wenn ich so fertig sein sollte, dass ich überhaupt gleich schlafen gehe.«

An der Abendkasse brach das Chaos aus. Auf Grund irgendeines Organisationsfehlers waren für das *Kleine Haus* viel zu viele Reservierungen angenommen worden. Einige Besucher wollten sich nicht abweisen lassen und tobten, andere gingen sofort und erklärten, diesen *Sauladen* endgültig nie mehr betreten zu wollen. Wir hörten die Beruhigungsversuche der Prinzipalin und vom Prinzipal einmal den Satz, er hätte wirklich andere Sorgen, als sich um den Kartenvorverkauf fürs *Kleine Haus* zu kümmern.

Das Auditorium bot einen ungewöhnlichen Anblick.

Links und rechts vom Parkett saßen viele Leute, sogar auf dem Boden, in der Mitte des Parketts waren hingegen Plätze frei.

In der Pause teilte mir der Prinzipal im Zustand höchster Erregung mit, der Kulturpolitiker, das *Oberschwein*, ich wüsste schon, säße in der Vorstellung. Es bestünde die Gefahr, dass der Mann nach der Vorstellung mit uns ins Restaurant gehen wolle. Ich solle das verhindern. Ich musste bedauern. Wer nachher noch mitginge und wer nicht, läge außerhalb meiner Kompetenz.

Da saß also dann eine kleine Gesellschaft an einem reservierten Tisch in einem auf chic getrimmten Pseudoitaliener, zum ersten Mal – wie mir schmerzlich auffiel – eine reine Männergesellschaft. Die Prinzipalin hatte nur mehr grüßen lassen.

Der Kulturpolitiker machte – wohl nur aus Höflichkeit – zunächst den Versuch, über die gesehene Vorstellung zu sprechen. Der Prinzipal ließ das aber nicht zu. Er raunte mir ins Ohr, er würde mir jetzt vorführen, welch ein *Arschloch* der Politiker sei, und begann den Mann mit Anklagen wegen mangelhafter Unterstützung und Unterbewertung des *Theaters im Ort* zu provozieren. Der Kulturpolitiker bewies, wie gut er sich in den paar Jahren in die Materie eingelesen hatte. Er entgegnete nicht ungeschickt. Vor allem konterte er jede Anschuldigung des Prinzipals mit immer genaueren Informationen über Misswirtschaft und mangelhafte Kalkulation. Er wollte vor der Gesellschaft – vor allem vor den Leuten des Gastspiels – nicht wie ein Idiot dastehen.

Ich wurde Zeuge einer großen Abrechnung. Ich war dem Prinzipal willkommenes Publikum. Er wollte den Kulturpolitiker blamieren und gleichzeitig mir, dem Skeptiker, Größe und Bedeutung der Erfolge – *trotz der unüberwindbaren Schwierigkeiten* – vorführen. Er warf dem Kulturpolitiker vor, zu jenen zu zählen, die gerne in der Zeitung vom überregionalen Ruf des *Theaters im Ort* läsen und sich damit brüsteten, es im entscheidenden Moment aber an der Unterstützung fehlen ließen.

»Du hast dich an unseren Erfolg angehängt«, machte der Prinzipal das Gespräch zur Szene. »Ich habe in dieser Einöde, in dieser Wüste, für Erlösung gesorgt, ohne mich gäbe es das alles nicht, ohne mich und meine Frau.«

Mich wunderte, dass er seine Frau doch noch erwähnte.

»Das bestreitet ja niemand«, sagte der Kulturpolitiker mehr zu mir als zum Prinzipal. »Das ändert aber alles nichts an der Tatsache, dass die Baukosten für das *Klassikerprojekt* viermal höher sind als der Voranschlag, dass mir die Kontrollbeamten, und ich habe nun einmal Kontrollbeamte, nicht mehr mitspielen. Wenn ich jetzt nicht einschreite, stirbt das *Theater im Ort*, und das kann und will ich nicht zulassen. Vielleicht ist das jetzt der richtige Moment, um zu erklären, dass wir das *Theater im Ort* auf eine neue organisatorische Basis stellen. Wir werden die Theaterleitung ins Kulturamt verlegen, deine Frau wird aus dem Theater ausscheiden und ins Kulturamt übersiedeln, und aus dieser Position …«

In dieser Sekunde flog die Faust des Prinzipals auf die Nase des Kulturpolitikers, der mit seinem Stuhl nach hinten kippte. Während er sich völlig belämmert ein wenig Blut von den Nasenlöchern wischte, verlor der Prinzipal völlig die *Façon*.

»Bumst sie wirklich so toll? Warum hat sie das dann bei mir die ganzen Jahre geheim gehalten? Oder hast du Arschloch wirklich geglaubt, ich bin in der ganzen Gegend der Einzige, der von euch beiden nichts weiß?«

Zum Frühstück kam diesmal keiner mehr. Ich ließ mir vom Hotelportier die Privatnummer der Prinzipalin geben, wählte, hörte die Prinzipalin so böse und hart ihren Namen sagen, dass ich auflegte.

Einige Tage lang beschaffte ich mir auf Bahnhöfen Zeitungen aus dieser Region, bis ich endlich die erwartete Meldung las, das mit großem Aufwand vorbereitete *Klassikerprojekt* des weit über die Region hinaus bekannten *Theaters im Ort* sei wegen technischer Schwierigkeiten auf unbestimmte Zeit verschoben.

Ich habe mir des Öfteren vorgenommen, in diesem Kulturamt anzurufen, die Prinzipalin zu erreichen und sie zu fragen, wie es jetzt so liefe, beruflich und privat. Bis jetzt habe ich es immer wieder verschoben. Sollte ich allerdings einmal dazu kommen, über das *Gefährliche an der Kunst* genauer nachzudenken, habe ich sicher einige Fragen.

Die erste Probe

Der Regisseur wusste sofort, hinter diesem Angebot mussten außerordentliche, ja unglückliche Umstände stehen, sonst hätte es ihn nicht erreicht. Denn der *Altmeister der Kleinkunst* hatte sein Leben lang denselben Regisseur gehabt, seinen langjährigen Lebensgefährten, die beiden waren künstlerisch und privat ein Paar, ein Paar ohne Affären, außerhalb schlüpfriger Spekulationen.

Sie hatten bald nach dem Krieg ein kleines Theater gegründet, zunächst beide noch auf der Bühne gearbeitet, dann aber wurde der eine zum Direktor, zum Manager, zum Mentor, zum Regisseur, und der andere zum Meister. Erst noch als Primus inter pares im Ensemble, dann nur mehr mit Nebenfiguren dekoriert, schließlich – seit die Phase des »Altmeisters« begonnen hatte – als Solist.

Und jetzt plötzlich die Anfrage an einen Dritten, beim neuen Programm des Altmeisters Regie zu führen?

»Bitte behandeln Sie die Information diskret«, sagte die Dame am Telefon, »aber schwerste Herz-Kreislauf-Attacken beim Direktor haben den Arzt veranlasst, totales Arbeitsverbot zu verhängen. Jetzt haben die Herren beraten, wer denn als Regisseur unserer neuen Produktion in Frage käme, und sie waren sich völlig einig, das können nur Sie sein. Ich soll Ihnen von den Herren übermitteln, sie wären sehr glücklich und sehr beruhigt, wenn wir Sie gewinnen könnten.« Die Dame, die den beiden Herren als Disponentin und Verwalterin zur Verfügung stand, sprach in jenem unimitierbar vornehmen Tonfall, den sich Damen als Mitarbeiterinnen von männlichen Paaren anzueignen pflegen.

Bevor der Regisseur sich noch nach den näheren Eigenarten des zu erarbeitenden neuen Programms erkundigte, ging er seinen Terminkalender durch, fand dort nur ein nicht übermäßig interessantes und zudem noch nicht ganz fixiertes Angebot und äußerte daher sein grundsätzliches Interesse.

Worauf die vornehme Dame beteuerte, das würde die *Herren* in das höchste Entzücken versetzen, die Herren, die sich angesichts der Notsituation auch bewusst seien, mit der Gage besonders *großzügig* sein zu sollen.

So wurden also Gage und Termine – vorbehaltlich der letzten Stellungnahme des Regisseurs nach Erhalt des Buches – abgesprochen.

Wie sind die *Herren* – der Regisseur eignete sich den Sprachgebrauch der vornehmen Dame in Gedanken an – auf mich gekommen?, fragte er sich.

Die Antwort fiel ihm nicht schwer. Der Regisseur hatte zum einen schon mit einigen Produktionen, die stilistisch in der Nähe der literarischen Revue lagen, Erfolge gehabt, hatte sich zum anderen – immer aus echtem Interesse – des Öfteren Produktionen des Altmeisters und seines Direktors angesehen und nie versäumt, Anerkennung und Bewunderung auszusprechen. Das hatte bei den beiden Herren seinen Ruf als Könner natürlich gefestigt.

Das Buch, das mit der Eilpost eintraf, bestätigte, was die vornehme Dame schon am Telefon angedeutet hatte. Es handelte sich um ein sehr schwieriges, schönes Projekt, eine Collage aus Texten eines in seiner Bedeutung eben erst wiederentdeckten Dichters der späten Romantik mit zeitgenössischen Kommentaren und satirischen Erhellungen, von einem Mann gesprochen, gesungen, gespielt.

Schwer und reizvoll, dachte der Regisseur, aber der Altmeister kann das, und dazu fällt mir auch was ein, da bin ich sicher, ich habe natürlich keinen leichten Stand, wenn der Direktor seinen Altmeister erstmals in fremde Hände legen muss, aber ich werde das schon schaffen, ich schaff das.

Der Regisseur ging zu seiner Bücherwand, suchte ein Buch, in dem er lichtvolle Kommentare zu dem im Zentrum des Projektes stehenden Dichter zu finden hoffte, konnte sich aber nicht konzentrieren. Zu sehr beschäftigte ihn das bevorstehende psychologische Problem: die persönliche Strategie im Umgang mit den beiden Herren.

Die ganze Branche wusste, der Direktor war das geistige Oberhaupt des Unternehmens, die intellektuelle Basis, der Altmeister nur sein – wenngleich hochbegabtes, virtuoses – Geschöpf. Der Altmeister wurde auch nie müde, in Interviews – kürzlich hatte es anlässlich einer runden Jahreszahl eine Fernsehsendung über das Theater der Herren gegeben – zu betonen, er sei auf sich allein gestellt, hilflos, er verdanke alles der Inspiration, der Führung, der Genialität seines Direktors.

Ich muss dem Altmeister nicht nur *Inszenierer* sein, ich muss ihm, wenn sein Direktor in den Seilen hängt, auch die Autorität ersetzen, die Sicherheit geben, dachte sich der Regisseur, bevor er sich in das Studium der Sekundärliteratur über den Dichter vertiefte.

Als der Regisseur sein Engagement antrat, empfing ihn im Büro der Kleinkunstbühne die vornehme Dame, die sich nicht mehr *einkriegte vor Glück*, weil alles so wunderbar geklappt hätte, und die bedauernd mitteilen musste, die *Herren* seien zur Zeit *in Sachen Arztbesuch* unterwegs, der Direktor hätte anschließend eine *rehabilitierende Anwendung*, der Altmeister würde – mit der Bitte um Nachsicht, nicht persönlich zum Empfang anwesend gewesen zu sein – den Regisseur im Café Sowieso treffen wollen.

Bevor sich der Regisseur auf den Weg dorthin machte, ließ er die Einrichtung dieses Theaterbüros auf sich wirken. Es hatte mit ähnlichen Räumen nichts gemein, es war eine raffinierte Mischung aus modernen Zweckmöbeln und zum Teil rein dekorativem Jugendstil, extrem geschmackvoll, aber eben an der Grenze, grenzüberschreitend war allerdings der körperliche und sprachliche Stil der vornehmen Dame. Mit der Dame hat der Architekt übertrieben, dachte der Regisseur.

Der Regisseur betrat das Café.

Der Altmeister, ein feingliedriger, eleganter Herr, sprang von einem Ecktisch auf und kam ihm durch das halbe Lokal entgegen.

»Ich bin so froh, dass Sie Zeit haben, für *ihn* ist das eine *derartige* Beruhigung. *Er* hat sofort gesagt, als wir das Furchtbare erfahren haben, Sie seien der Einzige, der in Frage käme. Und ich habe *ihm* sofort recht geben müssen. *Er* hat ja einen untrüglichen Blick für Könner. Das wissen Sie ja.«

Beim letzten Satz sah der Altmeister den Regisseur forschend an. Sein Gesicht entspannte sich erst, als der Regisseur das bestätigte und ehrlichen Herzens schon häufig gemachte Komplimente wiederholte. Währenddessen taxierte er den Altmeister.

Er ist nicht jünger geworden, stellte er fest, aber wenn man weiß, wie sich diese etwas scheue Sensibilität auf der Bühne in auftrumpfendes Könnertum verwandelt, dann ist der Mann nach wie vor faszinierend.

»Haben *Sie* die Zwischentexte redigiert?«, fragte der Regisseur. »Weil, ich lese da einige Autorennamen, aber die Texte sind aus einem Guss.«

»Wo denken Sie hin?«, erwiderte leicht theatralisch der Altmeister. »Das macht doch *er*, ich kümmere mich doch nicht um Texte, ich spiele, was *er* mir hinlegt.«

Der Altmeister sprach vom Direktor nur per *er*, auch – wie der Regisseur noch erfahren sollte im direkten Dialog.

Nachdem der Altmeister über den besorgniserregenden Zustand des Direktors referiert und mit Dankbarkeit entgegengenommen hatte, dass der Regisseur von Fällen zu erzählen wusste, wo konsequente Ruhe und Pause geradezu Wunder gewirkt hätten, kam man zum Künstlerischen.

»Sie müssen mir einen großen Gefallen tun«, sagte der Altmeister. »Sie müssen, bevor wir mit der Arbeit beginnen, noch einmal lange mit *ihm* reden. *Er* hat nämlich ein so hervorragendes Konzept für den Abend, das kommt natürlich auch daher, dass *er* diese Art von Literatur kennt wie kein zweiter. *Er* hat mich ja schon vor Jahren auf die Idee gebracht, mich damit zu befassen, aber damals habe ich *ihm* noch nicht geglaubt. Ich hätte wissen müssen, dass *er* recht hat mit der Annahme, unser Dichter würde in unseren Tagen wieder ganz aktuell werden. *Er* hat in den literarischen Trends ein untrügliches Gespür ...«

Im Wesentlichen ging das Gespräch so weiter.

Auch dieses Lokal hätte *er* vor Jahren entdeckt, weil es *ihn* in der gewissen Unpersönlichkeit und Kühle beim Arbeiten und Denken nicht störte, und den Kaffee tränke *er* am liebsten aus einer dünnwandigen Teeschale. *Er* hätte Jahre gebraucht, um das dem Personal beizubringen.

Der Regisseur begriff, der Altmeister hatte einen Lebensinhalt: das permanente Herausstellen der Fähigkeiten seines Lebenspartners, des Direktors.

So tief sitzt das, dachte der Regisseur, eigentlich am Rande des Irrsinns, das wird ein schwerer Job. Im Grunde ist es nur zu machen, wenn ich beim Gespräch mit dem Direktor einen derartig guten Eindruck mache, dass der dem Altmeister sagt, er könne sich mir getrost ausliefern, ich würde es in seinem Sinne machen. Und dann wird's immer noch reichlich schwer werden.

Der Regisseur bekam Angst. Er reflektierte sozusagen die Panik, die vom Altmeister ausging: die Panik, das künstlerische Vorhaben könnte auf eine Art und Weise gelingen, die den Direktor als ersetzbar erscheinen ließe.

Das Büro des Direktors, hinter dem der vornehmen Dame liegend, erinnerte überhaupt nicht mehr an Theater, nur mehr an Sammlerleidenschaft von Kunstnarren.

Der Direktor saß da, die Ruine eines vordem sicherlich stattlichen, massigen Mannes, bleich, mit eingefallenen Wangen, ein Wrack.

Wie hat sich der noch ins Büro transportiert?, fragte sich der Regisseur.

»Seien Sie willkommen«, begrüßte ihn der Direktor. »Ist das Hotel in Ordnung? Ich nehme an, ihr beginnt dann gleich mit der Arbeit.«

Das Sprechen strengte ihn an.

Der Altmeister merkte es und sagte: »Es geht *ihm* heute viel besser als gestern. *Er* ist auf dem besten Wege.«

»Das ist ja sehr erfreulich«, sagte der Regisseur.

Der Direktor nahm wahr, dass der Regisseur seinen Blick nicht vom Dekor lassen konnte.

»Macht er Sie nervös, dieser Antiquitätenladen?«

»Was sagt er denn da?«, rügte – gespielt belustigt – der Altmeister.

Der Direktor beachtete den Einwurf nicht und fragte den Regisseur scharf: »Finden Sie das Buch gut?«

»Ausgezeichnet.«

Der Direktor zuckte die Achseln, als wollte er sagen: lauter Verrückte.

»Sie sollten mir noch erzählen, wie Sie sich die Sache vorgestellt haben. Ich hoffe, ich kann Ihren Ideen genügen«, sagte der Regisseur.

»Unsinn«, sagte der Direktor, »da hat Ihnen *Puppo*« – er nannte den Altmeister grundsätzlich Puppo – »Unsinn erzählt. Nein, das ist Ihre Arbeit, machen Sie das nur, wie Sie meinen. Puppo soll nicht immer Unsinn reden.«

Das klang streng.

Die Strenge verfehlte ihre Wirkung nicht. Der Altmeister begann sich zu verteidigen.

»Aber *er* hat doch so großartige Einfälle gehabt –«

»Bitte geh mir nicht auf die Nerven, Puppo!«

Der Direktor schien zu müde, zu krank, um zu tun, was der Altmeister von ihm erwartete, nämlich den von diesem vorgegebenen Text zu wiederholen.

Der Altmeister musste selbst einspringen. Er begann im Raum auf und ab zu gehen und auszuführen, wie er sich alles vorgestellt hätte, mit dem Aufbau, dem Licht, den Verwandlungen, dem Stil der ganzen Unternehmung.

Der Regisseur hörte zu. Im Grunde war alles, was da skizziert wurde, das, was von den beiden als Arbeitsergebnis seit Jahrzehnten bekannt war, als deren Stil, als die Marke der Firma.

Langsam wuchs im Regisseur der Verdacht, die Sache könnte ganz anders aussehen, als er und die Öffentlichkeit annahmen. Es könnte so sein, dass es der Altmeister war, von dem alle künstlerischen Impulse ausgingen, dass der sie seinem Direktor, eben *ihm*, soufflierte, vielleicht ein Leben lang souffliert hatte, bis *er* in der Lage war, alles als sein eigenes Genie darzustellen, wodurch Puppo – ist das nicht ein blöder Name?, dachte sich der Regisseur – in die Lage versetzt wurde, den zu spielen, der geführt wird, der empfängt.

Es könnte sein, dachte der Regisseur, dass – und das wäre nicht unkomisch – der Direktor eine Erfindung des Altmeisters ist, eine Erfindung der Liebe. Die Proben würden das klarstellen.

Der Regisseur und der Altmeister standen einander auf der kleinen Bühne gegenüber, der Regisseur hatte das Buch in der Hand, der Altmeister benötigte keines mehr, er war schon studiert, am Bühnenrand saß gleichmütig hinter dem Flügel ein junger Pianist, ein Ephebe, auf seine Einsätze wartend.

Das Spiel begann.

Jeder Vorschlag des Regisseurs, jede Anweisung, jede Kritik am Angebot des Altmeisters wurde von diesem so kommentiert: Ja, das hätte *er* sicher auch so gemacht, das sagt *er* auch immer, das will *er* mir schon seit Jahren abgewöhnen, das hat *er* zum ersten Mal, warten Sie!, na ja, vor ungefähr zehn Jahren so gemacht ...

Ich darf das nicht hören, dachte sich der Regisseur, das wird bis zur Premiere so gehen, das wird nur durchzustehen sein, wenn ich es überhöre.

Da ging eine Tür des Zuschauerraumes auf. Der Direktor kam, gestützt auf die vornehme Dame, herein und setzte sich im Dunkel in ein Fauteuil. Wortlos.

Der Regisseur sah, wie alles am Altmeister sich veränderte. Er begann schneller zu sprechen, intensiver zu proben und setzte sich nicht mehr mit ihm auseinander, sondern mit einer dritten Dimension.

»Findet *er* das gut?«, fragte der Altmeister ins Dunkel. »*Er* hat doch immer gesagt ...«

Immer und immer wollte sich der Altmeister auf Gesagtes des Direktors beziehen, berufen.

Was aber spricht gegen die Annahme, dachte der Regisseur, dass der Direktor nie etwas gesagt hat? Nur immer nachgesagt, was ihm von seinem Altmeister vorgesagt wurde, um ihm die Chance zu geben, etwas zu sagen?

»Mit der Pointe drehen Sie sich jetzt ab und nehmen die klassische Position in der Flügelbeuge ein«, regte der Regisseur an.

Der Altmeister tat wie vorgeschlagen und fragte in den Zuschauerraum: »Findet *er* das gut?«

Es kam keine Antwort, aber der Regisseur wusste, er musste einschreiten, bevor eine Antwort kommen konnte.

Laut sagte er: »Mein Lieber, ich habe Sie in allen Produktionen, die ich bisher von Ihnen gesehen habe, hier in der Beuge stehen sehen, wir sollten jetzt nicht zu diskutieren beginnen, ob das *gut* ist. Die Zeit ist zu knapp.«

Es wurde weitergearbeitet.

Doch die sich aufbauende Spannung wurde unerträglich. Der Altmeister wusste nicht mehr aus noch ein: hier seine Verpflichtung, seriös zu arbeiten, und da seine Lebensaufgabe, *ihn*, den todkranken *er*, ins Spiel zu bringen, gut aussehen zu lassen.

Da kam aus dem Dunkel das Wort: »Puppo!«

Der Altmeister ging an die Rampe.

»Was will *er*?«

»Was trägst du für Schuhe?«

»Die bequemen, die *er* mir gekauft hat für die Proben, die weichen.«

»Puppo, die solltest du bei der Premiere tragen, damit bewegst du dich so natürlich.«

Dem Regisseur war klar: Jetzt hatte der alte kranke Mann da unten den Entschluss gefasst, seinerseits die Rituale der Abhängigkeit noch einmal durchzuspielen.

Der Regisseur ging an die Rampe. Er sagte:

»Die vielen Male, die ich den Altmeister auf der Bühne gesehen habe, hatte er immer Stiefeletten mit hohem Absatz an, die ihn noch graziler, noch eleganter machten. Wenn er sich darin unnatürlich bewegt, dann hätte das den beiden Herren schon vor zwanzig Jahren auffallen müssen. Jetzt ist es dafür zu spät.«

Der Altmeister stand reglos.

Der Regisseur wartete ab. Im Zuschauerraum versuchte der Direktor aus eigener Kraft aufzustehen. »Hilf mir«, hörte man.

Der Regisseur schaute zum Altmeister. Dessen Blick aber wanderte zum Pianisten.

Der Ephebe stand auf, sprang in den Zuschauerraum, half dem Direktor hoch und führte ihn auf eine Art hinaus, dass der Regisseur auch diese Konstellation sofort begreifen musste.

»Das ist ein guter Junge«, sagte der Altmeister, »ein guter Junge und ein fabelhafter Pianist. Er tut *ihm* gut, er kümmert sich sehr um *ihn*, wenn ich keine Zeit habe.«

Der Altmeister weinte.

»Können wir jetzt proben?«, fragte der Regisseur. »Ja«, sagte der Altmeister unter Tränen. »*Er* hat mir immer gesagt, auf der Probe hat dieser ganze private Quatsch nichts verloren.«

Eine Frau mit Geheimnis

Der Buffo fiel fast vom Hocker. Eine Frau kam in die Kantine des Theaters, grüßte leicht, ging zum Zigarettenautomaten, holte sich ein Päckchen heraus und ging wieder. Diese Frau war von einer nur in Illustrierten oder Fernsehreklamen zu besichtigenden Vollkommenheit. Groß, schlank, tadellose Beine, Traumbusen, schwarz glänzendes Haar.

»Kennst du die?«, fragte der Buffo fassungslos den Kantinenwirt.

»Nein, hab ich zum ersten Mal gesehen.«

Der Buffo war Erotomane, wäre man weniger fein, würde man sagen: chronisch geil. Er nützte seine Popularität bei den Friseusen und Kellnerinnen der Provinzstadt weidlich aus, interessierte sich, weil selbst karrierebehindernd klein, besonders für große Frauen, hatte auch einen ständigen Kontakt mit einer langen Tänzerin des Balletts, an der ihn allerdings der zu kleine Busen und die berufsbedingt stark bemuskelten Beine störten. Die Frau, die da eben wie eine Erscheinung in den Raum getreten war, war allem, was dem Buffo sonst zugänglich schien, um Lichtjahre voraus.

Er konnte sich nicht vorstellen, dass *diese* Frau an *diesem* Theater engagiert sein könnte, denn, so dachte er, wäre das eine Sängerin oder eine Schauspielerin, müsste sie bei ihrem Aussehen gänzlich stimmlos oder mit einem schweren Sprachfehler behaftet sein, um sich an dieses Haus engagieren lassen zu müssen. Leichtfüßig nahm der Buffo die Stiegen zu dem im zweiten Stock befindlichen Betriebsbüro des Theaters. Er wollte sofort versuchen, Stand und Art dieser Frau zu ergründen.

Der Buffo betrat das Betriebsbüro unter dem Vorwand, sich den Probenplan der nächsten Woche notieren zu wollen, und fragte die verfettete Disponentin: »Da war jetzt in der Kantine eine sehr gut aussehende Frau, nicht mehr ganz jung, aber wirklich toll, hat die irgendwas mit uns zu tun?«

Die Disponentin wusste sofort, wen er meinte, und machte aus ihrem Abscheu kein Hehl.

»Geschmäcker sind verschieden. Aber du meinst sicher«, und sie nannte einen jener Künstlernamen, die so klingen wie die Rollen in den Salonkomödien, also etwa *Françoise Bellon, Dany Raimondi* oder *Esther Estrella*. »Sie hat einen Stückvertrag für die Boulevardkomödie«, setzte die fette Disponentin missmutig fort. »Wie der Chef auf die gekommen ist, ist mir ein Rätsel.«

Mir nicht, dachte der Buffo.

Er war außer Rand und Band. Eine Frau dieses Aussehens mit ihm gemeinsam engagiert! Da konnte was nicht stimmen, diese Frau musste, wenn nicht einen Defekt, so doch ein Geheimnis haben. Der Buffo war fest entschlossen, das Geheimnis zu ergründen. Instinktiv hatte er das Gefühl, das sei Voraussetzung für den Versuch, eine Vernaschung anzustreben.

Es war Altweibersommer. Am Theater hatten die Proben für die neue Spielzeit begonnen, der angekündigte Spielplan war, wie auch der des Vorjahres, abonnentenfreundlich. Die höchstens zwei Dutzend Intellektuellen dieser Stadt verachteten dieses Theater, der Rest der Bevölkerung war, sofern er sich für Theater überhaupt interessierte, mit dessen Gebaren zufrieden. Der Buffo probte für die erste Operettenpremiere der kommenden Saison den *Boni* in der *Csárdásfürstin*, aber da er den *drauf* hatte und im Übrigen auf der Bühne seinen Fans zuliebe immer so ziemlich das Gleiche machte, hatte er noch genügend Zeit, am nahe liegenden Badesee den Touristinnen der Nachsaison nachzustellen.

Dazu hatte er aber keine Lust mehr, seit er die *Frau mit dem Geheimnis* gesehen hatte. Sie beherrschte seine erotischen Fantasien in ungekanntem Ausmaße. Sie machte ihm das Theater, an dem er zu seinem Leidwesen engagiert war, machte ihm die Stadt, in der er zu seiner Unzufriedenheit zum kleinen Lokalstar geworden war, machte seine Karriere, die aus einem jugendlichen Komiker einen kokettierenden *Abonnentenschwarm* gemacht hatte, plötzlich wieder attraktiv.

Weg waren die schwarzen Gedanken, die ihn beinahe schon veranlasst hätten, seinen Vertrag zu kündigen und es ohne Engagement, ohne Sicherheit, nur auf eigenes Risiko, doch noch in der Großstadt, im Bereiche des Musicals zu versuchen.

Jetzt hatte seine Anwesenheit in dieser Stadt wieder ihren Sinn.

Er wusste, es würde nicht einfach sein, an die Frau mit Geheimnis heranzukommen. Denn das Schauspielensemble pflegte mit den Kollegen der musikalischen Sparten wenig Umgang, schon gar nicht mit jenen der Operette, man legte auf gewisse künstlerische Standesunterschiede allzeit Wert. Aber davon abgesehen, die Frau mit Geheimnis tauchte auch im für gewöhnlich vom Schauspiel bevölkerten Theaterlokal – also nicht der Kantine, die war mehr für Chor und Technik da – nie auf. Die Frau mit Geheimnis verschwand nach ihren Proben immer in Richtung ihres Hotels und – so weit das der Buffo in seiner erregten Verfassung recherchieren konnte – immer allein.

Von den Kollegen des Schauspiels war für den Buffo nicht viel zu erfahren, obwohl er sich im Theaterlokal an sie heranmachte. Sie sei sehr diszipliniert bei den Proben, hörte er, vom Können her noch nicht endgültig zu beurteilen. Und dann fielen einige Sätze über ihre Traumfigur, die dem Buffo geradezu ins Herz schnitten. Könnten Seelen singen und das noch zähneknirschend, hätte die seine wohl *Mädchen gibt es wunderfeine …* intoniert.

Eines Tages war er zu später Stunde mit dem Dramaturgen des Hauses unterwegs, einem Mann, der ab einer gewissen Nachtzeit auch mit Leuten von der Operette vorliebnahm, Hauptsache, er hatte beim Saufen Gesellschaft.

Die beiden unbeweibten Männer, der Buffo aus eigenem Entschluss, der Dramaturg wegen allgemeiner Chancenlosigkeit, erlebten einige Kneipen bis zur Sperrstunde, bis – auf Vorschlag des Dramaturgen – nur noch der *Club Eve* übrig blieb. »Die haben Damenwechsel gehabt. Umbesetzung.« Der Dramaturg schüttelte sich über seinen Joke.

Der Club lag am Ende einer schmalen Gasse der Altstadt. Die Künstler wankten über gut erhaltenes Kopfsteinpflaster, der Dramaturg pinkelte in einen Hauseingang. Diese Gasse erinnerte den Buffo ganz besonders daran, in welcher Stadt er gelandet war und in der er – wenn er nicht achtgab, wenn er nicht rechtzeitig den Entschluss zum Weggehen fasste – auch enden würde, womöglich als Betriebsrat, als Ensemblesprecher. Allerdings, *sie* ist ja auch hier, dachte er und sah in seiner Fantasie die Frau mit Geheimnis im *Club Eve* auf ihn warten.

Die neuen Damen des Clubs waren auch nicht schöner als die der vergangenen Monate, sie entsprachen nicht einmal den Vorstellungen des Dramaturgen. Der Buffo stellte ohne Rücksicht auf gedemütigte Zuhörerinnen fest: »Die neue Salondame ist schärfer als dieser ganze Puff.«

Der Dramaturg bestätigte das, sich an seinen Hoden kratzend. Der Buffo blieb beim Thema, fast schon aus Gewohnheit.

»Sag, wie kommt diese Frau an unser Theater?«

Der Dramaturg machte sein allwissendes Gesicht.

»Das weißt du nicht, warum die untertauchen musste? Sozusagen aus dem Schussfeld verschwinden?«

»Nein«, sagte der Buffo, »du?«

Im Gesicht des Dramaturgen lief ein Porno ab.

»Hast du nicht diese Geschichte gelesen, ungefähr ein Jahr ist die alt, da hat es im exklusivsten Stundenhotel des Regierungssitzes einen hohen Ministerialbeamten erwischt, auf einer Dame, Herzschlag, eine größere Affäre, der Mann war verheiratet, man hat das irgendwie heruntergespielt, aber peinlich war es natürlich. Was die Dame anlangt, sind die Zeitungen nicht über Andeutungen hinausgegangen, aber so viel stand immerhin fest: eine bekannte und besonders attraktive Schauspielerin des Boulevard.«

Der Buffo hüpfte vom Barhocker. »Und das ist die –?«

»Natürlich«, antwortete genüsslich der Dramaturg. Angesichts dieser Eröffnung erschien dem Buffo das Lokal nur mehr als erotische Frittenbude.

In der Nacht dachte er, wenn ich die ins Bett kriege und dann wer stirbt, dann sie, das schwöre ich. Und: Man muss das ganz anders singen, die zweite Zeile: *Mädchen gibt es wunderfeine, doch wer liebt, der sieht nur eine*, das muss man ganz intensiv singen, total geil, dieses *doch wer liebt, der sieht nur eine* …, nicht so beschissen wie dieser Idiot von Tenor.

Der Buffo, an den folgenden Tagen weiterhin ohne Erfolg in Sachen Annäherung, versuchte sich von seinem Stau durch Maulhurereien zu befreien. Er erzählte allen möglichen Leuten, mehr oder weniger diskret, seine Informationen über das Vorleben der Frau mit Geheimnis. Die Geschichte war erregend genug, um sich nicht nur über das Theater zu verbreiten, sondern auch die kunstinteressierten Söhne der Stadträte und Drogisten, der Zahnärzte und Tuchhändler zu erreichen. Auch deren Väter.

Das allzu vertraute, allzu brave Theater hatte plötzlich eine Aura, verlieh der Stadt einen gewissen Glanz. Denn wo noch können sich die Premierenabonnenten auf eine Salondame freuen, die einen hochrangigen Politiker zu Tode gebumst hat. Man fühlte sich über diese Bettgeschichte mit den Abgründen der großen diplomatischen Welt verbunden. Für die Pause der bevorstehenden Komödienpremiere waren manch wissendes Lächeln, manche delikat-witzige Anspielung zu erwarten.

Der Buffo sah sich die für Kollegen zugängliche Hauptprobe der Boulevardkomödie an, sah die Frau mit Geheimnis in einem dem Sujet entsprechenden Dekolleté und bemerkte an sich einschlägige Reflexe.

Nach der Probe ging er ins Theaterlokal, und als er da so saß, mit seinem Beruhigungsdrink, traute er seinen Augen nicht. Erstmals kam die Frau mit Geheimnis herein, an der Seite des alten Oberspielleiters, eines resignierten, an Damen nicht mehr aktiv interessierten Herrn.

Dem Buffo gerann das Blut, als sich die Frau mit Geheimnis freiwillig, ohne sein Zutun, auf den Hocker an seiner Seite setzte, auf der anderen Seite flankiert vom Oberspielleiter. Die beiden eben Gekommenen waren von der Probe müde und schwiegen.

»Ich will nichts verschreien«, sagte der Buffo. »Aber ich find's toll.«

»Waren Sie drinnen?«, fragte die Frau mit Geheimnis nicht sehr interessiert.

»Natürlich«, antwortete der Buffo und stellte sich vor: »Ich bin ein Kollege von der Operette –«

»Ich weiß, ich hab die Fotos gesehn.«

Der Buffo nahm seine ganze Frechheit zusammen. » Wenn Sie – nach der Premiere – einmal Zeit haben, vielleicht haben Sie auch Lust, in meine zu kommen, ich meine, wenn Sie nichts Besseres vorhaben, würde ich mich wahnsinnig gerne einmal näher mit Ihnen unterhalten.«

Er kassierte einen Blick, den er nicht anders deuten konnte als mit: Du kleines Arschloch! Mit dir doch nicht!

Da sagte der Buffo einen Satz, den er sich mehr sagen hörte, als dass er ihn bewusst sagte: »Das muss toll sein, mit so einem Geheimnis zu leben.« Er stockte.

Die Frau mit Geheimnis wurde in der Sekunde blass, bekam hektische Flecken auf den Wangen und ging mit einem knappen »Pardon!« rasch in Richtung Toilette ab.

Der alte Oberspielleiter sah den Buffo verächtlich an. »Nicht sehr geschmackvoll von Ihnen. Darüber spricht man nicht, wenn eine Frau Derartiges durchgemacht hat. Eineinhalb Jahre Gefängnis –«

Das sagte der Oberspielleiter mehr zu sich.

Dem Buffo tanzte es vor den Augen. Ein Sexualattentat, dachte er, ein Mord im Bett.

»Woher wussten Sie denn Bescheid?«, fragte der Oberspielleiter.

Der Buffo log: »Das weiß doch schon jeder.«

Der Oberspielleiter wurde böse.

»Dann sollte aber auch jeder die Schnauze halten. Eineinhalb Jahre wegen Kollegendiebstahl, dann psychiatrische Behandlung wegen Kleptomanie und dann den Mut haben, in dieses Drecksnest zu gehen und noch einmal von vorn zu beginnen, dazu gehört allerhand. Halten Sie also in Zukunft Ihre blöde Schnauze. Über so was spricht man nicht.«

In Panik zahlte der Buffo, um vor der Rückkehr der Frau mit Geheimnis aus dem Lokal zu kommen.

Dem Kotzen nahe, ging er auf das Theater zu.

Da lag es vor ihm, mitten in diesem geschmacklosen Park mit den widerlich überzüchteten Beeten, da lag es, jeder Erotik entkleidet, spießig, nach Naphtalin und Ballettschweiß stinkend, unbedeutend, unbeachtet, zu Recht vergessen, am Arsch der Welt, ein Refugium für Gescheiterte.

Wenn ich auch nur noch ein Jahr an diesem Haus bleibe, dann nimmt mich endgültig keiner mehr, dachte er. Die Premiere warte ich noch ab – und dann wird gekündigt.

Als er auf der ersten Orchesterprobe aus dem Graben *Mädchen gibt es wunderfeine* … hörte, fühlte er sich verlassen wie noch nie.

Wiedererkennen

Sie war eine gehobene Schlagersängerin, schon Chansonette zu nennen. Was man auch tat. Ihre Tourneen waren seit Jahren konstant erfolgreich. *Eine Frau, die weiß, was sie singt*, diese Formulierung tauchte in den Besprechungen der Feuilletons des Öfteren auf. Sie wusste es wirklich. Sie wusste, es war Talmi.

Sie hatte einiges an echten Lieben und unechten großen Leidenschaften hinter sich gebracht, das erotische Achselzucken und das Behandeln des Nachgeschmackes waren ihr wohl vertraut. Daher konnte sie abschätzen, wie weit alles, was sie auf der Bühne von sich gab, von der Wahrheit entfernt war. Aber sie erhob für sich auch nicht den Anspruch, Wahrheiten von sich zu geben. Sie hatte nie jemanden gekannt, der sie ihr hätte schreiben können, und sie selbst hatte nie den Mut, es zu versuchen.

Sie hatte schon in der Schauspielschule den Brief an den, von dem sie dachte, er müsse der einzige bleiben, nie abgeschickt. Die Worte waren ihr zu banal. Sie wusste wirklich, was sie singt.

Vorbei waren die zwei Anfängerjahre als Provinzschauspielerin, die Zeit des hoffnungslosen Ehrgeizes, es zu schaffen. Vorbei waren die beruflichen Anfänge, wo der Rauch auf der Stimme der Karriere noch schadete. Denn der Sprechstimme hatte für die großen Emotionen – etwa im Klassiker – der Klang gefehlt, für die Koketterien des Boulevards die Leichtigkeit. Einmal aber hatte ein junger Kapellmeister die Idee gehabt, einen Liebesliederabend zusammenzustellen, hatte die Gesangsstimmen aller ambitionierten Ensemblemitglieder getestet und die ihre als besonders gut befunden.

Als sie das bemerkt und auch gesagt bekommen hatte, investierte sie einige Liebesnächte mit dem Musikus, um mehr Titel als die Kolleginnen und vor allem die schönsten zu bekommen.

So wurde der Chansonabend des Stadttheaters zu ihrem großen, persönlichen Erfolg. Der Kapellmeister und sie riskierten bald darauf einen Soloabend im *Kleinen Saal* des Konzerthauses. Auch der ging gut, es folgten Einladungen zu Firmenjubiläen und anderen Festlichkeiten, ein professionelles Management wurde erforderlich, sie hatte Glück mit der Wahl, der Manager brachte sie in Nachtsendungen und in dritten Programmen des Fernsehens unter, stellte den Kontakt zu einer erstklassigen Begleitband her, beriet sie auch in Sachen Tonträger nicht schlecht und wollte körperlich nichts von ihr. So konnte alles seinen branchengerechten Gang gehen.

Der abgehalfterte junge Kapellmeister versuchte danach vergeblich, wieder eine Chansonsängerin zu entdecken.

An die zwanzig Jahre waren vergangen. Der ganz große Spaß war ihr abhandengekommen, zu sehr hingen ihr einige Lieder, die ihr Markenzeichen waren, schon zum Halse heraus. Allerdings genoss sie es immer noch, ihr schönes Foto von den Plakatwänden und Aufstellern strahlen zu sehen, vom Management vor Tourneebeginn zu erfahren, wo zweifelsfrei mit einem ausverkauften Haus gerechnet werden könne. Zudem boten ihre Tourneen dem verheirateten Freund und Erzeuger moderner Installationsgeräte Gelegenheit, sich wieder einmal intensiver um seine Familie zu kümmern oder sich eine andere Abwechslung zu gönnen, was die Chansonette auf Tourneen nur in Ausnahmefällen tat. Für One-Night-Geschichten hatte sie zu wenig Fieber und zu viel Geschmack.

Wenn es nach ihr gegangen wäre, hätte sie ausschließlich in Großstädten gastiert. Sie forderte das auch in regelmäßigen Abständen von ihrem Manager, musste sich aber immer wieder erklären lassen, es gäbe nicht so viele Großstädte, um eine anständige und wirklich lukrative Tournee ausschließlich mit deren Terminen zustande zu bringen. Überdies würden die Fahrten, so komfortabel sie bei diesem Niveau der Tourneen auch sein konnten, zu lange dauern. Nein, erklärte der Manager, zwischen dieser und jener Großstadt müsse man die Kreisstadt und das gehobene Kurbad mitnehmen.

So kam sie erstmals in diesen Kurort am See.

Das Auto fuhr von einer Anhöhe, die den Blick auf den See freigab, in Serpentinen zum Ort hinunter. Sie bat den Fahrer, besonders langsam zu fahren. Was sie an diesem Anblick so faszinierte, war weniger der leicht eingenebelte schöne See, es war der Ort, es war die Überschaubarkeit des Ortes, begrenzt durch einen See vorne, einen Berg hinten und die Schilder »Willkommen in …« und »Auf Wiedersehen in …«.

Warum lebt man nicht in so einem Ort?, dachte sie. Als sie die Uferstraße zum Hotel fuhren, lag alles sehr im Dunst, so hatte sie auch gar keine Lust, zum Strand zu bummeln, die Gefahr eines *Reizhustens* war bei derartigem Wetter immer gegeben. Sie legte sich auf das große Bett im schönen Zimmer des ersten Hotels am Platz und fand alles ziemlich sinnlos. Gewohnheitsmäßig blätterte sie in der lokalen Zeitung, entnahm dem Feuilleton mit Zufriedenheit die Feststellung, die Freunde des Chansons hätten heute Abend eine kostbare Gelegenheit, war aber gleichzeitig irritiert vom Wort *Restkarten*.

Es hätte an diesem Tag des Nebels nicht bedurft, alles unklar erscheinen zu lassen, den Gang zum Kurtheater, in die Garderobe, auf die Bühne.

Licht, Sound und alles, was so zu besorgen ist, hatte ihr kleines und perfektes Team wie immer ohne sie erledigt, in der Garderobe wartete *die liebe Frau für alles* mit dem Pausentee. Als sie im ersten Teil des Programms in einem klassisch zu nennenden französischen Chanson irgendeinem untreuen Schwein versprach, ihn demnächst auf besonders raffinierte Weise zu kastrieren, dachte sie an den Tee und freute sich darauf.

»Ist es nicht ein entzückendes Theaterchen?«, sagte *die liebe Frau für alles* in der Pause. Die Chansonette trank den Tee und gestand sich ein, das Theater nicht weiter bemerkt zu haben.

Da klopfte es. Sie sagte: »Herein!«

Die Tür ging auf. Im Rahmen stand, ohne die Klinke loszulassen, ein Mann ihres Alters, von unspezifischem Äußeren, mittelgroß, vielleicht drei bis vier Kilo zu schwer, das blonde Haar in den Ecken schon etwas durchsichtig, für den Chansonabend korrekt gekleidet, nicht zu elegant, aber auch nicht zu alltäglich.

»Ich hoffe, ich störe dich nicht in der wohlverdienten Pause«, sagte er. »Ich geh auch gleich wieder, ich wollte dir nur guten Abend sagen.«

Sein Blick war herzlich, aber scheu. Er schien weniger Angst zu haben zu stören, als nicht erkannt zu werden.

»Ja, grüß dich«, erwiderte sie in derselben Sekunde.

»Schön, dich zu sehen, du störst mich überhaupt nicht, es geht nur bald …«

»Ich bin sofort wieder dahin«, sagte er. »Es freut mich nur, dass es dir so gut geht. Du hast wirklich eine schöne Karriere gemacht.«

»Danke, es geht. Und du? Was machst du?«

Sie hatte keine Ahnung, wer der Mann war. Aber er kam ihr immerhin so bekannt vor, dass sie es sich nicht leisten wollte, sich zu blamieren, sie wusste, irgendwo hatte sie den Menschen schon gesehen und auch gesprochen, aber wo, in welchem Zusammenhang, das war jetzt absolut nicht abrufbar.

»Ich bin jetzt Prokurist bei der Sparkasse«, sagte er. »Das war der richtige Entschluss damals, du warst ja, wenn ich mich richtig erinnere, auch dafür. Du hast mir dazu geraten.«

»Hab ich das?«, fragte sie. Es wurde ihr immer unbehaglicher. Nichts fiel ihr ein. Möchten Sie mir nicht sagen, wer Sie sind?, wollte sie sagen, brachte es aber nicht heraus. Sie sagte nur: »Bleib doch nicht in der Tür stehen«, und während er ein klein wenig in den Raum trat: »Und sonst? Privat alles in Ordnung?«

»Ja«, sagte er mit leichtem Lachen. »Aber Ehe scheint keine Dauerlösung zu sein. Du?«

»Ich? Ich bin solo, ein Single.«

»Du warst schon immer fürs Unabhängige.«

»Das weißt du noch?«

»Ich weiß eigentlich so ziemlich alles aus der Zeit.«

»Find ich toll.«

Sie war am Ende ihrer Kraft, am Rande der Hysterie. Das ist doch nicht möglich, dachte sie, da kennst du den von irgendwoher und hast doch keine blasse Ahnung.

Sie griff hektisch zum Tee. Zugleich ertönte das erste Zeichen zum Pausenende.

»Du musst dich konzentrieren«, sagte er.

»Na ja, so langsam.«

»Ich hab mich wahnsinnig gefreut, dich wiederzusehen, nach all den Jahren, ich hoffe, du bist nicht bös, dass ich hereingeplatzt bin, aber ich hab mir gedacht, wenn du schon einmal in diesem Nest bist, muss ich dir doch guten Abend sagen.«

»Unbedingt«, sagte sie. »Ich hab mich auch wahnsinnig gefreut.«

Er zog sich zurück. »Und toi, toi, toi! für den zweiten Teil!«

»Wird schon schiefgehen.«

Er war weg. Sie war total durcheinander. *Der lieben Frau für alles* erzählte sie von ihrer Ahnungslosigkeit, wer das gewesen sein könnte, auch den Begleitmusikern am Gang vor dem Wiederauftritt, und alle versicherten, das zu kennen, das sei furchtbar, da könnte man aus der Haut fahren, wenn man mit einem redet und nicht weiß, mit wem, und es nicht zugeben möchte, furchtbar sei das. Quälend.

Die Chansonette suchte im zweiten Teil des Programms den Kopf des Mannes in den ersten beiden Reihen, in denen sie die Gesichter noch unterscheiden konnte. Da saß er aber nicht. Das Problem ging ihr nicht aus dem Hirn. Sie wollte es unbedingt lösen, was die Konzentration auf ihre Nummern etwas erschwerte. Zwei Tage später stand im *Bäderboten* – was sie nie erfuhr, denn wer beschafft sich schon den *Bäderboten*, um zu erfahren, was der befunden hatte – »souveräne Bühnenpräsenz, von minimalen Konzentrationsfehlern nicht beeinträchtigt«.

Da sie repertoiremäßig auch viel von erotischen Begegnungen, Liebesnächten und unwiderruflichen Abschieden sang, versuchte sie, den Mann aus der Garderobentür in eine derartige Situation ihres Lebens zu projizieren.

Vergeblich, er passte nirgendshin.

Tagelang war ihr die Tournee vermiest. Sie ging sich und allen anderen auf die Nerven, weil sie das Thema: *Wer könnte das gewesen sein?* immer wieder ansprach.

Dann folgte das Gastspiel in einer der großen Städte, zu dem der Freund wieder einmal nachgeflogen kam, und die Qual der Unbeantwortbarkeit der Frage nach dem Kennen des Garderobengastes verblasste gegenüber dem Gefühl, von der Anwesenheit des Freundes behelligt und belästigt zu werden.

Es vergingen einige Jahre. Die Chansonette hatte mit ihren alljährlichen Tourneen aufgehört. Finanziell waren sie nicht mehr notwendig. Die Einzelauftritte bei Firmengalas reichten, um nie auf das nicht unbeträchtliche Ersparte zurückgreifen zu müssen und dennoch vom Freund gänzlich unabhängig zu sein. Künstlerisch hatte sich ihre Unlust an dem ständigen Wiederholen des Tourneerituals verstärkt, da Stillstand in der Karriere langsam, aber sicher als Rückschritt erscheint, minimales Nachlassen des Publikumszuspruches als Vorbote zu vermeidenden Desasters. Sie hatte das in dem Gespräch mit dem Manager aufs Tapet gebracht. Der widersprach zwar eine Zeit lang, denn an Prozenten wäre bei Tourneen für ihn immer noch einiges drin gewesen, ihre Bestimmtheit veranlasste ihn jedoch, nachzugeben und das Unternehmen umzubauen.

Er wollte die Klientin nicht verlieren, mit den

Industriegalas war sicher noch zehn Jahre gutes Geld zu machen.

Eines Tages hatte sie in einer der trostlosesten Städte des Industriereviers bei einer Veranstaltung der Landesbank für die Herren der Direktionsetagen und deren ausgewählte Kunden aufzutreten. Es war nicht ihr Tag. Sie fühlte sich unwohl, fand das Hotel unter jeder Sau, der am Telefon zur Rechenschaft gezogene Manager beteuerte, es gäbe, das müsse sie doch von den Tourneen her wissen, nichts Besseres in dieser Stadt.

Sie musste widerwillig eine kleine Probe machen, da sie kein ständiges Ensemble mehr hatte und das auf Trio reduzierte ehemalige Quintett des Öfteren – so auch diesmal – einen Einspringer einproben musste. Sie meinte, der neue Schlagzeuger sei unsensibel und der Klang überhaupt scheußlich, tat dem jungen Mann aber unrecht. Es war die reine Hysterie. Zudem hörte sie schon während der kleinen Probe aus den Nebenräumen des für die Chansongala hergerichteten großen Kassenraumes der Landesbank die Geräusche des für das anschließende Galabuffet zuständigen Partyservice. Sollte sie am Abend, während des Gesanges, das leiseste Tellerklappern hören, ginge sie von der Bühne, ließ sie die sinnlos herumstehenden Schranzen der Landesbank wissen.

Dann ging sie ins Hotelzimmer und weinte ein wenig.

Ihr Auftritt sollte zwischen Aperitif und Galadiner stattfinden, davor, so wurde ihr mitgeteilt, würde der

Chef des Hauses eine kleine Ansprache halten. Kurze Zeit vor ihrem Auftritt kam der Pressechef der Landesbank in die improvisierte Garderobe – man hatte ein Schulungszimmer der Bank für den Gast hergerichtet und sich tausendmal entschuldigt, über nichts Geeigneteres zu verfügen – und kündigte an, der Gastgeber, der Direktor der Bank, möchte seinen Star persönlich begrüßen.

Der Direktor kam herein.

»Ich freu mich, dass der Termin geklappt hat.« Er küsste sie auf beide Wangen und strahlte sie an. Er war es. Und diesmal wusste sie nicht nur, das ist der Mann, der da vor einigen Jahren in der Garderobentür gestanden war, diesmal wusste sie auch die Vergangenheit, das Woher.

Der da vor ihr stand, beantwortete ihr die Frage, die sie sich immer wieder gestellt hatte, beim Schminken, bei Interviews, beim Lesen der Bankpost: Was ist eigentlich Karriere? Der da vor ihr stand, verkörperte Karriere, er war die Antwort auf die Frage. Er war die Einlösung eines Vorhabens. *Er war Karriere.* Bilder aus jener Zeit tauchten auf, als er davon gesprochen hatte.

Damals hatte am Stadttheater ein junger zweiter Bariton versucht, erster zu werden, hatte in der Kantine immer wissen wollen, wie man ihn in den ihm anvertrauten kleinen Partien gefunden hätte. Jetzt sah sie ihn ganz genau als Bauernburschen im *Bajazzo* vor sich, hörte die kehlige kleine Stimme, sah sich an einer Theke, ihm gegenüber, und hörte sich sagen: »Wenn du es nicht schaffst, ist ja nichts passiert, mit deiner abgeschlossenen Banklehre kannst du immer auf eigenen Füßen stehen.«

»Weißt du«, sagte der Direktor, »das ist heute gesellschaftlich mein erster wichtiger Abend als Chef hier, meine Mitarbeiter und die Agentur wollten mir was weiß ich wen verkaufen, aber ich hatte mir geschworen, wenn ich meinen ersten Empfang gebe, dann musst du auftreten.«

»Das finde ich wirklich entzückend von dir.« Sie fühlte sich plötzlich wohl und geborgen.

Es rann ihr geradezu herunter, als sie den Direktor am Ende seiner kurzen und eleganten Begrüßungsansprache sagen hörte, es wäre ihm ein besonderes Vergnügen, seinen Gästen nicht nur eine der ganz großen Künstlerinnen des Genres Chanson bieten zu können, sondern gleichzeitig auch eine liebe Freundin, ja, wenn man es genau nähme, eine Frau, die einmal seine Kollegin gewesen sei.

Die betuchte, weiblich schwach durchsetzte Herrengesellschaft nahm die halbstündige Show der Chansonette begeistert auf, man überreichte ihr teuerste Blumen, beim Diner war sie Tischdame des Bankdirektors, und da der eine oder andere wichtige Gast seine *Dame* mitgebracht hatte, bot sich die Frage nach *der* oder *einer* Frau des Bankdirektors an.

»Die habe ich für immer im Kurort gelassen«, erzählte der Bankdirektor. »Als ich damals zu dir in die Garderobe gekommen bin, ja schon vorher, als ich dich auf der Bühne gesehen habe, hab ich gewusst, mit dem, was da zu Hause auf mich wartet, oder auch nicht, kann es nicht weitergehen.«

Es wurde reichlich Champagner getrunken.

Die Chansonette beantwortete versiert und an diesem Abend wieder einmal mit Freude die Fragen der Direktoren nach den Schönheiten und Schwierigkeiten des Berufes der *Frau, die weiß, was sie singt.*

Der Bankdirektor bat es sich aus, seine Künstlerin persönlich ins Hotel zu bringen, bewies Stil, machte keinen einschlägigen Vorschlag, sagte sich lediglich zu einem Frühstück an.

Beim Einschlafen fiel der Chansonette das Lied *Florenz hat schöne Frauen* ein, sie erinnerte sich an einen jungen Mann, der sich verzweifelt bemühte, *Boccaccio* zu sein, und fand, jetzt wirke er wesentlich besser.

Wenn der Mann auf die Idee käme, dachte die Chansonette, dann wäre das eine tadellose Gelegenheit, abzuspringen und den Blödsinn mit der Singerei endlich sein zu lassen.

Sie stand des Morgens etwas früher als nötig auf und machte konzentriert eine erstklassige Toilette.

Der Bankdirektor hatte nicht viel Zeit für eine Hochzeitsreise. Ein Wochenende im Traumhotel auf der berühmten Insel musste reichen. Als das Paar beim Kerzenschein an den Schalentieren sog und zwischendurch manches liebe Wort fallen ließ, sagte der Bankdirektor:

»Ich habe dir nie vergessen, dass du mich damals, als ich in die Garderobe gekommen bin, sofort erkannt hast. Ich hab mir vorher gedacht, es ist doch lange her, wer weiß, vielleicht kennt sie dich gar nicht mehr, aber du bist so auf mich zugekommen, hast dich so gefreut, warst so herzlich, wahrscheinlich hat es damals bei mir schon eingeschlagen.«

»Sofort habe ich dich damals erkannt«, sagte sie. »Bevor du noch den Mund aufgemacht hast, in der Sekunde!«

Der Zauberer

Der Name des Zauberers hatte überhaupt nichts mit der Figur des Inders zu tun, als der er auftrat. Man stelle sich vor, da wird ein Mann angekündigt, der heißt wie ein Slowake oder ein Spanier, und es kommt ein Inder. Das könnte stören. Bei diesem Zauberer aber, der, wie ich viel später erfuhr, ursprünglich Ungar war, spielte die Unstimmigkeit zwischen Namen und Figur keine Rolle, denn er war der beste Zauberer aller Zeiten.

Das wusste ich sofort, als ich damals, ich war vielleicht Mitte zwanzig, gewohnheitsmäßig in den gerade gastierenden Zirkus ging. Ich wusste: Ich sehe den besten Zauberer aller Zeiten. Heute freilich räume ich ein, es ist unsinnig zu sagen, *der beste Zauberer aller Zeiten*, man kann ja auch nicht sagen: der beste Geiger, der beste Pianist, denn jeder hat seinen Stil und seine besonderen Fähigkeiten. Dennoch beharre ich auf der Wertung: der für mich beste Zauberer aller Zeiten. Was so viel heißt wie: der beste Zauberer aller Zeiten. Auf dem Gebiet der bewundernden Liebe gibt es zum Glück kein Relativieren.

Seit ich den Zauberer zum ersten Mal gesehen hatte, konnte ich seine besten Tricks sehr gut beschreiben, konnte ich sagen: Wisst ihr, was der Mann gemacht hat?, und meine Beschreibung stimmte. Ich animierte immer wieder Freunde und Freundinnen zum gemeinsamen Zirkusbesuch, erzählte ihnen vorher, was sie erwartete, freute mich an ihrer Ungläubigkeit und doppelt an ihrer nachträglichen Feststellung, dieser Zauberer sei in der Tat unfassbar.

Ich könnte Ihnen seine Tricks auch hier darstellen, aber ich hoffe, wir sind uns einig, es wäre Unsinn. Papier ist geduldig, ich könnte lügen, Sie haben keinen Grund, mir zu glauben, der Zauberer hätte tatsächlich so faszinierende Tricks gekonnt, wie ich sie berichte.

Was ich aber beschreiben kann, sind Stil und Ausstrahlung des Zauberers.

Er betrat die Manege oder die Bühne heiter. (Natürlich ist das eine gespielte Heiterkeit, verständlich, wenn man womöglich zweimal täglich aufzutreten hat, aber das ist für den Betrachter gänzlich irrelevant.) Ich wiederhole: Er betrat die Manege oder die Bühne heiter, er strahlte Vorfreude aus; die Ungläubigkeit der Menge, das Staunen, die Verblüffung, kurz: alle Reaktionen, mit denen er erfahrungsgemäß zu rechnen hatte, machten ihm Spaß. Holte er sich seine Opfer aus dem Publikum, dann behandelte er sie als Partner, schien auch selbst nicht begreifen zu können, warum die Spielkarte, die die Opfer doch eigenhändig und vor aller Augen zerrissen hatten, sich ausgerechnet in ihrer Brieftasche unversehrt wiederfand. Er vermittelte uns Armen, Ungeschickten, die wir nicht in der Lage sind, unseren Mitmenschen das Unwahrscheinliche, das nicht Menschenmögliche vorzuführen, immer das Gefühl, er, der Zauberer, sei auch so ein Trottel, er hätte nur das Glück, Zauberer zu sein, sei also vom Schicksal mit dem unverdienten Privileg ausgestattet worden, zu erfahren, wie man so was Wahnwitziges macht und wie man es – vorausgesetzt, man hat die Zähigkeit eines Goldsuchers – auch erlernen kann.

Sehr hing die Wirkung des Zauberers auch mit choreografischer Präzision zusammen. Jede Körperdrehung, jedes *Voilà*, jedes Lachen, jedes Hochziehen der Brauen, alles kam auf den Punkt genau. Ich bin sicher, die Dauer seines Auftrittes differierte niemals um mehr als eine Minute. Dennoch – und deshalb diese Anmerkung – musste das Publikum, wenn der Zauberer lachte, das Gefühl haben, es sei etwas Unvorhergesehenes passiert, was den Mann so besonders erheiterte.

Der Applaus, den der Zauberer erhielt, war der Applaus von Glücklichen, und der Zauberer schien einer der Ihren zu sein.

Ich breche die Beschreibung des Zauberers ab, denn sie läuft Gefahr, in eine Vorlesung über meinen Begriff von Bühnenästhetik auszuarten.

Ich bitte Sie nur, mir zu glauben, dass ich jahrelang allen Leuten, die sich für Schaugeschäft im Allgemeinen und Zauberei im Besonderen interessiert haben, mit der Beschreibung des besten Zauberers der Welt auf die Nerven gegangen bin. Natürlich nicht jenen, die ihn gekannt haben, denn die stimmten in die Schilderung immer ein.

Es vergingen Jahre.

Der Zauberer war für mich Geschichte.

Eines Tages stand sein Name wieder auf dem Plakat: groß, unübersehbar, als die Top-Sensation des circensischen Unternehmens.

Fiebernd wie ein kleines Kind saß ich in der Loge. Die Sprecherstimme kündigte an, der Tusch leitete ein, der Spot holte ab. Da stand der Inder mit dem unpassenden Namen und war etwa fünfundzwanzig Jahre jünger. Ein rascher Blick in das Programmheft belehrte mich, ich hatte auf dem Plakat ein kleines *junior* überlesen. Es war der Sohn des besten Zauberers aller Zeiten.

Er war die Wiedergeburt, die Neuauflage, die Kopie. Er konnte alles, was sein Vater konnte, er hatte an der Nummer nicht das Mindeste verändert, er exekutierte sie.

Ich sah bald nicht mehr sehr konzentriert zu, ich kannte ja jede Bewegung, ich begann mir zu überlegen, ob ich mit der Annahme, der Junior hätte nicht ganz den Erfolg des Vaters, nicht einer Täuschung unterliege, einer Täuschung, die auf der Verklärung des einstmals Gesehenen beruhte. Auch dachte ich darüber nach, dass alles, was der junge Mann zauberte, für eine neue Generation wieder völlig neu war, mein instinktiver Einwand gegen die Neuauflage wahrscheinlich nichts anderes als die Blasiertheit der Erfahrung.

Doch dieser Zauberer gefiel mir nicht, sosehr ich mich auch wehrte, mir dieses Missfallen zu gestatten. Im Pressewagen des Zirkus traf ich einen alten Bekannten, der sich seit Jahren als vorausreisender Pressechef von Zirkusunternehmen sein Geld verdiente. Er war ein echter Baron – warum er vom rechten Weg des guten Hauses abgekommen war, hat er mir nie erzählt – und lange Artist gewesen, Fänger einer Trapeztruppe. Jetzt saß er, jede Menge Wasser in den bandagierten Beinen, kurzatmig da und beantwortete die Fragen der journalistischen Volontäre, die wissen wollten, ob die in sechster Generation aus dem Tiergarten stammenden Raubtiere direkt aus Afrika eingeflogen worden wären.

»Arbeitet der Alte nicht mehr?«, fragte ich ihn, als wir allein waren.

»Doch«, sagte er, »und wie! Der hat ein paar Jahre pausiert, weil da irgendwas mit der Galle war, aber soviel ich weiß, ist er zur Zeit in Las Vegas und räumt ab wie eh und je. Den Alten musst du immer noch vier Jahre im Voraus buchen.«

»Wie findest du den Sohn, jetzt einmal ganz ehrlich?«

»Fantastisch ist der Junge. Fantastisch. Aber der Vater ist er nicht.«

»Das Gefühl hatte ich auch. Aber woran liegt's?«

»Man hat's oder man hat's nicht«, sagte der Baron. Mit dieser Antwort war ich unzufrieden. Es muss sich allzeit bestimmen lassen, was einer hat und was nicht, bei Zauberern und bei anderen.

Es vergingen noch einmal Jahre. Ich hatte den Beruf gewechselt und war – in gewisser Weise – Kollege des Zauberers geworden. Ein bei dieser Gagenhöhe ohne Zögern angenommenes Engagement für eine interne Gala eines Mediengiganten führte mich in ein Luxushotel in den Schweizer Bergen.

Ich saß im Café und wartete auf einen Vertreter der Veranstalter, der mir endlich einmal verbindlich sagen sollte, welche Nummern in welcher Reihenfolge ich anzuconferieren hätte, als ich ein paar Tische weiter einen älteren, sehr abgemagerten Herrn mit allzu kastanienbraun gefärbten Haaren sah – den besten Zauberer aller Zeiten.

Ich ging hin, machte mich bekannt und fragte:

»Wissen Sie, wann ich Sie zum ersten Mal gesehen habe?«

»Erspar mir das, Freund«, sagte er.

»Arbeiten Sie im Moment in Europa?«

»Nein. Sie haben mich eingeflogen. Ich weiß auch nicht, warum ich noch solche Sachen mache. Ich glaub, ich spinn.«

Über die Jahrzehnte hatte sich der Bodensatz des ungarischen Akzents nicht aufgelöst.

Da saß er also, *der beste Zauberer aller Zeiten*, und kam mir ohne sein indisches Kostüm vor wie ein gemütlicher, kränkelnder, leicht verwirrter Rentner.

Am Abend sah ich seiner Nummer von der Bühnenseite zu, was heißt Bühnenseite, man hatte in der schönsten Konferenzhalle des Nobelschuppens so etwas wie ein Podium gebaut und die Auftritte mit Stellwänden abgedeckt. Ich war dem Zauberer also auf drei Meter nahe. Er machte seine Nummer, seine *routine*, sein Lebenswerk in dreißig Minuten. Hätte man nur seinen Sohn gesehen, man hätte denken können, er kopiere ihn.

Es war alles wie immer, es war faszinierend, es war grandios. Kurz nur hatte ich das Gefühl, er hätte Schwierigkeiten mit dem Atem, ich meinte auch, er schwitze allzu stark, aber das war wohl nur die Nähe, die mich das bemerken ließ.

Nach wenigen Manipulationen und den dazugehörigen Kommentaren war ich dem Zauber des Zauberers völlig erlegen.

Nein, sagte ich mir wie einst, das gibt es nicht! Nein, das gibt es doch nicht! Nein, das kann es nicht geben! Ich werde wahnsinnig!

Dass dieses Publikum – hinter Champagner hervorlugend – eher gönnerhaft als hysterisch reagierte, störte mich nicht. Der Mann war ganz einfach der beste Zauberer aller Zeiten.

Langsam begann ich zu begreifen, was an seinem Sohn nicht gut war. Warum er nicht gut war. Aber ich wollte es mir erst vom Vater bestätigen lassen, bevor ich es endgültig glaubte.

»Trinken Sie noch ein Glas Wein mit mir?«, fragte ich, als die animierte Festveranstaltung einen Transvestiten um die dritte Zugabe bat.

»Ich darf nicht, wegen der Galle. Welchen trinken wir denn?« Und er lachte.

Kurz bevor die zweite Flasche eines kalifornischen Roten – auf dem hatte der Zauberer bestanden – leer war, sprach ich mein Thema an.

»Ich habe Ihren Sohn gesehen.«

»Hat er Ihnen gefallen?«

»Jaaa – aber –«

Ich kam nicht dazu, meine Frage zu formulieren. Ich brauchte zu lange, um mich für eine Wortwahl zu entscheiden, die den Vater möglichst nicht verletzte. »Er hat einen Fehler«, sagte der Zauberer. »Er hält die Leute für blöd. Er kann die Tricks zu gut. Seit er so klein war, hat er sie mir abgeschaut, seit er so klein war, hat er sie gekonnt, er hält die Leute für blöd, die nicht merken, wie es geht. Er weiß nicht, dass er es auch nicht merken würde, wenn ich nicht sein Vater wäre. Er verachtet das Publikum. Die meisten merken das nicht, ein paar merken es. Aber er hat es wahrscheinlich nicht leicht gehabt mit mir als Vater. Mein Vater war Bäcker. Kein Zauberer.«

»Wollten Sie, dass er Ihre Nummer weitermacht?«

»Sind Sie verrückt!? Er sollte Arzt werden, ein Arzt in der Familie ist nie ein Fehler. Er wäre ein wunderbarer Arzt geworden. Als Zauberer ist er – na ja. Er ist schadenfroh. Er hält die Leute für blöd. Ich kann nichts dafür.«

Der beste Zauberer der Welt ist wohl schon tot. Der Junior ist eine in aller Welt gefragte Nummer. Einmal werde ich ihn mir wieder ansehen. Ich will ihm nicht unrecht tun.

Klavierspieler

Der Klavierspieler erwachte. Er hatte im Traum einen Ragtime spielen wollen, aber die linke Hand hatte immer ins Leere angeschlagen. Entweder waren da keine Tasten, oder sie klangen nicht. Ein fetter Mann erklärte, das sei seinen Gästen nicht zuzumuten. Da wurde der Klavierspieler panisch. Und wach.

Beim Wasserlassen merkte er, wie seine rechte Hand leicht zitterte. Wie verschwitzt er war. Es dämmerte ihm, was das für eine ungute Nacht gewesen war. Er hatte im »Logos« gespielt, im Solo. Auf diesem schon ziemlich zusammengedroschenen Stutzflügel, den er hasste, wie das »Logos« überhaupt. Weil dort die Leute so laut redeten, nicht zuhörten und fast so viel soffen wie er.

Er suchte im Kühlschrank nach etwas ganz besonders Kaltem. Er fand eine kalorienreduzierte Buttermilch. Sie widerte ihn an. Ihr Ablaufdatum war auch längst vorbei.

Gestern muss es wieder sehr schlimm gewesen sein, dachte der Klavierspieler. In den letzten Monaten wird es eigentlich immer schlimmer. Ich sauf mich schön langsam um meinen Verstand. Ein bisschen früh für meine fünfundzwanzig.

Ich rede schon wie mein Vater. Das ist doch zu blöd, wenn man zu sich selbst wie sein eigener Vater redet, mit den gleichen Worten. Aber andererseits, warum soll ich mir um mich nicht mindestens so viele Sorgen machen wie mein Vater? Ich stehe mir ja noch näher. Um diese Zeit steht er wohl vor einer Klasse, der Herr Professor, und erklärt die Weltgeschichte. Am Rande des Disziplinarverfahrens. Ja, politisch ist er in Ordnung, mein Alter. Da kann ich stolz auf ihn sein. War ich ja auch immer. Aber immer die Lebensregeln. Diese ewigen Lebensregeln. Wenn du nicht aufhörst, dann ...

Im Hirn des Klavierspielers trommelten Triller.

Welchem Gott soll ich danken, dass ich mir diesen Scheiß nicht mehr anhören muss? Aber ich sollte wieder einmal vorbeischauen bei den Alten, das gehört sich einfach so. *Sie* ist ja nicht so schlimm. Er doch auch nicht, in gewisser Weise.

Plötzlich bekam der Klavierspieler Angst, die Eltern könnten *ihn* besuchen. Weil er doch schon seit Tagen – oder waren es Wochen? – nichts mehr von sich hatte hören lassen. Wie sein Zimmer aussah! Seine Kleinwohnung! Dieses Chaos, das man nicht mehr anzugreifen wagt, das einen aus der Wohnung treibt. Noten, leere Flaschen, CDs, Socken, verdreckte Keyboards. Und das schöne, fleckunempfindliche Leintuch hatte er auch vergessen, aus der Wäscherei zu holen. Seit Tagen schlief er auf dem Unterbett.

Wenn das die Alte sieht und den Staub auf dem Klavier, heult sie. Aber wenn *ich* sie besuche, dann nur, wenn ich die Nacht davor trocken war. Nur dann.

Der letzte Familienausflug fiel ihm ein. Auch schon eine Zeit her. Da hat er schön geschaut, der Alte, wie ich gesagt habe, ich trinke zur Zeit nichts. Keinen Schluck. Er hat beinahe ein schlechtes Gewissen gehabt, wie er vor mir seinen Wein getrunken hat. Aber ich war eisern. Ich habe ihn beschämt. Nur ist dann dieser Trottel von einem Wirt mit Schnäpsen gekommen. Zum Abschied. Spende des Hauses. Den hab ich natürlich getrunken. Und den von meiner kleinen Schwester auch. Und dann hat der Herr Professor so blöd dreingeschaut, so blöd verletzt. Unerträglich.

Er legte sich noch einmal aufs Bett.

Das war zu arg gestern, gestand er sich ein. Es war ja auch wieder Schnee dabei. Natürlich, da ist doch diese Schwarze gekommen und hat gesagt, ich soll mit ihr aufs Klo, sie hat was. Da bin ich mit ihr gegangen, es hätte ja was bringen können. Aber sie wollte nur koksen mit mir. Hab ich halt. Warum denn? Ich will doch schon seit Wochen nicht mehr. Der Dreck geht derartig ins Geld. Gut, heute Nacht war ich eingeladen, aber sonst? Das muss sich alles aufhören. Auch die Sauferei!

Er sah eine Grappaflasche auf dem Klavier stehen. Ein schwaches Drittel war noch drin. Er stand auf. Er verspürte den unbändigen Drang, sie anzusetzen. Nur um diesen ekligen Geschmack der Buttermilch abzutöten. Er griff die Flasche an, hielt inne. Er bekam Angst. Doch nicht am Vormittag! Doch nicht, ohne was gegessen zu haben! Bin ich abhängig? Bin ich *schon* abhängig? Das bringt mich um! Das erledigt mich. Als Klavierspieler! Überhaupt! Total!

Er stellte die Flasche ab und vergrub sich noch einmal in seinem Kissen.

So jung er war, so viele hatte er schon gesehen, mit denen es nicht mehr weiterging. Und von anderen hatten Kollegen erzählt, wie die früher waren, bevor sie sich weich gesoffen hatten. Welche Chancen die gehabt hätten.

Das Wort *Chancen* fraß sich fest. Da war doch was in der Nacht, versuchte der Klavierspieler sich zu erinnern. Da war doch was! War es im »Logos« ? Nein, dort war gar nichts. Dort war nur die Schwarze mit dem Schnee.

Es fiel ihm ein, was war. Der Anrufbeantworter hatte geblinkt, als er durch die Eingangstür stolperte. Es war was drauf. Die »Komödie« war drauf. Die Direktion der »Komödie«. Er ging zum Anrufbeantworter und spielte sich den Anruf noch einmal vor. Eine freundliche Frauenstimme fragte, ob er gegen Mittag beim Direktor der »Komödie« vorsprechen könne. Der habe ein Problem und daher ein Angebot.

Der Klavierspieler erinnerte sich gerne an die Zeit in der »Komödie«. Im letzten Jahr war das. Da hatten sie zu viert ein kleines Musical begleitet – *Kammermusical* war auf dem Plakat gestanden und er hatte die leicht angestaubte Musik neu arrangiert.

Da ging sie doch ganz tierisch ab, erinnerte er sich stolz. War auch gut besucht, das Ding. Wenn da eine blöde Gans nicht einen Fernsehurlaub bekommen hätte, könnten wir's wahrscheinlich heute noch spielen!

Theater ist toll. Da ist alles so ordentlich. So geregelt. Da musst du pünktlich bei der Probe sein, eine halbe Stunde vor der Vorstellung im Theater, da gibt's kein Zuspätkommen, da gibt's kein Nicht-in-Form-Sein, da muss man immer sein Kostüm anziehen, einfach gut. Wieso heißt das eigentlich Kostüm? Es ist doch nur ein Anzug. Kostüm ist doch was anderes. Was Altes. Frack oder so. Egal, sie sagen Kostüm zum Anzug. Mir soll's recht sein. Die Tontechniker waren auch immer so freundlich. Den einen habe ich einmal erwischt. Wie ich zu früh dort war, da hat er selbst gespielt. »Over the rainbow«. Bei der einen Harmonie hat er sich überhaupt nicht ausgekannt. Da hat er sich richtig geniert, sie laut anzuschlagen, so daneben war sie. Ich hab sie ihm gezeigt. Das hat ihn gefreut. Es war eine gute Atmosphäre. Theater. Unbedingt wieder Theater! Das ist im Moment die Lösung. Danach kann man weitersehen.

Der Klavierspieler konzentrierte sich und fixierte ein Programm: Duschen. Zähneputzen. Espresso unten am Eck. Dann U-Bahn. Bin ich noch vor der Mittagszeit beim Direktor. Das ist zu schaffen. Vielleicht eine Rolle Pfefferminz. Gibt guten Atem.

Er ging unter die Dusche und ekelte sich vor einem leichten Dreckrand auf dem Boden der Duschkabine.

Nach der dritten Station der U-Bahn war es zu Fuß nicht mehr weit zur »Komödie« . Dem Klavierspieler schien alles so unscharf, was er beim Gehen sah. Bei den Autos konnte er das noch verstehen, die fuhren, die bewegten sich. Aber die Plakate! Warum waren die Schriften, die Körper der Modelle so unscharf?

Ich sehe gut, sagte er zu sich. Ich sehe ausgezeichnet. Ich spiele zwar nicht gerne vom Blatt, aber sie können mir hinlegen, was sie wollen. Ich sehe alles. Noch im Halbdunkel. Jede Note. Ganz scharf. Das ist nur heute, das mit dieser Unschärfe. Das vergeht. Wahrscheinlich habe ich etwas Schlechtes getrunken.

Die »Komödie« war ein altes, eher kleines Theater, mit einer Gründerzeitfassade und großen Schaukästen zwischen mehreren Türen. Der Klavierspieler ging von Schaukasten zu Schaukasten und betrachtete die Fotos. Auf einem Porträt erkannte er einen Fernsehstar. Der sah nicht so gut aus wie sonst. »Tod eines Handlungsreisenden« stand unter dem Bild. Der Titel sagte dem Klavierspieler was. Er erinnerte ihn an die Schule. An den Literaturunterricht. Das war das Stück, das er so besonders nicht mochte. Wo er sich absolut verschloss. Dieser Vater, der dauernd einen Sohn überschätzt, der dauernd von ihm behauptet, er sei der Größte, das konnte er damals nicht brauchen. Aber man könnte es sich doch anschauen. Heute. Aus der Distanz. Was hat man zu fürchten, wenn man an diesem Theater Musik macht, eine Produktion musikalisch leitet! Wen hat man da enttäuscht?

Die Direktionssekretärin fand es fein, dass der Kontakt schon nach dem ersten Anruf geklappt hatte, der Herr Direktor sei gleich frei. Sie bot Kaffee an. Der Klavierspieler dankte, er habe eben erst einen getrunken. Die Sekretärin meinte – durchaus liebenswürdig –, er mache einen leicht übernächtigten Eindruck. Der Klavierspieler bestätigte, er habe bis weit nach vier gespielt, sie wisse ja, wie das ist.

Der Direktor der »Komödie« telefonierte noch, als der Klavierspieler hereinkam. Er bot lässig einen Sitz an, verabredete mit seinem Gesprächspartner noch einen Rückruf, legte auf, kam freundlich mit ausgestreckter Hand zum Klavierspieler her, gab dem gar keine Chance aufzustehen.

»Freut mich! Wie geht's? Was tut sich? Wie läuft's? Ich hab was für Sie. Wenn Sie Zeit und Lust haben. Wir machen ein Liederprogramm, ein Liebeslieder-Programm, alle so genannten *Lieblinge*, die das Publikum sehen will, sind dabei«, er begann vergnügt zu lachen, »Sie wissen ja, singen wollen alle, auch wenn sie's nicht können, aber das spielt jetzt keine Rolle«, er wurde wieder sachlich, »wie gesagt: Liebeslieder. Ihr Kollege«, und er nannte einen dem Klavierspieler vertrauten Namen, »hat das Programm zusammengestellt, sehr schön, sehr rund, vielleicht muss man noch was dran machen, er sollte auch selber begleiten, er hat auch mit der Einstudierung schon begonnen, ich muss ihn nur leider rausschmeißen, der Kerl säuft.«

Dem Klavierspieler stockte der Atem.

Nichts anmerken lassen, befahl er sich. Seit wann säuft der? Ich hätte gedacht, nicht so viel wie ich. Ich mag den Mann. Er spielt nicht toll Klavier. Ich meine, technisch schon. Aber wenn der ohne Schlagzeug spielt, schwimmt er. Die *time* ist absolut im Arsch bei dem. Aber technisch ist er gut. Seit wann säuft er?

»Weiß er schon, dass Sie ihn –?«

»Natürlich nicht. Ich muss doch erst einmal klären, ob ich einen geeigneten Ersatz habe. Sie haben also Zeit? Dann gehen Sie in die Dramaturgie und holen Sie sich das Material. Gagenmäßig werde ich Ihnen einen Vorschlag machen, im üblichen Rahmen. Ich muss mir nur noch überlegen, was ich *ihm* zahle für die Zusammenstellung. Für Sie bleiben dann Einstudierung und Abendgage. Er wird sich nicht wehren können. Es ist ja nicht vorstellbar, was wir mit dem Mann mitgemacht haben. Auf zwei Proben ist er überhaupt nicht erschienen, und wie das Büro angerufen hat, hat der Kerl regelrecht ins Telefon gelallt. Am dritten Tag ist er dann erschienen, aber mit so einer Fahne, dass die Regieassistentin geglaubt hat, sie überlebt's nicht.«

Der Klavierspieler stand auf der Straße vor der »Komödie«. In der Hand krampfhaft eine große, zugebundene Mappe mit kopierten Noten festhaltend.

Nicht zu glauben, diese Noten hat der auch. Und wird sie nicht spielen. Weiß noch nicht, dass er sie nicht spielen wird. Wie kann der so verrückt sein, sich diesen Job nehmen zu lassen. Vergiss das »Logos« und wie diese Scheißläden alle heißen, mit ihren miesen Klavieren. Ich hab's doch heute wieder gespürt: Theater, das ist doch eine andere Atmosphäre, ein anderes Leben. Da macht eine Sekretärin die Tür auf, eine gepolsterte Tür, und die Fauteuils beim Direktor, eine Sensation. Ich ruf die Frau an, die früher bei mir aufgeräumt hat. Die muss wieder Ordnung machen. Da gehört ein neuer Stil her. In jeder Hinsicht.

Nein, es ist gut, dass ich das mache. Wieder einmal Proben. Einstudieren. Pünktlich sein. Nette Leute kennen lernen. Vielleicht ist eine Schauspielerin dabei, die auf mich steht. Ich kann ja an spielfreien Abenden genug daneben machen. Ich muss mit dem Chef vom »Logos« reden. Der braucht doch nur die Termine irgendwie zu koordinieren. Das geht schon. Wo habe ich meinen Kalender? *Wo* habe ich meinen Kalender? Warum führe ich denn den nicht mehr? Das kommt alles von diesem blöden Saufen.

Er verspürte Durst, einen Brand. Er erinnerte sich an das »Café Komödie« in der nächsten Querstraße. Am Weg dorthin verarbeitete er seine Situation weiter. Zeit hatte er genug, zumal er zunächst – in seiner Verwirrung – eine Querstraße zu weit ging.

Jetzt hauen die den einfach raus. Weil er säuft. Und ich kriege den Job. Ist ja nicht zu fassen. Genau genommen dürfte ich ja gar nicht – andererseits – *ich* werde keine Probe versäumen, ich werde nie blau antreten, das wird es bei *mir* nicht geben. Was soll ich da Skrupel haben? Außerdem bin ich besser. So viel ist einmal klar.

Was sind das für Noten? Gedruckte wahrscheinlich. Ich hab gar nicht gefragt, ob ich allein begleiten soll oder mit Rhythmus. Muss ich am Nachmittag anrufen. Zuerst schau ich mir einmal das Material an. Kann mir schon vorstellen, was der ausgesucht hat. Wird man alles einrichten müssen, wenn es nicht so altspatzenartig klingen soll.

Jetzt stand der Klavierspieler dem »Café Komödie« gegenüber auf der anderen Straßenseite. Er hastete hinüber. Er hastete, obwohl die nahe Ampel für Fußgänger auf Grün stand. Er hatte Angst, die Autos würden sich nicht an die Farben der Ampel halten, sie würden sie möglicherweise gar nicht genau erkennen.

Er betrat das Kaffeehaus. Das Einzige, was er sofort ganz scharf sah, war die Viererloge, in der allein der Kollege saß, der andere Klavierspieler, der gefeuerte, der durch ihn ersetzte, der Vorgänger.

Der winkte freundlich und lud zum Dazusetzen ein.

Der Klavierspieler hatte Angst, der Kollege könnte sich nach dem Inhalt der Notenmappe erkundigen. Daher verstaute er sie erst oben auf dem Garderobenständer, bevor er sich in die Loge zwängte. Sie schüttelten einander die Hand. Der Klavierspieler wusste nicht, was er sagen sollte. Ein »Wie läuft's?« brachte er gerade noch heraus.

Der Kollege setzte seine Kaffeetasse ab.

Seine Hand zittert überhaupt nicht, dachte der Klavierspieler, wieso sagen die, dass er säuft?

Der Kollege wiederholte die Frage:

»Wie's läuft? Na ja, wieder gut.«

»Wieso wieder?«, wollte der Klavierspieler wissen.

»Ich hab eine schwierige Zeit hinter mir. Ich war mit einer Schwedin zusammen, einer Tänzerin, die ist eines Tages dahin gewesen. Ohne was. Da hat's mich ziemlich gehabt, eine Zeit lang. Es wird dir aufgefallen sein, ich habe ja monatelang nirgends regelmäßig gespielt. Immer nur Zufallsgigs. Da bin ich ein bisschen ins Schlucken gekommen.«

Nach einem kurzen, traurigen Lachen sagte er:

»Jetzt hab ich einen im Grunde ganz guten Job.«

Der Klavierspieler wollte sagen »Hast du nicht«, brachte es aber nicht heraus, quälte sich weiter. »Welchen?«

»Ich mache in der ›Komödie‹ so eine Chanson-Revue. Das ist ganz gut für mich. Ich habe für eine Zeit meine Ruhe und kann alles wieder auf die Reihe bringen. Du verstehst. Spielst *du* noch im ›Logos‹?«

Jetzt hatte der Klavierspieler dem Kellner auf die Frage nach seinem Wunsch zu antworten. Seine Lippen formten mehrere nichtalkoholische Worte, dann sagte er:

»Einen kleinen Cognac und ein Mineral. Sehr kalt. Eisig.«

Dem Klavierspieler fiel ein, was ihn an den Worten des Kollegen irritiert hatte.

»Wieso hast du gesagt, du hast einen ›im Grunde‹ ganz guten Job? Was ist nicht o. k. dran?«

Der Kollege sah ihn so offen an, dass es wehtat.

»Du kennst doch dieses Schwein von Direktor. Der hat mich derartig in der Gage gedrückt. Budgetprobleme, Subventionskürzungen, lauter solchen Scheiß hat er mir erzählt. Um 25 Prozent weniger als zuletzt kann er mir nur zahlen, und das Zuletzt war vor drei Jahren. Um 25 Prozent weniger! Stell dir das vor!«

»Kann man nicht machen!«, sagte der Klavierspieler laut, aber zu sich. »Darf man nicht machen!«

»Ich hab mir gedacht, egal, Hauptsache, es läuft was«, sagte der Kollege. »Aber es stinkt mir. Es stinkt mir immer noch.«

»Kann ich mir denken.«

Er hatte den Cognac mit einem leichten Schluck zu trinken begonnen, jetzt leerte er den Rest mit gierigem Zug.

»Herr Ober, noch einen!«

Er wandte sich an den Kollegen: »Du auch?«

Der lachte: »Nein, noch zu früh für mich. Überhaupt, ich muss.«

Er reichte dem Klavierspieler die Hand, sah sich nach dem Kellner um, nahm diesen an der Theke wahr, ging hin und zahlte im Vorbeigehen.

Wieso geht der jetzt, fragte sich der Klavierspieler. Jetzt hätte ich ihm reinen Wein eingeschenkt. Jetzt hätte ich ihm doch alles erzählt.

Der Kollege verschwand, noch einmal zurückwinkend, aus der Tür. Auch der Klavierspieler hob die Hand.

Ich hätte ihm jetzt alles erzählt. Beinahe hörbar sagte er das zu sich.

Der Cognac kam. Nach kurzem Zögern war auch der unten. Das Glas Wasser gleich drauf.

Der Klavierspieler begann zu rechnen. 25 Prozent meiner letzten Gage, das wären ja nur … Das ist doch völlig ausgeschlossen. Ich bin mehr oder weniger ein Szene-Star, ich bin der Beste von den Jüngeren, ich kann doch nicht um ein Butterbrot in diesem Theater herumklimpern, das ist doch – Moment! Wer sagt mir denn, dass der Direktor das auch bei mir probiert, das mit der geringeren Gage, gesagt hat er nichts, gesagt hat er allerdings auch nichts anderes, das ist zu klären, das muss ich klären, bevor ich mich einlasse auf diesen Job.

Empörung und Entschlossenheit krochen gleichermaßen in ihm hoch.

»Herr Ober, einen noch!«

Er biss sich auf die Lippen.

Ganoven, alles Ganoven. Bei den Musikern wollen sie immer sparen. Und die unmusikalischen Komödianten räumen ab. Obwohl sie keinen Ton halten können. Obwohl man sich manchmal in den Boden schämen müsste, wenn man die begleitet. Dann muss man sich das wieder anhören, man spiele zu laut oder zu kompliziert, man bringe sie heraus. Ich hab mir doch geschworen damals, *wenn* ich noch einmal

Theater mache, dann muss das exzellent bezahlt sein. Im »Logos« kann ich spielen, was ich will und wie ich will. Und wenn ich sage, ich wechsle das Lokal, kriecht mir der Boss auf allen vieren nach.

Er bezahlte. Das Trinkgeld war etwas zu hoch. Der Ober verzog keine Miene. Er kannte die Geltungssucht der Junggenies, wenn die schon am Vormittag einen in der Krone haben.

Der Klavierspieler formulierte seine Forderungen. Probenpauschale, so viel. Vorstellungshonorar, so viel. Zulage bei Doppelvorstellungen am Sonntag. Er ertappte sich bei der Vorstellung, wie er seinem Vater beichtete, er habe dem Theaterdirektor erklärt: Um dieses Geld, oder sonst lassen wir's! Und der Theaterdirektor habe geantwortet: Es ist schmerzlich, aber Qualität hat eben ihren Preis. Daraufhin hätte der Vater anerkennend gesagt, das ist schon ein tolles Honorar, dafür muss ich viel Weltgeschichte aufsagen und interpretieren.

Der Klavierspieler stellte sich sein Ensemble zusammen. Diesen Bassisten werde ich nicht mehr nehmen. Ein guter Musiker, ja, aber unverlässlich. Was heißt unverlässlich? Ich werde alles doppelt besetzen. Das ist auch eine Voraussetzung. Wir müssen alle Proben mit voller Mannschaft spielen. Sonst wird das nichts. Es soll ja gut werden.

Was heißt *gut!?*

Es muss ein Wahnsinn werden. Ich möchte keine Zeitung lesen, in der die Band unerwähnt bleibt. Überall muss stehen: Normalerweise leiden Chansonabende dieser Art an dem abgenudelten Stil der dreißiger Jahre. Diese drei jungen Musiker schlagen eine Brücke ins musikalische Heute. Es ist ein durch die Solisten kaum getrübtes Vergnügen, ihnen zuzuhören.

Gut, die zwei Bassisten sind klar. Welcher Drummer? Logisch wäre der Däne, den ich kürzlich das erste Mal gehört habe. Ein Muss. Ein absolutes Muss. Aber mein alter Kumpel hat eine ziemlich kranke Frau. Nicht zu machen, dass ich den übergehe. Ausgeschlossen. Und so viel schwächer ist er auch nicht. Die Premiere spielt eben … Das muss ich jetzt noch nicht entscheiden. Das hat Zeit.

Aber ich geh den Direktor um einen vierten Mann an. Für gewisse Effekte brauchst du einfach ein heiseres Sax. Für die irren Fills.

Ich handle meinen Burschen ordentliche Gagen aus. Sonst stimmt die Chemie nicht. Weil ich werde jetzt gehen und *meine* Gage ausmachen. Und die wird ordentlich sein. Da kann dieser Herr »Komödie« Gift drauf nehmen. Darauf kann er einen lassen. Der Kollege ist ein Arschloch. Der kann sich nicht wehren, der Softie. Ich kann und ich werde.

Der Klavierspieler hatte etwas gegen seinen fürchterlichen Durst, oder wie er meinte, sein genetisch bedingtes Flüssigkeitsbedürfnis tun müssen. Zwei Dosenbiere bei der Frittenbude schräg gegenüber von der »Komödie« hatten ihn so richtig fit für die Auseinandersetzung gemacht. Ein Korn kann jetzt nicht schaden, dachte er, sonst bin ich vielleicht zu aggressiv.

Vom Bühnenportier nahm der Klavierspieler nicht mehr viel wahr, von der Direktionssekretärin auch nur ein undeutliches verhinderndes »Der Herr Direktor erwartet Besuch«. Da stand er schon im Direktionsraum und hörte einen Mann, den er nicht sehr scharf sah, sagen:

»Bitte, was kann ich noch für Sie tun?«

Die Auskunft des Pianisten war nicht sehr artikuliert.

»Das mit der Gage sollten wir noch besprechen, weil das ist natürlich die Voraussetzung, weil, so geht's natürlich nicht, ich meine, Sie müssen mir schon sagen, wie Sie sich das im Detail vorstellen.«

Während dieses Satzes war der Direktor dem Klavierspieler nahe gekommen. Seine Augen wurden schmal. Sein Ton allerdings behielt diese gewisse bestimmte Liebenswürdigkeit.

»Kann das sein, dass Sie nicht sehr gut stehen? Irre ich mich sehr, wenn ich meine, dass Sie eine Fahne haben? Dass Sie stockbesoffen sind? Um diese Zeit? Darf ich Sie daher bitten, unser letztes Gespräch für hinfällig zu erachten? Die Sache hat sich erledigt.«

Der Klavierspieler spürte, dass er hinausgeschoben wurde, gänzlich ohne Einwirkung einer fremden Hand.

Der Direktor drückte auf die Gegensprechanlage zu seiner Sekretärin.

»Es müsste doch in einer Großstadt ein unbesoffener Pianist aufzutreiben sein. Suchen Sie mir doch einmal die Nummer von dem ...«

Der Klavierspieler erwachte am späteren Nachmittag in seinem Zimmer. Lange regte er sich nicht, starrte nur zur Decke.

Dann ging er zum Telefon und rief bei seinen Eltern an. Er erreichte seine Mutter. Er wolle sich nur einmal melden, sagte er, und erzählen, wie es ihm so gehe, es gehe ihm blendend, heute habe er ein Angebot der »Komödie« gehabt, aber das habe er an der Gage scheitern lassen. Ja, er spiele noch im »Logos«, weil das doch mit Abstand der beste Laden für einen Pianisten sei, aber in den nächsten Wochen würde die Sache mit einer eigenen Platte wahrscheinlich konkret werden. Deshalb müsse er zur Zeit Tag und Nacht üben.

Ein Ehrenmann

Eines Novembermorgens läutete um sieben Uhr früh beim Dichter das Telefon. Die Frauenärztin war am Apparat.

»Wissen Sie schon«, sagte sie, »nein, Sie können es ja noch gar nicht wissen, ich möchte nur nicht, dass Sie es in der Zeitung lesen. Er ist verhaftet worden.«

Der Dichter fragte verglast zurück: »Wer?«, wusste aber im selben Augenblick, es konnte nur sein Freund, der Croupier, gemeint sein.

Der Dichter sprang aus dem Bett, verfing sich mit einem Fuß in der Telefonschnur, fiel erst mal ordentlich hin, bevor er sich rasch anzuziehen begann, so weit das für den Weg zum Zeitungskiosk nötig war.

Der Film seiner Freundschaft mit dem Croupier lief in seinem Kopf ab. Aber ungeordnet sprunghaft. Daher sollte man versuchen, chronologisch vorzugehen.

Man kann das Ganze nicht wirklich begreifen, wenn man die damalige Situation des Dichters nicht kennt, die zum großen *Mensch, ärgere dich nicht*-Turnier geführt hatte.

Damals, das war die Zeit, als es dem Dichter nicht so besonders gut ging. Sein Lyrikband war zwar gelobt worden, das lokale Feuilleton sprach von *einer der wesentlichsten Stimmen der jungen Literatur*, aber wie das mit Gedichten oft so ist, der Dichter hätte einige von ihnen gerne längst schon wieder ausradiert. Seine Angst, gerade die schlechten Gedichte könnten gelesen werden, war aber unbegründet. Denn der Lyrikband wurde überhaupt nicht gelesen. Er wurde auch nicht gekauft, was bekanntlich nicht immer identisch ist.

Da der Dichter einerseits in einer Selbstfindungsphase war, die es ihm verbot, sich um profane Verdienstmöglichkeiten wie etwa das Verfassen von Werbereimen für Bierfilze zu kümmern, er andererseits aber für keine seiner literarischen Vorhaben einen Vorschuss auftrieb, ging es ihm schlecht. Die für seine Garconniere erforderliche Miete zahlte er pünktlich, denn die wurde per Bankauftrag monatlich vom Konto überwiesen. Das Problem war das Konto.

Nun gehen Verzweiflung und Heiterkeit häufig Hand in Hand. Der Dichter schien seine Lage zu genießen, er kostete sie aus. Was die Leute im Künstlercafé, die Schauspieler vom Stadttheater, die Architekten, die Grafiker nicht wissen konnten, irgendwo in diesem Land stand eine Villa, und die würde er, der mittellose Dichter, irgendwann einmal erben. Hinter seinen augenblicklichen Schwierigkeiten konnte also keine existenzielle Panik lauern.

Nicht gut ging es dem Dichter auch in geschlechtlichen Angelegenheiten. Er lebte zu dieser Zeit geradezu in dem Wahn, nur auf Frauen abzufahren, die vergeben waren. Seine Lieblingsposition war die des hoffnungslosen Dritten, was sich in der Regel auf Lyrik nicht so schlecht auswirkt. Aber der Dichter war zur Zeit so unruhig, dass auch Liebesgedichte und erotische Hassgesänge nicht zustande kamen.

Nun kann das ständige Herumsitzen im Kaffeehaus peinlich werden. Ein sensibler Mensch, der der Dichter fraglos war, beginnt sich irgendwann einmal vor dem Kellner zu genieren. Daher fühlte sich der Dichter immer verpflichtet, Einfälle zu haben, Vorschläge zu machen, was man unternehmen könnte. Er regte Autoreisen zu obskuren Sportveranstaltungen an, etwa einem Turnier der Wrestler, er organisierte Ausflüge zum Operettenfestival im altberühmten Kurort. Er machte sich in einer gewissen Clique zum Maître de plaisir.

Eines Tages hatte der Dichter die Idee, ein großes *Mensch, ärgere dich nicht*-Turnier durchzuführen. Es sollte in den damals eleganten Bridge-Räumen im ersten Stock des Kaffeehauses stattfinden, jeder Mitspieler hatte ein Nenngeld zu hinterlegen, so dass der Preis für den Sieger am Finalbrett nicht unbeträchtlich sein würde, und jeder Teilnehmer hatte – das war das Wichtigste – einen Smoking, und jede Teilnehmerin ein kleines Schwarzes oder so was Ähnliches anzulegen. Weiße Handschuhe für Herren waren ebenfalls obligat, die Ausstattung der Räume mit Kerzenleuchtern wurde vorgeschlagen.

Die Sprengkraft dieser Idee war enorm. Ihretwegen lernte der Dichter seinen späteren Freund, den Croupier mit dem italienischen Vornamen, kennen. Dieser war kein Italiener – sein Großvater dürfte noch einer gewesen sein –, aber sein Aussehen, sein Auftreten, seine Eleganz rechtfertigten den italienischen Namen. Er war Croupier im nahe dem Kaffeehaus gelegenen staatlichen Casino. Auch er saß fast täglich am Nachmittag im Kaffeehaus, immer in einer Runde von Croupiers, die gelegentlich von Damen durchsetzt war. Die Croupierclique und die Künstlerclique hatten überhaupt keine Querverbindung, aber da man einander als Stammgäste kannte, gab's immer freundliche Grüße und auch mal ein »Wie läuft's?«.

Der Kontakt mit den Croupiers kam wegen der Smoking-Idee zustande, denn der Dichter nahm an, den Croupiers würde es keine Mühe bereiten, all jenen, die keinen Smoking besaßen, einen zu leihen. Das war so einfach nun auch wieder nicht, aber der Croupier mit dem italienischen Namen erklärte, für sein Leben gern *Mensch, ärgere dich nicht* zu spielen und die Sache mit den Smokings in die Hand nehmen zu wollen. Er riss, zur Freude des Dichters, die Organisation des Turniers an sich.

Das Turnier war ein sensationeller Erfolg.

Nie in der Geschichte des Kaffeehauses wurde in den Extraräumen so viel gelacht und gesoffen, nie in der Geschichte des Kaffeehauses Eleganz heiterer zelebriert. Alle Turnierteilnehmer standen um etwa vier Uhr früh um den Tisch der *Finalisten*, für den sich leider auch der Besitzer des Kaffeehauses qualifiziert hatte, der aber dann zum Glück nicht gewann.

Umjubelte Siegerin wurde ein aus Amerika stammender junger Koloratursopran des Stadttheaters.

Jahre danach wurde im Kaffeehaus noch erwogen, diese Veranstaltung zu wiederholen. Zum Glück ergriff keiner die Initiative. Man darf die Erinnerung an unsterbliche Ereignisse nicht aufs Spiel setzen.

Nach diesem Turnier saßen der Dichter und der Croupier im Kaffeehaus des Öfteren zusammen. Sie begannen eine Menge Freizeit miteinander zu verbringen. Der Croupier nahm den Dichter zu Pferderennen mit, wohin der sonst wohl nie gekommen wäre, setzte einmal sogar für ihn und gewann ihm einen kleineren Betrag, den der Dichter gut brauchen konnte.

Sie fanden Interesse aneinander, an ihrer Herkunft, ihren Denkweisen.

Der Croupier war für den Dichter eine Information aus einer anderen Welt. So sagte er einmal, als sie beim Spaziergang an einem Teppichladen vorbeikamen: »Schau, ein schöner Schiras.« Ein anderes Mal erklärte er, als er am Dichter schwarze Socken bemerkte, ein Herr trüge seiner Ansicht nach schwarze Socken nur zum Smoking und bei Begräbnissen, korrekt wäre ansonsten Dunkelgrau. Er konnte den Unterschied in der Machart von Mohair und Kammgarn unangestrengt erklären und auch begründen, warum er, wenn er einen weißen Franzosen wählte, die Weine der Loire-Gegend bevorzugte. Der Dichter, der zu Anlässen, bei denen Weine gewählt werden mussten, immer Gast des Croupiers war, hörte gut zu. Er bewunderte den Weltmann am Croupier nicht aus der Position des Provinzlers, er nahm nur bewusst die Chance wahr, sich etwas aus der begüterten Welt lehren zu lassen.

Der Croupier war, wie er erzählte, schon viel herumgekommen. Nachdem er nach dem Abitur die angesehene, als sehr schwierig bekannte Hotelfachschule absolviert hatte, war er Kellner, recht bald in leitender Funktion, also Maître, in ersten Häusern feudaler Urlaubsregionen gewesen. Warum er den Beruf gewechselt hatte, begründete er nie, und der Dichter vergaß auch, genau danach zu fragen.

Ihn faszinierte der Stil seines neuen Freundes. Der Croupier fuhr einen englischen Wagen der gehobenen Klasse, den zu fahren Manager für gewöhnlich als unvernünftig bezeichnen, da er im Verhältnis zu den deutschen Konkurrenzprodukten einfach als zu teuer gilt, aber gerade diese beiläufige Exklusivität schien der Croupier an seinem Auto zu schätzen.

Tauchte er nächtens, nach seinem Dienst im Casino, noch in einer Pinte auf, kam er immer mit dem Taxi. Sparen musste er sichtlich nicht. Das begründete er mit dem guten Verdienst der Croupiers und mit diversen Nebengeschäften mit Antiquitäten, von denen er eben viel verstand.

Der Croupier, um einiges älter als der Dichter, hatte ein Verhältnis mit einer wiederum ein wenig älteren Frauenärztin, bei der er auch wohnte. Die ruhige elegante Frau beteiligte sich nie an Ausflügen der beiden Männer. Zum Finale eines Tennis-Turnieres kam sie einmal mit, hatte aber am Ausgang der Partie kein größeres Interesse. Ihr Interesse war es, ihrem Freund ein kultiviertes Haus zu führen. Im ersten Stock einer Villa – im Parterre hatte sie ihre Praxis – gab ein mit Original-Thonetmöbeln eingerichtetes Zimmer mit verglastem Erker den Blick auf den Fluss frei. Vor dem Uferweg sah man alte Kastanienbäume, auf der anderen Seite des Flusses die schönste geschlossene Häuserzeile der Stadt.

Kultur fiel dem Dichter ein, als er vom Croupier zum ersten Mal, an dessen freiem Tag, zum Abendessen nach Hause eingeladen worden war, Kultur. Als er das Gefühl hatte, damit seine künstlerische Weltansicht an schiere bürgerliche Konvention zu verraten, vertauschte er in Gedanken das Wort Kultur mit dem Wort *Stil*.

Die Frauenärztin war eine exzellente Köchin, sie käme selten dazu, sagte sie, aber es sei ihr großes Hobby. Sie war auch eine Musikkennerin, hatte den Croupier auf diesem Gebiet weitergebildet, so dass der seinem Freund – ja, er hatte ihn bei der Frauenärztin mit den Worten: »Darf ich dir meinen Freund vorstellen?« eingeführt – sagen konnte, er hielte diesen oder jenen für einen außergewöhnlichen Dirigenten.

Man hörte nach der Mousse Mozart.

Der Dichter verlor an diesem Abend jede Scheu, nach Art und Abkunft mancher innenarchitektonischer Preziose zu fragen, und als sich sein Blick an einem prachtvollen chinesischen Seidenteppich ansog, sagte die Frauenärztin leise: »Hat er mir geschenkt.«

Der Dichter fand das in höchstem Maße respektabel. Da war ein Croupier in eine fremde Stadt gekommen, hatte unter den Frauen, die ihm hätten gefallen können, eine richtige Ärztin gefunden, unter den Ärztinnen eine mit einer besonders schönen Wohnung, unter den Ärztinnen mit besonders schönen Wohnungen eine, die exzellent kochen konnte, unter den schön wohnenden und exzellent kochenden Ärztinnen eine mit größtem Musikverstand.

Erstaunlich, dachte der Dichter. Er fühlte sich belehrt, in den Möglichkeiten bei der Partnerwahl nichts dem Zufall zu überlassen.

Der Dichter also wusste, was ihn an den Croupier band. Was wiederum den Croupier an den Dichter band, ist nicht so eindeutig beschreibbar, da der Croupier kein guter Erzähler seiner Empfindungen war. Er bestätigte allenfalls, was der Dichter über ihn vermutete. Demnach interessierte den Croupier an dem Dichter vor allem, dass der einer war, oder darstellen konnte, einer zu sein. Das war für den Croupier so komisch wie unbegreiflich. Er hatte also einen jener Menschen vor sich, die nach Hause gingen, ein Blatt Papier herausnahmen und – was das Leben so in ihnen ablagerte – in eine sprachliche Form, gar in ein Gedicht, brachten. Der Croupier hatte sich, als er im Kaffeehaus des Öfteren die Literaturseite der Samstagsausgabe der berühmten überregionalen Tageszeitung durchblätterte, an einem Gedicht hängen blieb und es immer wieder las, nie vorstellen können, wie ein Mensch aussieht, der so etwas schreibt. Jetzt kannte er einen. Und der hatte genauso Hunger nach Leben, nach einer Leberkässemmel, nach Siegen der Fußballnationalmannschaft wie er. Diese Verwandtschaft genoss er. Und er ließ sich, als sie vom Kaffeehaus weg den Fluss entlang bummelten, Auskunft geben, ob sich der Dichter an den Schreibtisch setzte, wenn ihm etwas einfiel, oder ob er sich an den Schreibtisch setzte, um sich zu einem Einfall zu zwingen. Er wollte wissen, ob man in einem Gedicht korrigieren kann oder ob es sofort in der endgültigen Form dastehen muss. Er ließ sich auch erklären, warum manche Dichter Reim und Rhythmus verwenden und manche nicht.

Der Croupier war manchmal von einem geradezu fiebrigen Bildungshunger. Der Dichter dachte sich, man hätte bei seinem Freund zu Schulzeiten die Weichen auch ganz anders stellen können.

Und jetzt sollte er verhaftet worden sein.

Warum?

Der Dichter, der ungewaschen, nur in Hemd, Hose und Pulli, zum Zeitungsstand gerannt war, saß fröstelnd vor einer von gestern übrig gebliebenen Tasse kalten Kaffees, suchte den Lokalteil, sah vier Fotos, eines zeigte er seinem Freund, und las.

Im Casino war ein wohl schon seit Jahren laufender Großbetrug aufgeflogen.

Eine verschworene Gruppe von Croupiers, die mit der Tischrunde im Kaffeehaus ziemlich identisch war, hatte sich mit einigen Berufsspielern zusammengetan und nach einem ganz einfachen System die Casino A. G. bestohlen. Der Trick – in der Geschichte des Roulettes immer wieder einmal mit Erfolg angewandt – funktionierte so: Der Berufsspieler setzt ständig auf ein und dieselbe Chance und immer ein und denselben Betrag. Das wird so selbstverständlich, dass er seinen Chip gar nicht mehr hinlegen muss. Kommt sein Spiel nicht, nimmt ihm der Croupier einen Chip ab, kommt es, zahlt der Croupier den Gewinn aus, so als ob der Chip auf der Chance gelegen hätte.

Wenn man nun eine Tischrunde zusammenstellt, in der keiner merken will, dass der Croupier einem Spieler mit der Bemerkung: »Das war Ihr Spiel!« Gewinne auszahlt, die der gar nicht gemacht hat, kann man sich nächtens, nach Spielschluss, treffen und den Gewinn in Ruhe teilen.

Ganz begriff der Dichter das System fürs Erste nicht. Aber da die Zeitungen dann tagelang berichteten und immer neue Details der Unverfrorenheit und Raffinesse, der Koordination von Croupiers, Aufsichtsbeamten und Berufsspielern enthüllten, kannte er sich bald gut aus.

Funktioniert musste der Trick schon sehr lange haben, denn die Sache flog auf, weil nun schon der zweite Jahresabschluss des Casinos sich so deutlich, noch viel ärger als der des Vorjahres, nach unten entwickelt hatte, gemessen an den goldenen Jahren davor. Keine Frage, die – wie sollte er sie nennen?, fragte sich der

Dichter, *Gauner* schienen ihm absolut nicht adäquat, er entschied sich für das wertfreie *Spieler* – also die Spieler hatten übertrieben, hatten das Maß verloren. Als der Dichter die Sache immer und immer wieder durchging, kam ihm auch der Verdacht, es müssten nicht die Croupiers gewesen sein, die nicht Maß gehalten hätten. Es könnten die Berufsspieler auf immer größere Gewinne gedrängt haben, waren sie doch den Croupiers gegenüber in einer Erpressersituation. Die Sache hatte jedenfalls derartige Ausmaße angenommen, dass von der Casinoleitung eingeschleuste Kriminalisten früher oder später den Coup enttarnen mussten. Eines Abends wurde die ganze Mannschaft vom Roulettetisch weg verhaftet.

Da sind sie also im Smoking ins Gefängnis, dachte der Dichter. Oder hatte man den Leuten Gelegenheit gegeben, sich umzuziehen?

Der Dichter konnte sich an der Empörung der Zeitungskommentatoren überhaupt nicht beteiligen, obwohl die vermutete Schadenssumme sein Fassungsvermögen sprengte. Er machte sich bewusst, dass hier nicht Arme, nicht einmal Reiche und schon gar keine Unschuldigen bestohlen worden waren, sondern nur die *Casino A. G.*, also der Staat. Und der hatte einen Geldpuff betrieben. Bordelle jeglicher Art haben ihre eigenen Gesetze, da können die Normen der Abrechnungsgenauigkeit der Kaffeehauskassa nicht gelten, dachte der Dichter. In einem Casino muss eigentlich gestohlen werden, das ist dem Anlass und dem Ort gemäß. Der Dichter hatte seinem Freund, dem Croupier, diese seine Einschätzung von Casinos nie gesagt, er wollte ihn wohl nicht in seinem Berufsstolz verletzen, es kann aber auch sein, dass dem Dichter diese Bewertung von Casinos erst eingefallen war, als er seinen Freund im Gefängnis wusste, verhaftet wegen ganz simpel angewandter Intelligenz.

Der Dichter erinnerte sich an das erste und einzige Mal, als er ein Casino von innen gesehen hatte. Damals, in der Stadt, in der er ein Germanistikstudium begonnen und bald darauf hatte ruhen lassen, war einmal eine kleine Studentengruppe ins Casino gegangen, da ein Mathematiker davon gefaselt hatte, man könnte das System der Verdoppelung mathematisch verlangsamen, so dass man nie aus dem Limit käme und früher oder später gewinnen müsse.

Der Dichter hatte das System, das mit Schreiben und Buchführen verbunden war, nicht begriffen, hatte sich aber einen Betrag eingesteckt und geschworen, nur diesen und keine Münze mehr zu verlieren. Als er nichts mehr hatte, war er damals von Freund zu Freund gegangen, fiebernd, wütend, wollte borgen. Er hatte Glück, keiner konnte ihm was geben. Am nächsten Tag begriff er, er hätte in seinem Zustand sogar, falls vorhanden, Haus und Hof verspielt. Und er beschloss, nie mehr in seinem Leben ein Spielcasino zu betreten.

Komisch, dachte der Dichter, ich habe ihm nie erklärt, warum ich nicht ins Casino gehe, und er hat mich nie gefragt, warum nicht, und hat mich nie aufgefordert, es doch einmal zu versuchen. Das Roulette war eigentlich das Einzige, worüber wir nie gesprochen haben.

Der Dichter rief die Frauenärztin an und erkundigte sich nach Besuchsmöglichkeiten im Gefängnis. Diese erzählte ihm, es ginge *ihm* sehr gut, keiner solle sich Sorgen machen, es würde sich alles als Irrtum herausstellen, besonders er hätte mit der Geschichte allenfalls am Rande etwas zu tun gehabt, er bitte inständigst, bis zur Klärung der Angelegenheiten nicht besucht zu werden, von niemandem.

Das musste man respektieren. Es fiel dem Dichter schwer. Teils aus Freundschaft, teils aus Neugier. Er blieb auf die Zeitungen angewiesen und auf die Kaffeehauskellner, die immer noch etwas mehr wussten als die Zeitungen.

Im Laufe der Zeit stellte sich heraus, sein Freund, der Croupier, war der Kopf, der Organisator des Unternehmens gewesen. Der Strafrahmen, den die Zeitungen vorhersagten, war erschreckend hoch. Dem Dichter schien, als würde man die Verhafteten auch dafür büßen lassen wollen, dass der Polizei mindestens ein Croupier in Richtung Südafrika und drei Berufsspieler in Richtung nirgendwo – sie dürften sich nur eines ihrer vielen Pässe entledigt haben – durch die Lappen gegangen waren.

Nach Monaten der Untersuchung stand dann in der Zeitung, die Anwälte, übrigens die besten der Stadt, hätten die Angeklagten gegen eine hohe Kaution herausbekommen. Fluchtgefahr sei nicht gegeben, sie könnten die Zeit bis zum Prozess in Freiheit verbringen.

Der Dichter rief bei der Frauenärztin an. Es meldete sich eine Männerstimme und teilte mit, ein Mann des genannten Namens wohne seit längerer Zeit nicht mehr hier, sondern, das sei zufällig bekannt, im *Hotel Bristol*.

Der Dichter rief im Hotel an.

Eine halbe Stunde später gingen der Dichter und sein Croupier, der Croupier und sein Dichter wieder den Fluss lang. Es war April, das Wetter wechselhaft, der Croupier trug den klassischen englischen Übergangsmantel, Schal und Futter im Karo identisch, schwarzbraune genoppte Maßschuhe. Alles war wie immer perfekt, nur das Gesicht passte nicht mehr ganz dazu. Es schien scheuer geworden, verlegen. Eine Zeit lang redeten sie nichts.

Dann fragte der Croupier: »Wie läuft's bei dir?«

Der Dichter erzählte von guten Zeiten, vom Aufschwung. Ein Hörspielauftrag enthöbe ihn zur Zeit des Ärgers mit der Bank. Der Dichter log. Es ging ihm so mies wie noch nie. Aber er hatte Angst, sein Freund, der Croupier, könnte in die Tasche greifen, einen größeren Schein herausnehmen und sagen, nimm ruhig, streng genommen gehört es ohnehin nicht mir.

Der Croupier merkte sofort, dass der Dichter log. Aber er maßte es sich nicht an, ihn zu überführen. Er war nicht mehr der Alte.

Nach und nach begann der Dichter gezielt zu fragen, nach Hergang, nach Stand der Dinge, nach

Chancen. Zunächst antwortete der Croupier, als ob er mit einem Anwalt spräche, taktierend, gestelzt. Aber plötzlich blieb er stehen und sagte: »Nein, mit dir muss ich nicht so reden, es geht jetzt nur darum, die Summe herunterzukriegen. Das ist die Strategie der Anwälte. Je geringer die Summe wird, desto geringer das Strafmaß, desto geringer auch die Rückzahlung, denn eines ist ja klar, die lassen uns den Schaden wiedergutmachen.«

Beim Wort *Schaden* sah der Dichter einen Anflug von genießendem Lächeln im Gesicht des Croupiers. »Wenn ich wieder raus komm, muss ich ja noch was haben, damit ich mir eine anständige Existenz aufbauen kann.«

Bei dem *was haben* wiederholte sich das Lächeln.

»Wenn ich Glück habe, und du weißt, mein Anwalt ist eine Koryphäe, muss ich gar nicht mehr rein. Die Monate der Untersuchungshaft und die Bereitwilligkeit, den Schaden gutzumachen, könnten reichen, sagt der Anwalt, wenn wir Glück haben, und wenn die anderen keinen Blödsinn reden, das ist wichtig, dass alle ziemlich dasselbe reden, aber die Anwälte arbeiten eng zusammen, die Strategie ist abgestimmt, es dürfte eigentlich nichts Schlimmes mehr passieren.«

»Ich halte dir die Daumen«, sagte der Dichter.

Dann gingen sie eine Zeit stumm, bis der Croupier plötzlich ganz nah vor dem Dichter stehen blieb, ihn mit beiden Händen an den Oberarmen fassend.

»Weißt du«, sagte er, »weißt du, wie oft ich mir gedacht habe, dir geht's doch nicht gut, ich sage dir, was bei uns läuft, sage dir, komm heute zwischen zehn und elf, das sind ein paar Tausender für dich, weißt du, wie oft ich mir das gedacht habe, aber dann habe ich mir gedacht, du kannst den Jungen da nicht reinziehen, wenn einmal was passiert, und passieren kann ja immer was, wenn einmal was passiert, dann hast du den auf dem Gewissen, aber glaube mir, wie ich dich so gesehen habe die ganze Zeit, immer wieder habe ich mir gedacht, sag's ihm, lass ihn was verdienen, aber ich konnte einfach nicht.«

»Jetzt werde ich dir auch etwas sagen«, antwortete der Dichter. »Ich wäre gekommen. Ich hätte es gemacht.«

Gleichzeitig schoss ihm durchs Hirn, dass er damit kriminell geworden wäre, dass er eine Vorstrafe hätte, dass es sein Leben hätte zerstören können. So nahe liegen Unbescholtenheit und Kriminalität, dachte sich der Dichter, es hängt im Grunde nur an einer kleinen Information. Das müsste man diesen Bürgermenschen klarmachen, es ist nur die Information, die sie alle von der Kriminalität trennt, falls sie nicht ohnehin unentlarvte Falschspieler sind.

»Ich hätte mitgespielt«, wiederholte der Dichter. »Ich hätte mitgespielt.«

»Ich habe es gewusst«, sagte der Croupier. »Deshalb habe ich dir nichts gesagt. Weißt du, ich werde mit der Sache fertig, ich habe da keine größeren Probleme. Aber wenn ich dich richtig einschätze, du wärst vor die Hunde gegangen.«

»Sicher«, sagte der Dichter. »Ich danke dir, dass du mir nichts gesagt hast.«

Mein Freund ist ein Ehrenmann, dachte er. Ein klassischer Ehrenmann. Er ist für mein Leben mein Maß für Ehrenmänner.

Der Prozess nahm einen glücklichen Verlauf. Einmal setzte sich der Dichter ins Publikum, der Croupier sah ihn, sie zwinkerten einander zu. Dass die Monate der Untersuchungshaft tatsächlich reichten und die Rückzahlung enorm hoch war, entnahm der Dichter der Zeitung. Ein Anruf im *Hotel Bristol* war vergeblich. Der Croupier hatte die Stadt schon verlassen.

Viele Jahre später traf der Dichter einen anderen, damals unbeteiligten Casinoangestellten im Kaffeehaus, der erzählte, der Croupier hätte sich nach dem Urteil in der Hauptstadt zwei erstklassige Galopp-Pferde gekauft und mit ihnen gute Gewinne erzielt. Mit diesen Gewinnen hätte er eines der traditionsreichsten Kaffeehäuser der Stadt erworben und lebe nun von dem Ertrag aus der Verpachtung sehr gut, meist im Ausland.

Der Dichter war zufrieden. Es rennen so viele Gauner erfolgreich herum, dachte er, warum nicht auch mein Freund, der Ehrenmann.

Der Fotograf

Eigentlich war er Musiker. Cellist. In dieser seiner Kunst hatte er die großen Träume hinter sich. Freilich meinte er während seines Studiums, dem Strich des verehrten Casals schon ganz nahe zu sein. Er war seinem Professor auch einer der liebsten Schüler. Was allerdings auch an den blonden Locken gelegen haben mag.

Die zunächst immer wiederkehrende Idee, eine Solistenkarriere zu wagen, vergaß der Cellist nach und nach. Aber die Chance, beim berühmtesten Orchester des Landes für eine freie Position vorzuspielen, wollte er nützen. Er wurde nicht genommen, obwohl er meinte, perfekt gespielt zu haben.

So war er froh, am ersten Pult des tadellosen Theaterorchesters einer Mittelstadt zu landen, dort angesehen, in der Kritik des Öfteren, natürlich nicht namentlich, aber als Instrument erwähnt. Das Cello-Solo in »Tosca« sei des vollen, warmen Tones wegen hervorzuheben, las man in der Besprechung des »Tagesboten«.

Auch sonst lief das Leben des Cellisten in besten Bahnen: Zwei Schwestern waren Erbinnen eines großen Modehauses, nur eine davon hatte Interesse, es auch weiterzuführen, die zweite ließ sich auf Anraten ihres Rechtsfreundes nicht auszahlen, sondern blieb beteiligt. Und dieses gescheite und sonnige junge Mädchen, begeistertes Konzert- und Opernpublikum, eine Musikverrückte kann man sagen, verliebte sich in den blond gelockten Cellisten, der mit seinen runden Brillen aussah wie ein in die Länge gezogener, schönerer Schubert. Es mangelte nicht an einer ererbten ordentlichen Wohnung. Die Eltern hatten für die Töchter schon früh vorgesorgt. Was aber die Lebensqualität des verehelichten Cellisten ins Unendliche steigerte, war ein kleiner Seegrund mit einer einfachen alten Badehütte, einem Rasenstück, einem Bootssteg und einem Ruderboot aus Holz. Dieser Badeplatz war das Paradies der Jungverliebten und dann später, nach der Hochzeit, des harmonischen Paares. Aber auch des oft nach der Probe nur für kurze Zeit allein hinausfahrenden – zum See fuhr man *hinaus* – Cellisten. Da schaute er, sich der Sonne zuwendend, in Noten oder hörte über Kopfhörer Casals, meist die Bach-Partiten, den Blick immer auf das Wasser gerichtet.

Sein musikalisches Sensorium begann sich ins Optische zu verlagern, nein, das ist falsch, begann sich durch das Optische anzureichern. Er wurde nicht müde, das Licht zu verfolgen, das Wellenspiel und die Schatten, in seinem Hirn rahmten sich gesehene Details zu Bildern.

So wie einer, der gutes Musizieren vom Zuhören kennt, schlechtes Musizieren nicht mehr ertragen kann, baute sich im ansonsten friedliebenden und auch politisch uninteressierten Cellisten eine Animosität auf: die gegen Fotos. Wo immer Fotoalben oder gar Dias in der Nähe waren, war er auch schon weg. Ihm Fotos von Geburtstagsfeiern oder Urlaubsunternehmungen zu zeigen, war so gut wie unmöglich. Anders war es, wenn ihm ein Hochglanzmagazin oder eine fotografisch ambitionierte Illustrierte in die Hände fiel. Da blieb er manchmal haften und bewunderte die Komposition. Technische Voraussetzungen dafür waren ihm so unbekannt wie den Berufsfotografen der Steg eines Cellos.

Das Unglück – es war und ist keines, aber wir wollen es so nennen – begann mit der Geburt des Kindes, einer Tochter. Da hatte die Frau des Cellisten ein kleines Seefest arrangiert, offen für Freunde und Familie, man konnte kommen und gehen, noch nicht schwimmen, es war früher Mai, man aß vom kalten Buffet, trank nicht wenig und bewunderte das kleine Kind. Ein alter Dirigent bescheinigte ihm Mozart-Ohren, was auch immer das sein sollte. Das Fest wurde – und das sah der Cellist mit wachsendem Unbehagen – andauernd fotografiert. Er bemerkte, wie Männer und Frauen einfach auf Auslöser drückten, ohne lange nachzudenken, ohne irgendetwas zu wollen, außer in die richtige Richtung zu schauen. Der Cellist empfand etwa dieses: Das ist *meine* Frau, das ist *mein* Kind, das ist *mein* See, und alles, was mir gehört, wird jetzt von Hässlichkeit und Lieblosigkeit enteignet, von Fotos, die es ewig auf Papier bannen, auf Papier, das dann irgendwo im Laden herumliegt und zu Recht nie mehr angeschaut wird. Sollte diese Bilder aber jemals jemand in die Hand nehmen, müsste dieser Mensch einen gänzlich ungenügenden Eindruck von diesem Fest bekommen.

Der Cellist beschloss, die Sache – im ursprünglichen Sinn des Wortes – in die Hand zu nehmen. Er borgte sich vom Mann seiner Schwägerin einen kleinen Fotoapparat, ließ sich sagen, man müsse damit *gar nichts tun*, außer abzudrücken. Nachdem der Cellist für sich geklärt hatte, das stimmt nicht, man muss erst durch den Sucher schauen, begann er auf den Auslöser zu drücken. Beschämt zuckte sein Finger zurück. *Was* hatte er fotografiert? Das hatte doch nicht die kompositorische Qualität der französischen Impressionisten, die doch auch Picknicks und dergleichen gemalt hatten. Zu diesem eben geknipsten Foto war Debussy nicht spielbar, zum Unterschied zu diesen bekannten Gemälden.

Der Cellist beschloss gute Fotos zu machen. Für Plaudereien war er jetzt verloren. Er schob den Kinderwagen so, dass Sonnenflecken auf dem Gesicht des Babys lagen, er verließ den Seegrund und fotografierte von draußen durch Büsche die Schemen der heiteren Gesellschaft, er stieg ins Ruderboot und knipste vom Wasser aus, an der Kante des Bootshauses vorbei. Schließlich vergaß er den Anlass des Fotografierens, das Fest, wandte sich nur mehr zum Wasser, richtete das Objektiv darauf. So verschoss er den ganzen Film. Da er keinen zweiten hatte und auch nicht in der Lage gewesen wäre, ihn einzulegen, kehrte er zur Gesellschaft zurück. Dort hatte des Cellisten Frau schon angemerkt, so sei ihr lieber Mann, wenn er etwas mache, dann möglichst perfekt.

Einige Tage darauf wurden im Familienkreis zum Kaffee die Fotos des Strandfestes herumgezeigt. Der Mann der Schwägerin des Cellisten, ein Notar, überreichte das Ergebnis eines Films getrennt von den anderen, mit der Bemerkung, das sei der erste vom Vater des Kindes geknipste Film, und man solle dessen Ergebnisse gesondert betrachten, denn fraglos habe der Künstler eine *besondere Hand*. Nervös griff der Cellist nach seinem Werk, verließ den Salon und sah sich im Nebenraum *seine* Bilder an. Ein paar zerriss er sofort, ein paar wollte er noch einmal in Ruhe betrachten, um sich über Verbesserungsmöglichkeiten und künftiges Vermeiden von Fehlern klar zu werden, ein paar allerdings für gut zu befinden kam er nicht umhin. Da sah er auf dem Foto tatsächlich das, was er durch das Objektiv zu sehen vermutet hatte.

Fotografieren wäre eigentlich eine hübsche Sache, meinte er, zur Gesellschaft zurückgekehrt. Die Fotos anderer würdigte er sehr bald keines Blickes mehr, hoffend, seine Frau würde später alle ihr überlassenen zerreißen. Das tat sie natürlich nicht. Die, auf denen das Kind, wie entstellt auch immer, drauf war, klebte sie in ein Album. Aber sie tat auch noch etwas anderes. Sie ließ sich von ihrem Schwager den Namen des Fotoapparates nennen, mit dem ihr Mann zum ersten Mal fotografiert hatte. Sie ging ins Fotogeschäft, hörte mit Interesse, da gebe es jetzt das noch einfachere und problemloser zu bedienende, also noch mehr selbstdenkende Nachfolgemodell. Das kaufte sie ihrem Mann und schenkte es ihm zur Premiere von »Don Carlos«, wo er reichlich Gelegenheit hatte, sich als glänzender Musiker zu erweisen.

So hatte der Cellist jetzt das erste Hobby, wie man so sagt, seines Lebens. Er fotografierte. Zunächst das, was alle fotografieren. Aber eben immer etwas besser. Er konnte auf Licht warten, auf Schatten, auf Winkel, auf Reflexe. Er fand sich mit Perspektiven nicht ab, er suchte Positionen. Er hatte eine Bildidee. Die versuchte er, durch Erfahrung immer sicherer, zu verwirklichen.

Das hatte zweierlei Folgen. Die Familie und der Bekanntenkreis waren sich einig, der Cellist mache ausnehmend schöne Fotos. Er aber, immer ehrgeiziger, Hochglanzmagazine und Illustrierte häufiger staunend und auch neidischer betrachtend, wurde sich der Leistungsarmut seines Fotoapparates immer bewusster. Schärfe, Brillanz, Lichtempfindlichkeit hatten ihre Grenzen. Vergrößerungen ließen das gnadenlos zutage treten.

So sagte er einmal zu seiner Frau, nachdem die ihn gerade für ein Bild des nunmehr zweijährigen Kindes geküsst hatte, er denke daran, sich eines Tages einen professionellen Fotoapparat zu kaufen. Nicht so bald, er hatte sich ja gerade erst einen tollen Musik-Turm mit allen Schikanen gegönnt, aber irgendwann einmal.

Zum Geburtstag war er da. Der Fotoapparat. Es war ein besonderer. Das war sofort zu sehen. Die Schenkerin, natürlich die Ehefrau, erläuterte ihrem Mann die Wahl des Gerätes und die Geschichte des Einkaufs. Sie habe dem ersten Fotohändler am Platz, dem Besitzer eines alteingesessenen Familienbetriebes, nicht dem Geschäftsführer so einer Billigpreiskette, gesagt, sie wolle ihrem fabelhaft fotografierenden Mann einen neuen Apparat schenken. Und zwar den besten, den es gibt. Und sie erwähnte auch das Eigenschaftswort *professionell.* Der Fotohändler bestätigte ihr die Einschätzung des Fotografiertalentes ihres Gatten, dessen Cellospiel er zudem hervorhob, meinte aber, die professionellen Geräte hätten eine Eigenschaft, die für das Fotografieren ihres Mannes von sekundärer Bedeutung sei. Sie seien besonders schnell. Was *schnell* bei einem Fotoapparat zu bedeuten hatte, war für die liebende Schenkerin im Moment nicht deutbar, sie nahm es aber als Information entgegen. Der Fotohändler legte ihr nahe, doch *den* Apparat zu kaufen, der weltweit anerkannt die besten Objektive habe, den unbestrittenen Star unter wahren Kennern. Er habe da ein sensationelles Angebot zu machen. Einen gebrauchten Apparat aus der besten Serie des Klassikers, das drittletzte Modell, nach Ansicht wirklicher Fotokünstler das vorher und nachher nie übertroffene. Es werde von Sammlern, von Fetischisten gesucht, er müsste es nur inserieren, um es sofort zu überhöhtem Preis loszuwerden, würde es aber jetzt – in künstlerischer und familiärer Verbundenheit – zu einem Vorzugspreis abgeben. Mit vier Wechselobjektiven – er nannte deren Daten – und einem Lederetui, wie es die neuen Kameras gar nicht mehr hätten. Mit diesem Gerät würde sie ihrem Mann die größte Freude machen, versicherte ehrlichsten Herzens der Fotohändler, dem der Respekt anzusehen war, wenn er den Fotoapparat nur in Händen hielt.

Der vierzigste Geburtstag des Cellisten fiel in den späten Sommer. Das Wetter spielte wieder mit. Auf dem Badegrund waren etwa dieselben Menschen versammelt wie vor zwei Jahren, als der Cellist zum ersten Mal fotografiert hatte. Das Buffet war um eine Torte erweitert. Ein Tischchen für Geschenke präsentierte Verpacktes und Unverpacktes, Lithos, Bücher, CDs, Noten, Flaschen und, nur ganz locker eingewickelt, den Fotoapparat.

»Das darf doch nicht wahr sein!«, rief der Cellist und drückte seine Frau an sich. Er wusste ein wenig um den Ruf dieser Marke. Natürlich wurde er aufgefordert, sofort die heiteren Menschen, die hellen Garderoben, den Rasen, das Wasser und die Torte für immer festzuhalten. Er aber verweigerte das. Er wolle sich erst einmal mit diesem kostbaren Gerät befassen. Ein Cellist weiß eben, Instrument ist nicht Instrument.

Am späten Abend, nachdem der Dank für das schöne Geburtstagsfest in einer Umarmung geendet hatte, verließ der Cellist das Ehebett. Er müsse sich jetzt unbedingt intensiv und seriös mit seinem neuen Fotoapparat befassen. Er tat das. An seinem Schreibtisch. Die Lampe auf Apparat und Anleitung gerichtet, nahm er eine bedrohliche Fülle von drehbaren Ringen und drückbaren Knöpfen wahr, las in der Anleitung, wozu die dienten, sah an Fotobeispielen die Ergebnisse der Anwendungen und war verwirrt. Wenn man vor jedem dieser im Grunde ganz harmlos aussehenden Bilder so viel zu bedenken habe, könne das in einer Neurose enden, befürchtete er. Es war ihm ja auch bewusst, in seinem Alter das Instrument Cello nicht noch einmal erlernen zu können, weil er die Zeit der Etüden seelisch nicht mehr überstehen würde. Das ausführlichere Studium der Anleitung wies ihm aber einen Ausweg. Man musste nicht Blende und Zeit und was nicht noch alles einstellen, man musste sich nicht einmal der Teilautomatik von Blende oder Zeit bedienen, man konnte auch eine Einstellung wählen, die nichts anderes war als Vollautomatik. Das musste bedeuten, folgerte der Cellist, in dieser Verwendungsweise ist der Superapparat nicht komplizierter als das abgelegte Hobbygerät. Diese Erkenntnis ermöglichte es ihm einzuschlafen. In Träumen sah er sich aber auf Berggipfeln stehen und angesichts aufsteigenden Bodennebels die richtigen Knöpfe am Apparat nicht finden. Des Morgens kam er etwas unkonzentriert zu einer ersten Orchester-Bühnenprobe.

Seine Karriere als Fotograf war allerdings unaufhaltsam. Denn dieser Apparat lieferte vollautomatisch, da konnte man machen, was man wollte, technisch hervorragende Bilder. Und da die bereits besprochenen bildnerischen Sensibilitäten noch dazukamen, entstanden Fotoserien, Vergrößerungen, Albumfüllungen von höchster Qualität. Wurde der Cellist von Kennern gefragt, mit welcher Kamera er denn diese traumhaften Bilder gemacht habe, konnte es sein, dass die nach Beantwortung einerseits sagten »Ja dann!«, andererseits aber Bewunderung erkennen ließen, vergleichbar dem Eindruck, den man bei Weinkennern macht, wenn in einer aufgelassenen Garage sechshundert Château-Weine geschlichtet sind.

Jetzt fuhr er auch im Winter manchmal zum Badehaus und belauerte das immer dunklere, bleierne Wasser. An den Tagen, kurz vor Beginn des Frierens, zeichnete ein Entenschwarm seltsame Ornamente. Die von diesem geschwommenen Strecken blieben kreuz und quer als Linien stehen und lange sichtbar. Eine reizvolle Grafik. Der Cellist legte seinen Fotoapparat ans Auge. Er suchte das Zentrum der Komposition. Denn davon hielt er nichts, wie wild draufzudrücken, um dann mit dem Fotohändler den idealen Ausschnitt festzulegen. Nein, er fotografierte *das* Bild. Es zeigte sich ihm fast vollendet. Die dieses Bild störende Sonne war gerade weg. Nur im linken oberen Eck des Formats war ein Loch, das war durch einen leichten Schwenk nicht zu korrigieren, weil dann war es rechts unten. In der Sekunde schwamm eine Ente rechts oben ins Bild und zeichnete die fehlende Gerade.

»Sie sind ein großer Künstler«, sagte der Apotheker zum Cellisten, nachdem ihn dessen Frau genötigt hatte, das neueste Bild ihres Mannes anzusehen.

»Ich hoffe sehr, Sie meinen nicht nur als Fotograf«, antwortete der lächelnd mit leichtem Unterton.

Der Cellist wurde immer kreativer. Er fotografierte bei zu schwachem Licht, er fotografierte ins Gegenlicht. Das ergab meistens interessante Bilder. Warum, wusste er nicht. Nur selten wurde aus scheinbar ganz problemlosen Aufnahmen nichts. Das konnte er sich dann überhaupt nicht erklären.

Das Verhältnis Fotoapparat – Fotograf wurde immer belasteter. Der Fotograf wurde gereizt, wenn er das Gerät nur sah. Er fühlte sich disqualifiziert wie ein dummer Mann vor einer klugen Frau. Und er reagierte wie ein dummer Mann. Durch totale Inbesitznahme, wenn er fotografierte, durch Negation in den immer größeren Pausen. Quartalsmäßig vergewaltigte er den Apparat bis zur eigenen Erschöpfung. Aber es half nichts. Post coitum war klar, der Apparat ließ sich vom Fotografen nicht wirklich besitzen. Das alles spürte der Fotograf nur viertelbewusst. Aber er kam, nach etwa zwei Jahren, noch vor seiner Frau und der Verwandtschaft drauf, er hatte aufgehört zu fotografieren. Total. Warum? Er legte die Kamera vor sich auf die Couch und bekannte: Ich habe ein immer schlechteres Gewissen vor diesem alles könnenden Fotoapparat bekommen. Ich nütze ihn nicht. Ich hole die Nuancen aus den geheimnisvollen und unendlichen Möglichkeiten des Instrumentes nicht heraus. Ich spiele auf einem alten italienischen Cello »Hänschen klein«. Monat für Monat habe ich mir vorgenommen, das Programm Automatik zu verlassen und mit Schärfen, Filtern und Selektivmessungen zu experimentieren. Ich habe den Schritt nicht gewagt. Ich habe Angst. Ich bin ein Versager. Es muss etwas geschehen.

Eines Tages sprach er nach einer Hauptprobe in der Theaterkantine den Theaterfotografen an. Er hätte auch den Fotohändler fragen können, der seine Bilder – häufig lobend – entwickelt hatte, jenen, dessen Rat er ja diese wunderbare Kamera verdankte. Aber vor dem schämte er sich. Er fragte also den Theaterfotografen, ob der einen seriösen Fotohändler wisse. Der unter einigen Intendanten ergraute Mensch beteuerte, es gebe keine seriösen Fotohändler, das sei so ähnlich wie bei Opernregisseuren. Er wollte aber wissen, worum es im speziellen Fall gehe. Der Cellist gestand, seinen wunderbaren, für ihn zu guten Fotoapparat loswerden und durch ein leistungsfähiges, modernes, problem- und geheimnisloses Ding ersetzen zu wollen. Der Theaterfotograf schnalzte mit der Zunge, als er den Markennamen des abzugebenden Fotoapparates hörte. Er habe auch einen. Zu Hause. Er verwende ihn nie. Für den Beruf sei er nicht schnell genug. Aber er würde ihn nie hergeben. Doch er verstehe die Situation des Cellisten, er sammle ja auch keine Streichinstrumente.

Der Theaterfotograf empfahl dem Cellisten, in die Hauptstadt zu fahren, dort gebe es ein Geschäft, das alle Neuheiten habe, auch die von morgen, und dazu eine Sonderabteilung für Fotofreaks, für Sammler. Dort erzielten die antiquarischen Raritäten hohe Preise. Dort würde man dem Cellisten entsprechend viel anbieten, er würde beim Kauf eines modernen Allzweck-Apparates noch Geld zurückbekommen. Diese Auskunft gefiel dem Cellisten sehr. Er lud den Theaterfotografen auf ein Bier ein.

Der Cellist saß im Zug. Durch das Fenster sah er immer wieder einmal ein Motiv. Nein, dachte er, ganz möchte ich das Fotografieren nicht mehr lassen. Sein Auge war auch in der Zeit der Verweigerung die Programmierung nicht losgeworden.

Er hatte sich zu einem spielfreien Tag noch einen Tag Urlaub genommen und war auf dem Weg in die Hauptstadt. Den Zweck dieser Fahrt hatte er seiner Frau in liebevoller Weise dargestellt. Und sie hatte ihn verstanden. Sie begriff seine Blockade zwar nicht, war aber einsichtig, dass er nach einem Weg suchte, wieder Freude am Fotografieren zu bekommen. Schließlich sei das Kind schon seit längerer Zeit nur durch schreckliche Bilder aus Händen von Verwandten in den Alben vertreten, dabei sei es gerade jetzt so süß.

Am Hauptbahnhof angekommen, stieg der Cellist, die Fototasche mit allem Drum und Dran über der Schulter, in ein Taxi und ließ sich zum großen, bekannten Fotogeschäft bringen.

Dieses stellte sich ihm als eine neue Art des Kabinetts des Spalanzani aus »Hoffmanns Erzählungen«

dar. Eine Welt der Magie, des unenträtselbaren Irrsinns. Das junge ihn nach seinen Wünschen fragende Mädchen schien überhaupt nicht ins Dekor zu passen. So unkompliziert, so natürlich gab es sich. Der Cellist sagte, was er wollte. Aber er sagte es sehr umständlich. Das Einzige, was das Mädchen begriff, war der Name des zu tauschenden Apparates. Sie bat einen Augenblick zu warten, sie wolle den Herrn holen, der für diese Marke der absolute Spezialist sei. Der kam nach einer Weile, die lange genug war, um den Cellisten frösteln zu lassen. Die Hitze des späten Juni hatte in dieser Klimatisierung keine Chance.

Der Fachmann kam. Ein Spalanzani. Herr über die Technik. Bereit zur Vorführung und zum Verkauf der Wunder. Er hörte sich des Cellisten noch unsicherer formuliertes Anliegen an. Dann sagte er, nach staunender Pause, in nicht zu überbietender Suggestivkraft: »Wenn Sie einmal in Ihrem Leben mit dieser« – er nannte den Markennamen – »fotografiert haben, werden Sie nie mehr mit einer anderen glücklich.«

Spalanzani verwandelte sich in Coppelius, den dämonischen Brillenverkäufer. Er machte dem Cellisten ganz andere Vorschläge. Ein Tausch sei schon denkbar. Aber doch nur gegen das neueste absolute Wunderwerk dieser Modellreihe, das diesen Vorzug, jene Digitalisierung undundund habe. Coppelius tat so, als ob er den Cellisten seit langem schon als Meister der Bilder zu verehren gelernt hätte, brachte ihm bei, es sei unter seiner künstlerischen Würde, nicht mit diesem neuen Modell und dessen phänomenalen Zusätzen weiterzuarbeiten.

Nach einer Stunde verließ der Cellist das Geschäft der Herren Spalanzani & Coppelius mit dem kompliziertesten Fotoapparat der Saison, komplettiert durch Superblitz und Winder, eines enormen Betrages via Scheckkarte beraubt.

Im Zug, auf der Heimfahrt, brach ihm der Schweiß aus. Ich muss mich entmündigen lassen. Ich bin nicht mehr Herr meiner Sinne und Entschlüsse. Man kann mich nicht mehr allein vor das Haus lassen.

Heimgekommen beichtete er und erklärte seiner verständnisvollen Frau und sich, er habe nur eine Möglichkeit der Rechtfertigung. Er müsse diesen Apparat nun in all seinen technischen Facetten begreifen, üben, beherrschen, verwenden. Das begann er zu tun. Nächtelang saß er da, studierte die Möglichkeiten der Selektivmessung, des Overrides, des Ober- und Unterschreitens des Messbereiches, die Schärfentiefen der Objektive, das Spiel mit der vorsätzlichen Unschärfe, das Filtern und was nicht noch alles. Er begann sehr bald extreme Fotos zu machen, verließ beim Einstellen den gesicherten Bereich, riskierte Doppelbelichtungen, wurde in seinen Programmierungen geradezu anarchisch. Aber was er auch tat, es wurde immer Kunst. Er war fassungslos. Je mehr es unübersehbar Kunst wurde, desto weniger begriff er oft, warum. Der Fotohändler jubelte, wenn der Cellist mit einem neuen Film ankam. Er bat sogar um Überlassung einiger Negative, um seine Auslage mit Bildern des Cellisten in Plakatgröße schmücken zu können. Beim Ausfolgen ausgearbeiteter Bilder wollte der Fotohändler auch oft wissen, wie der Meister dieses oder jenes denn gemacht habe. Der aber hatte keine Ahnung mehr. Er wusste wohl, dass er mit Infrarot oder Repro-Beleuchtung gearbeitet hatte, mit Fluoreszenz und indirektem Blitz, aber er wusste keine Details mehr. Er wusste nur, seine Fototrips waren ausgelebtes Suchtverhalten, machten ihn zum Narren einer Leidenschaft. Das sagte er aber nicht. Er sagte meist nur leise: »Gewusst wie.« Und wenn er irgendetwas in der richtigen Richtung zusammenlog, staunte der Fotohändler und gestand, noch viel lernen zu müssen.

Im Kaffeehaus sprach ein schmieriger Zeitgenosse den Cellisten an. Er sei der zweite Vorsitzende des Fotoklubs, man plane demnächst eine Ausstellung »Der See im Laufe der Jahreszeiten«, er habe vom Fotohändler gehört, der Herr mache so sensationelle Bilder. Er sei herzlich eingeladen, sich an der Ausstellung zu beteiligen. Die Vorstellung, mit seinen Bildern zwischen Aufnahmen von Fotografen zu hängen, die höchstwahrscheinlich wussten, warum ihre Fotos so oder so geworden waren, stieß den Cellisten ab. Er torkelte zwischen Genie und Zufall. Er hatte große Bildideen. Und wenn er dann das Ergebnis sah, wusste er manchmal nicht mehr, ob es seine Idee war oder die geheimnisvolle Absprache zwischen Natur und Fotoapparat. Er schoss in den

Abendhimmel über der Seebucht hinein, bildsüchtig, drückte auf den Winder, um das Verschwinden des Rot im Blau in jeder Phase festzuhalten und sah dann Tage später einen orangenen Himmel auf dem Fotopapier, eine asiatische Märchenszenerie, von allen bewundert, aber von ihm nie fotografiert, jedenfalls nicht so.

Das konnte sein Leben nicht sein, nicht bleiben. Er war Cellist. Meister eines Klangkörpers. In der Lage, kontrolliert dessen Saiten zu streichen und Töne zu erzeugen. Bis zur Virtuosität. Das war seine überprüfbare Kunst. Er wollte sie nicht durch eine unüberprüfbare schänden. Er hatte es nicht nötig, sich von der Dämonie eines Gerätes demütigen zu lassen. Da musste eine Lösung her.

Der Cellist fuhr in seinem Auto zum Badegrund am See. Im Kofferraum den Instrumentenkasten mit dem Cello. Auf dem Rücksitz den Fotokoffer. Er ließ den Sucher des Autoradios hin und her fahren, bis ein Klassikprogramm gefunden war. Wie zum Hohn erkannte er schon nach den ersten Tönen Jean Sibelius. Fotomusik. Zwanghaft erstanden Bilder. Sehr breite, sehr ruhige Grau-in-Grau-Panoramen. Ein Bildwerfer projizierte sie nach thematischen Einsätzen ins Hirn.

Der Cellist drehte das Radio ab.

Auf dem Nebensitz lag die aufgeschlagene Feuilletonseite der Tageszeitung. Deren ihm wichtigste Meldung war: Das Theaterorchester sollte in den Rang eines Symphonieorchesters erhoben werden. Dafür würden vom Kulturamt neue Planstellen bewilligt. Von jungen, ehrgeizigen Musikern und von erhöhter Konzerttätigkeit erwarte man sich eine weitere Qualitätssteigerung.

Der Cellist fuhr zu schnell. Seine Fantasie begann auf dem Cello zu üben. Immer verrückter. Als eine Ampel auf Rot stand, besah er im Rückspiegel den Grund, sein Instrument seit einiger Zeit vernachlässigt zu haben.

Der Cellist ruderte langsam in die Seemitte und dachte nach. Ich könnte noch einmal versuchen, den Apparat zu tauschen. Wogegen? Würde ich statt das Cello zu streichen auf dem Kamm blasen? Ich könnte den Apparat dem Fotohändler verkaufen. Der würde mich übers Ohr hauen. Der würde mir niemals das geben, was ich zu bekommen hätte. Zumal er mich als Kunden für Entwicklung verliert. Ich könnte noch einmal in die Hauptstadt – nein, diesen Laden betrete ich nie mehr. Diese Stätte meines Versagens, meiner Willenlosigkeit, meiner Nichtemanzipation. Ich könnte den Apparat dem Mann meiner Schwägerin schenken. Das ist ein netter Familienmensch, stets wohlgesonnen. Er wird bald fünfzig. Aber dann würde dieses Schwein mit meiner Kamera die herrlichsten Fotos machen, würde sich loben lassen, angeben und mit der Zeit wirklich glauben, er sei der tollste Fotograf. Nein, das alles kommt nicht in Frage.

Die Wellen glitzerten in besonders schnellem Rhythmus. Erste Schleierwolken schoben sich vor das tiefe Blau des Himmels. Würde es am Nachmittag gewittern? Würde es heute wieder den schon so oft fotografierten doppelten Regenbogen geben? Und davor die Einschläge der Tropfen in das graubleierne Wasser?

Ich könnte den Apparat in eine Lade legen. Er wird nur immer wertvoller. Vielleicht kommt ein Jahr, in dem ich ihn wieder herausholen und neu beginnen mag. Nein, das bedeutete eine ständige Bedrohung, eine permanente Belastung. Gar einen Grund, schlechtes Gewissen zu haben.

Der Cellist blickte durch den Sucher. Sentimental schwenkte er seine Motive ab, rief sich die vielen Stimmungen in Erinnerung, in denen er sie schon gesehen hatte.

Ein Foto fiel ihm ein, das er sich Jahr für Jahr vorgenommen, aber doch nie gemacht hatte. Am Seeende fielen genau in der Mitte der Schmalseite des Wassers zwei Berge gegeneinander ab, gaben dem Horizont ein Dreieck mit der Spitze nach unten frei. An zwei, drei Tagen im August ging die Sonne mit ihrem allerletzten Rot genau in diesem Winkel unter. Dieses Bild – extrem hergeholt – wäre als Natur nicht zu erkennen gewesen. Nur als geometrischer Farbwahnsinn.

Der Cellist stellte seinen Apparat ein. Sah die Farben, die nicht da waren, legte den Ausschnitt fest. Er drückte ab. Virtuell. Er lächelte. Erleichtert.

Dann schob er den Apparat in die große Fototasche, wo auch die anderen Objektive, das Putztuch, der Pinsel, die Filter und alles Mögliche lagen, verschloss die Tasche und warf sie nicht ins Wasser, nein, er beugte sich aus dem Boot, setzte die Fototasche zärtlich auf den Spiegel auf, ließ sie los und sah leise zitternd zu, wie sie hin und her trudelnd in der Tiefe des Grünblau verschwand.

Er ruderte zum Ufer zurück, hing das Boot an den Steg, holte sich aus dem Bootshaus sein Tonbandgerät, legte die Kopfhörer an, drückte auf Start, lauschte dem eingelegten Casals, der Bach-Partita in d-Moll, sah auf das Wasser und ließ die Bilder leben.

Das Gespräch mit dem Tanzlehrer

Der Showmaster hatte seine Heimatstadt seit Jahren nicht mehr besucht. Weder hatte er Zeit gehabt noch Lust, sein Elternhaus gab es nicht mehr, auf das Wiedererkanntwerden auf Straßen und in Lokalen konnte er verzichten.

Aber jetzt war er hergefahren, hatte sich hertreiben lassen von einer Bewusstseinstrübung, einer Stimmung außer Zeit und Raum, hielt den Brief in der rechten Außentasche seines Trenchcoats umklammert und hoffte, der würde plötzlich nicht mehr spürbar sein.

Er schlenderte vom Bahnhof weg, durch die Unterführung, die es damals noch nicht gegeben hatte, und weiter die gerade Straße ins Zentrum.

Ich habe Kreditkarte und Bares bei mir, sagte er sich, mir kann nichts passieren, nur wenn ich übernachte, werde ich mir ein paar Toilettensachen besorgen müssen, in jedem Fall eine zweite Unterhose. Seine Frau hatte ihm wohl geschrieben, warum sie ihn verlassen hatte, aber die Gründe waren nur papieren, so traditionell wie aus der Eheberatung einer besseren Illustrierten. Das waren keine Gründe, denen er sich stellen konnte, über die zu streiten war, aber, das war ihm klar, sie wollte eben nicht streiten, sie wollte nur weg von ihm.

Es war seine dritte Frau, und er hatte an ihr alles gutmachen wollen, was er in zwei Ehen davor offenbar falsch gemacht hatte. Er war wieder gescheitert. Wohl zum letzten Mal.

Als er zum Haus des Kunstvereins kam, fielen ihm zwei Zeilen seines Lieblingslyrikers ein:

... ja, ich kann eine Liebste noch finden/aber bleiben wird keine bei mir.

Damals, als ich das zum ersten Mal gelesen habe, habe ich geglaubt, es sei ein Gedicht, sagte sich der Showmaster, heute weiß ich, es ist eine Reportage. Es gibt zwei Möglichkeiten, versuchte er zu klären, entweder ich kann mit Frauen nicht leben, oder ich habe nie gelernt, mich um *die* Frauen zu bemühen, mit denen ich leben könnte.

Hinter dem Haus des Kunstvereins war der kleine Park, in den er als Schüler nach der Besichtigung der Ausstellungen immer gegangen war, um sich zu fragen, ob er gute oder schlechte Bilder gesehen hatte. Er hatte damals einen Test entwickelt: nahm der Park Konturen der eben gesehenen Bilder an, waren es gute, weil sie stärker waren als die Natur, jedenfalls ein paar Minuten lang.

»Sie kennen mich wohl nicht mehr?«

Der Showmaster hörte die Stimme eines alten Mannes, sah auf der Parkbank neben sich einen weißhaarigen, kleinen, etwa neunzig Jahre alten Mann, so der Typ eines Rittmeisters in Ruhe.

»Sie haben eine schöne Karriere gemacht, ich habe das gerne verfolgt, aber mich kennen Sie nicht mehr.«

»Verzeihen Sie«, sagte der Showmaster, »aber wenn Sie mir ein wenig helfen könnten …«

»Sie haben bei mir Tanzen gelernt.«

Natürlich, dachte sich der Showmaster, das war unser Tanzlehrer. Der lebt noch. Wahnsinn.

Er setzte sich an die Seite des Tanzlehrers. Lang, lang, kurz, kurz!, sah er sich im *Foxtrott* versuchen.

Das war die Zeit, als man noch in die Tanzschule zu gehen hatte. Wo das zum Älterwerden gehörte wie der erste Schikurs. Die Frage war allenfalls, ob man – als männlicher Tanzschüler – mit siebzehn oder schon mit sechzehn Jahren den Anfängerkurs besuchte, aber *dass* man ihn besuchte, war klar. Ausnahmen gab's natürlich, aber es gab ja auch Leute, die sich vom Religionsunterricht befreien ließen.

Der Lange ging schon mit sechzehn in den Tanzkurs. Er ertrotzte es zu Hause mit der Lüge, es würde mehr als die halbe Klasse schon in diesem Jahr den Tanzkurs besuchen. Die Eltern willigten daraufhin ein, sie hatten großes Interesse daran, ihren Sohn nicht von Mehrheiten fernzuhalten.

In Wahrheit waren es aber nur vier Mann seiner Klasse, die es nicht mehr erwarten konnten. Der Lange wusste nicht genau, welche Motive die anderen hatten, seines war klar: Er wollte Mädchen nahe sein, ohne es begründen zu müssen.

Es gab drei Tanzschulen in der Stadt, aber für die Schüler der Schule des Langen kam nur eine in Frage, es wäre gänzlich abwegig gewesen, den Besuch einer anderen Tanzschule auch nur in Erwägung zu ziehen, man war Schüler der besten Schule und hatte daher auch Tanzschüler der besten Tanzschule zu sein.

»Wie viele Tanzschulen gibt es heute?«, fragte der Showmaster.

»Vielleicht fünf«, antwortete der Tanzlehrer. »Das hat sich alles verändert, aber verstehen Sie mich nicht falsch, ich bin keiner, der einer Zeit nachtrauert. Wenn ich's mir genau überlege, finde ich Tanzen unwichtig.«

»Für uns war's eine aufregende Zeit, glauben Sie mir«, sagte der Showmaster.

Kurz vor der ersten Stunde verließ den Langen der Mut. Er stand zu Hause vor dem Spiegel, fand die Ärmel seines Anzugjacketts zu kurz oder die Arme zu lang, fand, dass die Krawatte in der Nähe des Knotens schon allzu sehr glänzte, fand, dass sein Kopf auf diesem langen Körper zu klein war, entschieden zu klein, blamabel klein.

Der Lange begann sich vor der Tanzschule zu fürchten.

Er sah in den Spiegel und dachte: Das wird mein Ende.

In der Garderobe der Tanzschule fühlte er sich wie mit vierzig Grad Fieber. Die Atmosphäre des Umkleidens war ihm vertraut, aber es waren Sportschuhe, die ihm als Objekte des Schuhwechsels vertraut waren, nicht leichte, flache schwarze Halbschuhe. Auch die vielen hellen Blusen und hohen Mädchenstimmen gehörten nicht hierher. Hinter der hohen weißen Doppeltür war auch keine Basketballhalle zu erwarten, sondern ein viel glatteres Parkett. Der Lange ließ seine Blicke kreisen, sah jede Menge zu kleiner und zu großer Köpfe, jede Menge zu langer und zu kurzer Arme und dachte sich: Aber so klein wie mein Kopf ist keiner, und so lang wie meine Arme sind keine.

»Wissen Sie eigentlich noch, dass es in unserer ersten Stunde einen richtigen Skandal gab?«, fragte der Showmaster. »Nein, das können Sie nicht mehr wissen, aber für mich war das sehr komisch, besser gesagt: sehr wichtig, denn es hat mich damals so von den eigenen Problemen abgelenkt.«

»Erzählen Sie doch«, bat der Tanzlehrer.

Da war ein blendend aussehender, blond gelockter junger Mann in einem besonders schönen Anzug. Der cremte sich in der Garderobe seine Hände, zog weiße Seidenhandschuhe an und tupfte sich mit einem Stecktuch den Schweiß von der Stirn.

»Ist dir nicht gut?«, fragte der Lange und erhielt als Antwort nur einen verächtlichen Blick.

Die Tragödie dieses schönen Tanzschülers überschattete alles, was sich in der ersten Tanzstunde abspielte. Der schöne Tanzschüler, den man offensichtlich gezwungen hatte, sich für den Tanzkurs anzumelden, weigerte sich schon beim Einnehmen der Grundhaltung mitzumachen.

Das interessierte den Langen, denn jetzt war der Tanzlehrer, die Autorität, gefordert. Jetzt hatte der Tanzlehrer die Chance, zu zeigen, ob ein Tanzlehrer mit einer Situation der Verweigerung eleganter fertig werden könne als ein Lateinlehrer.

Der Tanzlehrer ging zum schönen Tanzschüler, dem eine ratlose Dame gegenüberstand, und sagte höflich, aber bestimmt: »Darf ich Sie bitten mitzumachen?«

Der schöne Tanzschüler blieb reglos und schwitzte. »Ich frage Sie zum letzten Mal«, sagte der Tanzlehrer. Der schöne Tanzschüler rührte sich nicht.

»Dann handelt es sich wohl um einen Irrtum«, sagte der Tanzlehrer, gleichbleibend elegant, »dann wird es wohl besser sein, wenn Sie den Kurs ein andermal machen.« Der schöne Tanzschüler drehte auf der Stelle um und verließ den Raum.

Der Tanzlehrer ließ kein Nachdenken über das eben Geschehene zu. Er stellte die Paare um und gab seine Anweisungen.

»Sie haben mir damals sehr imponiert, Sie wollten nichts wissen, haben nicht gebohrt, haben die Situation einfach beendet.«

Weise lächelnd wandte sich der Tanzlehrer dem Showmaster zu.

»Haben Sie eine Begründung für das Verhalten dieses Tanzschülers?«

»Ich weiß den Grund. Er hat mich Jahre später einmal angesprochen. An einer nächtlichen Theke. In Frauenkleidern.«

»Ja, so was kam vor«, sagte der Tanzlehrer.

»Verzeihen Sie mir, wenn ich jetzt vielleicht ein wenig grob frage«, sagte der Showmaster. »Aber als was haben Sie sich gefühlt in Ihrem Beruf, als Pädagoge, als Maître de plaisir, als Kuppler?«

»Als Tanzlehrer. Es war mein Beruf. Tanzlehrer.«

Ja, das war diese Selbstverständlichkeit, die ihn so unangreifbar gemacht hat, dachte sich der Showmaster. Deshalb habe ich es nie komisch gefunden, wenn er gesagt hat: laaang, laaang, kurz, kurz, und Seitenschritt. Und wenn er federnden Schrittes seine Frau in den Arm nahm und eine Figur vortanzte. »Ihre Frau ist –?«

»Schon lange«, sagte der Tanzlehrer. »Die hatte ein Bandscheibenleiden, kein Wunder nach der vielen Herumhüpferei. Sie musste operiert werden, es ging nicht anders, und da hat man sie verpfuscht. Ich hab kurz daran gedacht zu prozessieren, aber davon wäre sie ja auch nicht mehr lebendig geworden.«

»Nein«, sagte der Showmaster.

»Sie sind verheiratet, mehrfach wohl, wenn man den Journalen glauben kann.«

»Zum dritten Mal. Zum dritten Mal ist die Ehe im Arsch.«

Der Tanzlehrer lächelte.

»Ich habe mir oft gedacht, wenn sich die Paare so gegenübergestanden sind, du liebe Zeit, das kann was werden!«

Die Tanzschule war eine in sich stimmige Welt, das registrierte der Lange. Hier hatte auch einer mit einem zu kleinen Kopf seinen Platz, denn, ehrlich gesagt, von den Mädchen waren auch nicht alle so, wie man sie sich für den Tanzkurs erträumt hatte.

Als der Tanzlehrer zum Langen sagte: »Tanzen Sie das einmal vor«, schämte sich der Lange vor seiner Partnerin, denn er glaubte in der Sekunde, er hätte so gepatzt, dass er jetzt wiederholen müsse und seine Partnerin, seines Ungeschickes wegen, mit zur Wiederholung zwinge. Aber da hörte er den Tanzlehrer sagen:

»Lassen Sie den Kopf oben, Sie bewegen sich sehr gut. Die anderen größeren Herren sollen sich das gut ansehen. Man kann auch mit so langen Haxen elegant tanzen!«

»Ich verdanke Ihnen viel«, sagte der Showmaster.

»Übertreiben Sie nicht«, erwiderte der Tanzlehrer. »Ich habe keine Komplimente mehr nötig.«

»Ich verdanke Ihnen wirklich sehr viel.«

Das Selbstvertrauen des Langen wuchs allmählich. Er genoss die Nähe der weiblichen Haut, freute sich am Sonntagnachmittag, in der *Perfektion*, wenn die einen Mädchen vor seiner fordernden Männlichkeit indigniert zurückwichen und die anderen, unbewegten Gesichts, die Sache pressend genossen. Er liebte das Drängen im Hausflur der Tanzschule, als besprochen wurde, wer noch wohin zu gehen beabsichtigte, er liebte dieses Streunen im Nebel, durch die schwach beleuchteten Seitenstraßen, den Nachgeschmack an Abschiede in dunklen Ecken.

Er hatte sich bald klare Ziele gesetzt. Es gab in diesem Tanzkurs eine Schönheit, einige sehr hübsche, originelle Mädchen, aber streng genommen nur eine Ausnahme-Schönheit, eine Fee, die war zudem noch die einzige Tochter des Besitzers mehrerer Hotels. Der Lange genoss es, mit ihr zu tanzen und ihr zu zeigen, wie man sich auch *mit langen Haxen elegant bewegen* kann, aber er verschwendete keinen Gedanken an eine etwaige Eroberung. An dieser Schönheit hingen die gutaussehenden Söhne der besseren Häuser. Das war eine Liga, da konnte der Lange nicht mitspielen. Er hatte etwas ganz anderes im Auge: eine, bei der er nach menschlichem, aber noch unroutiniertem Ermessen würde landen können.

Es war falsch, mich damals nicht um die Spitze bemüht zu haben. Ich habe mich freiwillig beschieden, zum *loser* gemacht. Ich konnte ja nicht wissen, dass ich einmal *Showmaster* sein werde, ein Beruf, der mit Töchtern von Hotels sehr gut korrespondiert, selbst wenn sie Feen sind. Ich glaube, hätte ich die Fee bekommen, alles wäre anders gelaufen.

»Können Sie sich am Ende gar noch an die Geschichte mit der goldenen Krawattennadel erinnern?«, fragte der Showmaster den Tanzlehrer.

»Nein, aber erzählen Sie bitte.«

Gegen Ende des Tanzkurses kam ein Abend, der auf den schrecklichen Namen *Krampuskränzchen* hörte. Da war allerhand vorzubereiten, zu dekorieren, wohl mehr von den Mädchen, und da gab es die Anregung des Tanzlehrers, die Schülerinnen und Schüler sollten einander Kleinigkeiten, aber wirklich nur Kleinigkeiten, schenken, mit Kärtchen und Sprüchen.

Der Lange kaufte für seine Partnerin ein Taschenbuch mit Liebeslyrik und strich einige Zeilen an, er bekam von ihr ein modisches Feuerzeug mit einer kleinen Anzüglichkeit. Auf dem Tisch, auf dem die Geschenke deponiert waren, lag aber noch ein Geschenkpäckchen, das den Namen des Langen trug. Er öffnete das Päckchen. Das Geschenk war anonym, keine Karte lag dabei, kein Hinweis. Es war eine goldene Krawattennadel, verdächtig nach wertvoll aussehend. Der Lange war verwirrt.

Während der Tango *Jalousie* erklang, einige tanzten, andere aßen, tranken und sich über ihre Geschenke amüsierten, suchte der Lange den Tanzlehrer.

»Das habe ich bekommen«, sagte er und zeigte ihm die Krawattennadel.

»Schön für dich«, sagte der.

»Aber ich weiß nicht, von wem.«

Der Tanzlehrer nahm die Krawattennadel in die Hand. Sein Gesicht wurde ernst.

»Das ist echt Gold«, stellte er fest. »Das ist eigentlich schon nicht mehr erlaubt, das ist alt, sehr wertvoll, solche Geschenke habe ich gar nicht gern.«

»Was soll ich tun?«, fragte der Lange.

»Du könntest doch herauskriegen, von wem das ist?«, schlug der Tanzlehrer vor. »Das kann doch nicht so schwer sein.«

»Ich habe aber keine Ahnung!«, wand sich verlegen der Lange.

Der Tanzlehrer dachte nach. Jahrzehnte an Erfahrung, sein Wissen um die Logik von Partnerbeziehungen durchliefen sein Hirn.

»Frag doch die …«, und er nannte den Namen der Schönheit, der Fee.

Der Lange lief purpurrot an. Diese Vermutung war für ihn jenseits der Fassbarkeit.

»Ich werde mich doch nicht blamieren!«

»Ich habe es einfach nicht gewagt, die Fee zu fragen: Ist das von dir?«, sagte der Showmaster. »Wenn die mich ausgelacht hätte, ich wäre gestorben. Das ganze mühsam aufgebaute Ego wäre dahin gewesen.«

»Ich habe oft gedacht, man hat zu wenig Zeit, sich mit den einzelnen Kindern zu befassen.« Der Tanzlehrer erinnerte sich: »Ich habe einmal einen Typ im Anfängerkurs gehabt, der war auch so verklemmt, der hat sich auch nichts zugetraut, der hat auch nicht bemerkt, was um ihn vorging. Und dann hat das schönste Mädchen aus diesem Kurs an ihren Pulsadern herumgetan, das war natürlich eine böse Geschichte, alle haben sich gefragt: warum? Die Eltern haben vermutet, wegen der schlechten Noten, die Mitschülerinnen haben behauptet, weil sie in den

Literaturprofessor verliebt war. Zwei Jahre danach hat dieses Mädchen aber diesem komischen Typen gestanden: Es war seinetwegen. Ich weiß das, weil die zwei bei mir dann noch einmal einen Seniorenkurs gemacht haben.«

»Die Geschichte hätten Sie mir damals erzählen sollen«, sagte der Showmaster.

»Was ist aus der Krawattennadel geworden?«, fragte der Tanzlehrer.

»Ich bin dann aufs Klo zum Spiegel, hab sie mir angesteckt und dann damit weitergetanzt. Ich habe gehofft, eine wird sagen: Na, wie gefällt sie dir?, das heißt, ich habe gehofft, die Fee wird so lange auf die Nadel starren, bis ich alles begreife. Ich habe nie gelernt, das Verhalten von Frauen zu begreifen, zu deuten, zu entschlüsseln. Wenn man sich vor dem Begreifen von Frauen fürchtet, kann man sich das ganze Lieben in die Haare schmieren.«

Der Showmaster sah so bekümmert drein, dass der uralte, jung gebliebene Tanzlehrer an seiner Seite sich bemüßigt fühlte, den Pädagogen hervorzukehren. »Ein bisschen viel Weltschmerz für einen Mann mit dieser Karriere!«

Zwei fünfzehnjährige Schülerinnen blieben vor der Bank und den beiden Männern stehen.

»Kann ich ein Autogramm haben?«, fragte die eine.

Der Showmaster lächelte sein charmantestes Lächeln.

»Aber gerne, mein Schatz.«

Er holte aus der linken Brusttasche des Mantels ein Foto und nahm dem Mädchen den ihm entgegengestreckten Filzstift aus der Hand.

»Gehen Sie schon in den Tanzkurs?«, fragte er.

»In diesem Herbst«, sagte das Mädchen.

Der Bruder des Erzählers

Der Erzähler kam – es könnte in den Achtzigern gewesen sein – in das einzig akzeptable Hotel der Stadt, in der er *heute Abend* im Stadtsaal aus seinen Büchern lesen sollte. An der Rezeption fand er die Nachricht des Veranstalters vor, wann er zur Lesung abgeholt werden würde, und die Mitteilung, der Stadtrat für Kultur würde im Anschluss an die Darbietung in den *Goldenen Krug* bitten.

»Moment, jetzt hätte ich fast vergessen, wir haben auch noch ein Fax für Sie bekommen«, sagte der Mann an der Rezeption. Das Fax stammte vom Bruder des Erzählers.

Wieso faxt der mir?, fragte sich der Erzähler, der hat mir noch nie gefaxt, da muss etwas Entscheidendes passiert sein, es wird doch nicht ... Der Anlass für das Telefax war kein tragischer. Niemand lag im Sterben. Der Anlass für das Telefax war eher komisch, jedenfalls las sich der Text so.

Zum ersten Mal seit Jahren erkenne ich in der Sprache meines Bruders so etwas wie geistige Verwandtschaft, dachte der Erzähler, der Hohn hat etwas Gestaltetes.

Der Erzähler erfuhr aus dem Fax seines Bruders: Ihr reicher Vater hatte öffentlich verfügt, der Großteil seines beträchtlichen Vermögens solle nach seinem Ableben einer *Stiftung zur Förderung humaner Technik* vermacht werden, als Gegenleistung wolle ihm die Stadtregierung in *Anerkennung dieser herausragenden Tat* und des Lebenswerkes an und für sich die Ehrenbürgerschaft verleihen. Die Überreichung der Ehrenbürgerurkunde solle demnächst im Rahmen einer stilvollen Feier erfolgen, er, der Bruder, sei beauftragt, alle Mitglieder der Familie zu diesem heiligen Anlass zusammenzutrommeln. Das Fax schloss mit den Worten: »Ich brauch das Geld nicht, und Du brauchst es nicht. Das ist für uns kein Thema. Aber haben wir uns nicht zu wundern über dieses Übermaß an Frechheit und Verlogenheit? Dennoch bitte ich Dich, komm. Ich könnte es dem Alten nicht beibringen, dass Du fehlst, warum Du fehlst. Du weißt, Argumentieren hat keinen Sinn. Er ist schon völlig zu. Da gibt es kein Rechts- und kein Unrechtsbewusstsein mehr. Wahrscheinlich glaubt er mittlerweile, er war Widerstandskämpfer. Bitte komm, wenn Du nur irgend kannst. Komm bitte. Mir zuliebe.«

Der Erzähler lag auf dem Hotelbett und las die Nachricht zum dritten Mal.

Was heißt, da gibt es kein Rechts- und kein Unrechtsbewusstsein mehr? Er hat doch noch nie eines gehabt! Der Erzähler zerknüllte wütend das Fax, dann glättete er es wieder.

Da würde sich also sein Vater, der alte, verlogene, ausbeuterische, tyrannische Nazi, hinstellen, würde ehrende Reden über sich ergehen lassen, mit bewegter Stimme danken, eine Urkunde entgegennehmen und sich dann von seiner Frau und seinen beiden Söhnen umarmen lassen, von den beiden Söhnen, mit denen er – so eine der launigen Bemerkungen beim anschließenden Festbankett – das eine oder andere Mal doch gewisse Schwierigkeiten gehabt hätte, über die er heute aber mit Stolz sagen könne, er sei froh, einen *erfolgreichen Unternehmer* und einen *anerkannten Künstler* herangezogen zu haben.

Der Erzähler sprang auf und ging ins Bad. Ihm war nach einer anarchistischen Pose des Widerstands zumute. Das Urinieren in die Waschschüssel schien ihm im Moment die einzige Möglichkeit. Er sah sich im Spiegel. Ein blasser, schwarz gelockter, wie man so sagt: interessanter Kopf sah ihm entgegen, alt nur unter den Augen, in den Augen jung.

Mein Bruder, der Bürger, der Spießer, der Kaffeesieder, sieht älter aus als ich, wesentlich, sagte er sich. Der hat nur mehr wenige Haare, ich habe noch alle. Ihm sind sie ausgegangen, nicht mir, was logisch gewesen wäre, weil ich ja denke und er nicht. Aber vielleicht sind ihm die Haare ausgegangen, weil er mit unserem Vater in derselben Stadt lebt. Das könnte ein Grund sein.

Wieder warf sich der Erzähler auf das Hotelbett und versuchte Erinnerungen zu verdrängen, was nicht gelang. Immer deutlicher baute sich vor ihm ein patriarchalischer Nazi auf, wesentlich undeutlicher daneben eine allzeit wehrlos dienende Frau.

Als Beherrscher *deutschen Eisens* für *deutsche Bauten* im Sinne *deutscher Werte* zum Zwecke *deutscher Siege* war ihm der Vater ins Bewusstsein getreten. Dann hatte er begriffen, dass einem Ingenieur, Techniker und Konstrukteur die Ideale in Trümmer gefallen waren, dann hatte er kurz Kleinmut und Angst miterlebt, aber daraufhin die Wiederkehr eines ausgewiesenen Könners, auf den auch *dieses Regime* nicht würde verzichten können. Die politische Vergangenheit war bald kein Thema mehr, das Wort *Entnazifizierung* hatte der Erzähler erst viel später kennengelernt.

Entscheidendes Leitmotiv in der Familie blieb die Ansicht des Vaters, wie junge Männer zu erziehen, wie die Prinzipien seiner Lebensführung durchzusetzen seien. Die Begriffe *Zucht, Ordnung* und *Männlichkeit* hatten sich für den Vater nicht geändert. Er hatte zwei Söhne gezeugt und auserkoren, als Ingenieure und Erfinder das *Lebenswerk* des Vaters fortzusetzen. Hatten die Brüder als Kinder Prügel bezogen, wenn sie ein Element des *Technischen Baukastens* verloren hatten, bekamen sie die letzten Schläge, als sie dem Vater immer deutlicher machten, sie gingen – trotz seiner perfekten Erziehung – einen anderen Weg. Immer wieder mussten sie sich das Gejammer von einer *verlorenen Jugend*, einer *fehlgeleiteten Generation* anhören, das nur schwach verdeckte Bekenntnis zur Naziideologie und die suggestive Aufforderung des Vaters, diese seine Ansichten nur ja nicht in der Schule zu diskutieren, da es heutzutage zu niederträchtigen Fehlinterpretationen kommen könnte. »Womöglich würde noch einer sagen, ich sei ein Nazi«, hatte der Vater des Öfteren befürchtet.

Wir sind durch die Hölle gegangen, Bruder, sagte stumm der Erzähler, wenn wir einander nicht gehabt hätten, wenn wir nur einer gewesen wären, vielleicht hätten wir uns umgebracht, ich war nah dran so mit siebzehn, aber du warst ja drei Jahre jünger, warst noch blöd, hast mich nicht ernst genommen, meine wunderbaren lyrischen Gedichte hast du für Schwachsinn gehalten, was sie ja waren, aber du hattest nicht das Recht, sie schwachsinnig zu finden, du warst doch ein kleines Arschloch, frühreif, das gebe ich zu, aber doch nur ein kleines, rotzfreches Arschloch. Aber es war wichtig für mich, dass wir in einem Zimmer geschlafen haben, Bruder, ich konnte immer mit dir reden, ich weiß nicht, ob du immer zugehört hast, aber ich konnte es mir einbilden.

Wenn du einmal geweint hast, hast du mir nie gesagt, warum, du hast dich nicht ausdrücken können oder wollen, das weiß ich heute nicht mehr, aber ich habe gespürt, wie glücklich du warst, mich zu haben. Wie haben wir den Alten überwunden, Bruder? Überstanden? Das war die neue Zeit, das war die Demokratie. Wir hatten immer mehr Möglichkeiten zur Flucht, immer mehr Mut zum Widerstand, der Vater hatte immer weniger Möglichkeiten des Zugriffes. Du wurdest immer frecher, der Alte immer ohnmächtiger.

Weißt du noch, wie er zum ersten Mal meinen Namen unter einem Artikel in diesem Jugendmagazin gelesen hat? Das ist ein *Drecksblatt*, hat er gebrüllt, ein Drecksblatt, da schreiben nur *Schmierfinken*, mein Sohn wird doch nicht einer dieser Schmierfinken sein wollen! – Da hast du einen Lachkrampf bekommen, du hast derartig gelacht, einfach nicht mehr aufgehört, so wie die Marie in *Was ihr wollt* – du kannst dich sicher erinnern, wir sind ja gerne ins Theater gegangen –, du hast einfach nicht mehr aufgehört zu lachen, und dann habe ich begonnen mitzulachen, wir haben so lachen müssen, dass der Alte zur Säule erstarrte. Wenn ich mir heute sein Gesicht in Erinnerung rufe, das er damals gemacht hat, müsste ich fast Mitleid haben. Aber ich habe es nicht, Bruder, keine Angst.

Der Erzähler beendete die Ansprache an den Bruder und versuchte ein wenig zu schlafen. Er konnte es nicht. Er holte seinen Taschenkalender aus dem Jackett, um nachzusehen, ob er zum Termin der Ehrung seines Vaters überhaupt Zeit haben würde. Er fand keinerlei Eintragung.

Ich werde hinfahren, beschloss er, ich kann meinen Bruder nicht im Stich lassen.

Ich habe ihn viel zu oft im Stich gelassen. Eigentlich immer. Ich bin nach der Schule abgehauen, weg. Was ich gemacht habe, wie ich gelebt habe, steht – mehr oder weniger ehrlich – in meinen Büchern. Über meinen Bruder aber habe ich nie geschrieben, obwohl das ja nicht unkomisch gewesen sein müsste, als er – ohne die Schule abgeschlossen zu haben – mit einer um einige Jahre älteren Ausländerin eine Speiseeisfabrikation begann.

Für den Vater muss das das Ende aller Illusionen bedeutet haben. Aber der Bruder, dieses Miststück, hat Gewinne gemacht. Eines Tages gab es diese ältere Frau nicht mehr, aber dafür einen richtigen Eissalon. Ich habe ja lange nichts Genaues gewusst, erst als ich zu den wichtigsten Familienfesten wieder nach Hause gekommen bin, habe ich erfahren, was so läuft.

Der Vater ist rasch alt geworden, unheimlich wehleidig. Immer wieder hat er zu erklären versucht, er hätte *alles nur gut gemeint*. Es gelang ihm, immer hilfloser zu wirken. Und die Mutter hat es ihm, wie alles, nachgemacht.

Warum bin ich dennoch immer wieder hingefahren? Ganz einfach, weil es meine Eltern waren. Den letzten Schritt hätte ich nie gewagt, schon gar nicht wegen meines Bruders.

Denn der ist zum Opfer geworden. Den haben sie fertiggemacht. Langsam, methodisch. Ich hab's rausgehört aus den Telefongesprächen, aus den Briefen. Der Vater, der es nicht geschafft hat, ihn zu *seinem* Sohn zu machen, hat es geschafft, ihn zum Anhörer zu machen, zum Diskutierer angeblicher Reue, die ja doch nichts anderes war als verschleierte Rechtfertigung.

Mein Bruder ist zum Pfleger meiner Eltern geworden, Animateur, Maître de plaisir. Er ist geduldig geworden, versöhnlich, er hat alles Rebellische verloren, er ist verblödet, bei aller Liebe, ich muss es so klar sagen, er ist verblödet, er hat eine schauerliche Frau geheiratet, hübsch, aber schauerlich, dass sie Tochter einer Konditorei ist, kann doch nicht der Grund gewesen sein, er muss sie geliebt haben, sie haben die zwei obligaten Kinder gemacht, eine Musterfamilie gegründet und die Eltern, also meinen Vater, unseren Vater, diesen Vater, in deren Mitte gerückt, er ist auf das Altwerden des Vaters reingefallen, er hat wohl nicht verziehen, aber er hat sich abgefunden.

Der Erzähler begann sich im Halbschlaf wieder an seinen Bruder zu wenden.

Du hast mir damit ein schlechtes Gewissen gemacht, das ist dir wohl klar, du Sauhund, du bist ein guter Sohn geworden, damit bin ich ein schlechter Sohn, aber ich bin es gerne, aus Überzeugung, glaube mir das.

Ich habe dich verachtet, damals als ich bei euch war und der Alte angerufen und dich gefragt hat, ob die neuen internationalen Entwicklungen die Geldabwertung und so den Verlust seiner gesamten Ersparnisse zur Folge haben würden. Ich hab dir zugeflüstert: Sag ja! Sag ihm, das ganze Geld würde mit an Sicherheit grenzender Wahrscheinlichkeit den Bach runtergehen. Du hast ihm eingeredet, es könne nichts passieren, mit Engelsgeduld erklärt, warum nichts passieren könne, und danach hast du mich angeschnauzt, was ich mir denn einbildete, wenn du ihm sagtest, das Geld verlöre den Wert, bekäme er einen Herzanfall, und du hättest wieder die Scherereien.

Du hast mir oft zu verstehen gegeben, Bruder, dass ich dich allein lasse. Aber was heißt denn allein? Wozu hast du denn eine Bilderbuchfamilie? Ich habe keine, ich hätte nie eine haben können, bei meiner ewigen Herumreiserei, denn – weißt du – wenn man schon ein Leben lang die gleichen Geschichten erzählt, dann muss man wenigstens immer neue Hintergründe recherchieren, damit es keiner merkt.

Ich bin mir jetzt nicht sicher, geliebter Bruderdepp, ob du das begriffen hast.

Mensch, bist du mir auf die Nerven gegangen, damals, als ich in Texas meine Gastvorträge an der Uni gehalten habe. Die Mutter ist mit ihrem Kreislauf am Ende, hast du mir erzählt, weil ich Idiot dich leichtfertigerweise angerufen habe, sie ist im Haushalt kaum mehr einsatzfähig, was unseren Vater veranlasst hat, dich um alle Dienstleistungen zu bitten, um Besorgungen jeder Art. Du hast mir ausführlich erzählt, wie er den Hilflosen spielt, der die vier Treppen nicht mehr schafft, du hast mir erzählt, wie er zufrieden gegrinst hat, wenn er dir gesagt hat, es sei doch ein Trost, im Alter einen gutverdienenden, selbständigen Sohn zu haben, der ein bisschen Zeit oder wenigstens Personal für seine alten Eltern erübrigen kann. Du hast seinen Tonfall am Telefon imitiert, und ich habe geglaubt, ich werde tobsüchtig, in Texas.

Natürlich meintest du, ich hätte die Eltern selbst auch öfter mal anrufen oder besuchen können, dich vielleicht dadurch entlasten, aber ich hatte immer Angst, das Lügengequatsche könnte mich zu Fehlreaktionen veranlassen, die dann eine Stimmung erzeugen, die nur dir wieder auf den Kopf fällt.

Ja glaubst du, ich kann mir ruhig anhören, ich triebe mich in der Welt herum und hätte offenbar keine allzu große Angst, meine Eltern nicht lebend wiederzusehen? Ich *kann* mir das nicht ruhig anhören!

Dem Erzähler wurde schlecht.

Er öffnete die Minibar und schluckte die zwei vorhandenen Magenbitter hintereinander.

Er stellte den Fernsehapparat an und gleich darauf wieder ab, weil er das Bild nicht wahrnahm.

Er begann revolutionäre Szenen zu entwerfen, große Posen der Sabotage wie einst in den Jahren der Pubertät.

Er sah sich die Ehrenfeier unterbrechen, das Podium betreten und hörte sich reden:

Verehrte Festgemeinde! Sie werden einem Mann meines internationalen Renommees nicht verweigern wollen, Ihnen über meinen Vater die Wahrheit zu sagen. Ich beschränke mich in der Kürze der zur Verfügung stehenden Zeit auf die Information, dass einige der von meinem Vater geschaffenen Bauwerke Ihrer geschätzten Stadt auf Plänen beruhen, die er zu Ehren seines *Großdeutschen Reiches* entworfen hatte und deren Ausführung im Rahmen des von meinem Vater angestrebten *deutschen Weltreiches* nur durch einen unglückseligen Kriegsverlauf, genau besehen, durch *Verrat in den eigenen Reihen*, verhindert wurde. Wenn mein Vater heute für eine *Humane Technik* Geld stiftet, dann meint er, man solle Techniker seines Typus human behandeln und ihnen Lebenslügen jeder Art gestatten, bestätigen und honorieren. Ich danke Ihnen für Ihre Aufmerksamkeit!

Viele unsinnige Reden hielt der Erzähler, bis sich die Figur seines Vaters vor ihm aufbaute.

»Warum willst du dich an mir rächen?«, fragte der Vater. »Ich bin gestraft genug. Ich wohne im vierten Stock, ohne Lift, meine Beine tragen mich nicht mehr, jeden Tag werde ich daran erinnert, dass ich ein alter Mann bin, der sich nicht mehr richtig helfen kann, warum missgönnst du mir diese Ehrung, die einzige Freude, die ich noch haben kann?«

Ich gebe ihm gar keine Antwort, dachte der Erzähler, es käme nur zum Streit.

Ich kenne diese Treppe gut, dachte er sich. Ich bin sie als Kind rauf und runter getollt. Und als die Schultasche schwer wurde und ich überhaupt wenig Grund sah, die Treppen nach Hause im Eiltempo zu nehmen, konnte es sein, dass der Vater in der offenen Tür stand und sagte: »Du gehst wie ein alter Mann.«

Heute geht mein Vater wie ein alter Mann, aber *dass* er gehen muss, ist selbstverschuldet. Wie oft haben mein Bruder und ich gesagt, so schön diese Wohnung auch ist, für alte Leute wird sie mühsam werden; wie oft hat mir mein Bruder erzählt, er hätte für die Alten eine schöne Wohnung gefunden, auch zentral, aber eben mit Lift. Zähe hat sich der Vater jedem Wohnungswechsel widersetzt. Er sei ein *Mann*, und ein Mann könne seine Füße gebrauchen, solange er lebt. Wie oft hat mir mein Bruder berichtet, er hätte sich Pläne beschafft von neuen, im Bau befindlichen Wohnungen, hätte dem Vater gesagt, da könne man noch auf den Grundriss Einfluss nehmen, aber dem großen *Baumeister* pflegte es vor den *Hervorbringungen* der neuen *Kollegen* zu schaudern. Wohnungen, die stilistisch zumutbar gewesen wären, lehnte er mit der Behauptung ab, seine wertvollen Möbel seien dort nicht oder nicht richtig unterzubringen, und den Verlust, das Weggeben auch nur eines Möbelstückes, könne er der Mutter nicht zumuten.

Auch das Argument, die Wohnung würde für zwei alte Leute viel zu groß, daher vom Reinigen her nicht mehr zu bewältigen sein, hat nicht gezogen. Man könne sich ja dienstbare Geister leisten, hat der Vater erklärt, und später, hat mir mein Bruder erzählt, und später, als es so weit war, dass sie dienstbare Geister gebraucht hätten, hat er gesagt, der Vorstand einer so großen Familie hätte es nicht nötig, *fremde Leute*, womöglich *Ausländer*, in seiner Wohnung zu dulden, eine Familie wie er, der Vater, sie gegründet hat, eine Familie dieser Art hilft sich selbst.

Der Erzähler beschimpfte wieder seinen Bruder. Du hast dich in die Knie zwingen lassen, du Hosenscheißer, du hast dich abgefunden, du hast deinen Kindern nie die Wahrheit über ihren Großvater gesagt, du hast ihnen nie verraten, wie du zu ihm stehst, du hast dir seelenruhig angehört, wie der Alte gewürdigt hat, es sei lieb von den Kleinen, sich um ihre alten armen Großeltern zu bemühen. Bruder, ich könnte dich verprügeln! Ich hab dich angefleht, nimm dir doch ein Beispiel an deiner Frau, die lässt sich von den Alten nicht auf den Kopf machen. Was hast du mir geantwortet? Du müsstest dir deshalb das Gejammer der Alten anhören: Was hat sie denn gegen uns? Was haben wir ihr denn getan?

Du hast alle meine Versuche, dich ein wenig aufzuhetzen, dich zu ermutigen, die Alten zur Wahrnehmung ihrer eigenen Lebensmöglichkeiten zu zwingen, abgeblockt. Du hast resigniert. Du hast nur gesagt: Du hast leicht reden! Du bist irgendwo! Ich hab sie jeden Tag.

Bruder, solche Sachen hast du mir gesagt, du bist ein Idiot, aber ein lieber Bruder.

Jetzt gelang es dem Erzähler endlich einzuschlafen. Eine halbe Stunde später erwachte er, gestört vom Knistern eines Papiers. Es war das Fax, das er in der Hand hin und her knüllte.

Es war ihm nach Rache zumute. Nach einer kleinen Rache, aber nach einer Rache. Nach einer Rache an seinem Vater, auch im Namen des Bruders. Er beschloss, für seinen kommenden Erzählband eine Geschichte zu schreiben, eine Schlüsselgeschichte, wohl listig verfremdet, aber für seinen Bruder deutbar.

Es könnte die Geschichte eines Arztsohnes sein, dachte der Erzähler, eines Arztsohnes, kurz nach dem Ende des Zweiten Weltkriegs geboren, der an seinem Übervater, einem bedeutenden Mediziner, zunächst zerbricht, sein Medizinstudium wegen Erfolglosigkeit abbricht, sich in den Wissenschaftsjournalismus rettet, dort endlich Erfolg hat, Fuß fasst und eines Tages, bei Durchsicht alter Archive, in schlimmstem Zusammenhang auf den Namen des Vaters stößt.

Der Konflikt des Sohnes, den Vater hochgehen zu lassen und ihn so zu besiegen oder ihn durch einen bewussten Gnadenakt zu demütigen, wäre der Plot der Geschichte.

Der Erzähler nahm den imaginären Dialog mit seinem Vater noch einmal kurz auf. »Dass du dich in Lebensgewohnheiten oder Redensarten dieses Arztes nicht wiedererkennst, das kann ich dir nicht versprechen«, sagte er zu ihm. »Tu, was du nicht lassen kannst«, antwortete – außerhalb jeder Logik – der Vater.

Der Erzähler sagte am nächsten Vormittag, nachdem er die kurze Ansprache des Kulturstadtrates von der vorabendlichen Einladung heruntergeduscht hatte, dem Bruder das Kommen zur Ehrenbürgerernennung des Vaters zu. Die Brüder vereinbarten zudem, der Erzähler würde zwei Tage davor in die Heimatstadt kommen, um – mindestens noch einen Tag bei den Eltern unangemeldet – mit dem Bruder eine ausgiebige Sauf- und Quatschtour machen zu können.

Der Bruder holte den Erzähler vom Bahnhof ab. Die beiden fielen einander in die Arme und spielten ihre Art von Zärtlichkeit durch.

»Du hast ja überhaupt keine Haare mehr«, sagte der Erzähler.

»An deinen sieht man, wie sehr Alkohol konserviert«, antwortete sein Bruder.

Dann fuhren sie in das Kaffeehaus des Bruders, um dessen Frau zu begrüßen, die gerade wenig Zeit hatte, da im Extrazimmer ein Sektfrühstück für eine geschlossene Gesellschaft zu arrangieren war. Der Bruder zeigte dem Erzähler den Umbau des Atriums. Schon wollte der anmerken, vorher wäre alles viel schöner gewesen, da nahm er den Stolz seines Bruders auf das neue Gesicht des Kaffeehauses wahr und schwieg.

Der Bruder wollte den Erzähler überreden, doch bei ihm, im Gästebett, zu wohnen, der aber bestand auf dem Hotel schräg gegenüber, er wolle der Frau des Hauses nicht zur Last fallen, sagte er.

Sie stellten den Reisesack des Erzählers im Hotel ab und begannen sofort zu bummeln.

Es war Sommer.

Zwei Männer, Mitte und Ende fünfzig, als Künstler oder Bürger für neutrale Beobachter nicht auseinanderzuhalten, strolchten in Polohemden, die leichten Jacketts über eine Schulter geworfen, jeweils einen Zeigefinger durch die Kragenschlaufe gesteckt, durch die Innenstadt. Sie gratulierten sich zu ihrer Existenz als Söhne eines Ehrenbürgers und begannen, es komisch zu finden. Sie erzählten sich bittere Episoden ihrer Kindheit und wunderten sich, dass jeweils der Bruder die eine oder andere Geschichte vergessen oder nie gewusst hatte. Sie zeigten einander die Lokale und die Parks, in denen sie gesessen waren, als sie sich wegen der katastrophalen Schulnoten nicht nach Hause trauten.

Und sie lachten.

Beim Stadttheater gingen sie vorbei, erinnerten sich an Sänger und Sängerinnen, die sie in den vom Vater verordneten, ihnen besonders verhassten Wagneropern besonders komisch gefunden hatten.

Und sie lachten.

Nach der fünften Rast in Gasthäusern, Bistros oder Espressos hatten sie schon einen schönen Rausch. Der Bruder des Erzählers sagte: »Der Ehrenbürger kann stolz auf uns sein.«

Daraufhin bekamen die beiden einen derartigen Lachkrampf, dass Passanten kurz irritiert stehen blieben, bevor sie einen größeren Bogen um sie machten. »Komm, wir fahren in das Park-Bad«, sagte der Erzähler.

Das Park-Bad war beider Paradies in den Zeiten der erwachenden Sexualität gewesen. Da gab es kaum einen Kabinengang, zu dem sie nicht noch eine kleine Geschichte wussten.

Die Brüder liehen sich zwei Badehosen aus, kleideten sich um und amüsierten sich wie die Blöden über ihre nicht mehr sehr straffen Figuren in den auch nicht besonders vorteilhaften Leihbadehosen.

Sie gingen an den Rand des größten Pools, und der Bruder erzählte, wie er damals, als *Kleiner Bruder*, dem großen zusah, wie der es mit den Mädchen anstellte und wie er ihn sehr bald übertraf. Sie begannen in Episoden zu schwelgen und zu schweinigeln, was die Zoten- und Fäkalsprache nur hergab.

Sie übersiedelten an den Rand des Bades, wo der Platz für Ballspiele immer noch derselbe war, allerdings mit besserem Rasen und richtigen Toren versehen. Sie hockten sich hinter ein Tor und beschimpften sich, weil jeder behauptete, der mit Abstand bessere Fußballer gewesen zu sein.

»Ich akzeptiere, dass du ein Genie bist und ich ein Kaffeesieder, aber beim Kicken warst du leider eine Vollniete.«

»Das sagt ein Mensch, der sein Leben lang zwei linke Füße gehabt hat, und die verkrümmt, wie man heute noch sieht.«

»Das ist das Schicksal von Dichtern: sie verlieren den Blick für die Realitäten.«

Beide fanden, eine große Dürre sei im Anzug, und schlenderten – ein Herz und eine Seele – in Richtung Bier.

Am Nachmittag schlief der Erzähler im Hotel seinen Rausch aus und machte sich dann frisch für die Esseneinladung im Hause des Bruders.

Der Erzähler schätzte an seiner Schwägerin immerhin deren Kochkünste.

Man machte Programm für den nächsten Tag, legte fest, wann sich der Erzähler bei den Eltern melden sollte, wie man den Ehrenbürger und seine Frau zur Feier geleiten und es diszipliniert vermeiden würde, je über das der Stiftung vermachte Geld zu reden, mit der diese Ehrung erkauft war.

Die Schwägerin fragte, ob sie nicht noch Kaffee kochen solle, bevor sie mit den üblichen Begründungen für ihr Müdsein gute Nacht sagte.

Die Brüder wollten keinen Kaffee, ihnen war nach einem abschließenden Schluck Kognak. Den tranken sie jetzt nicht mehr so verrückt, sondern langsam, kultiviert. Jetzt plauderten sie auch in einem Ton, der diesem gediegenen Bürgerhaushalt angemessen war. Der Bruder erzählte von der Qualität eines neu engagierten Patissiers, vom Erfolg des Lokals beim verjüngten und doch konsumierfreudigen Publikum und rückte die hemmungslose Begeisterung seiner Frau über die entwachsenen Kinder liebevoll ein wenig zurecht.

Der Erzähler berichtete von Erfahrungen mit diesem einem Kaffeehaus vergleichbaren gastronomischen Betrieben im Ausland, meinte die eine oder andere Erneuerung anregen zu sollen, der Bruder aber reagierte auf Vorschläge in seinem Bereich mit einem fachmännischen »Das geht bei uns hier nicht«.

Als dann der Bruder nach dem nächsten literarischen Projekt des Erzählers fragte, berichtete der von einem in Arbeit befindlichen Geschichtenband.

Er griff in die Brusttasche und zog etwa zwanzig Manusseiten heraus.

»In diesem Buch wird eine Geschichte drinstehen, über einen Naziarzt und dessen Sohn, du brauchst keine Angst zu haben, sie ist nicht lang, aber ich möchte, dass du die Geschichte kennst, bevor sie gedruckt wird.«

»Lies vor!«, sagte der Bruder des Erzählers.

Der Erzähler beendete die seiner Meinung nach besonders gelungene und daher sicher und gut vorgetragene Geschichte.

Der Bruder des Erzählers sagte ganz ruhig: »Ich bringe dich um! Wenn diese Geschichte erscheint, bringe ich dich um!«

Der Erzähler sah seinem Bruder in die Augen, wollte ergründen, wie viel an diesem Satz Ernst und wie viel Spaß war. Der Mund des Bruders lächelte leicht, in den Augen stand tödliche Entschlossenheit.

Die Betonung liegt auf tödlich, dachte der Erzähler. So hat er noch nie mit mir gesprochen.

Der Bruder stand auf, ging im Zimmer auf und ab und bemühte sich, beherrscht zu bleiben. »Bist du irrsinnig? Ihn willst du treffen, mich triffst du. Glaubst du, der merkt nicht, wer da wer ist? Der merkt das genau. Und wem fällt alles auf den Kopf? Mir. Du bist dahin. Ich hab sie auf dem Hals. Jeden Tag. Jeden Tag wird der Alte sagen: *Warum tut er mir das an? Was ist das für ein Kind? Habe ich ihm je etwas getan außer Gutes?* Die Mutter wird daneben stehen und sagen: *Warum tut er ihm das an? Er hat ihm doch immer nur …*«

Der Bruder bekam einen Wutanfall. Er brüllte, allerdings so leise, dass er seine Frau nicht weckte.

»Du hast deine läppische kleine Rache und ich die Scheiße am Hals. Spinnst du, sag einmal, spinnst du? Er wird Herzanfälle haben, aus Kummer natürlich, er wird mir sagen, er kann nicht mehr auf die Straße gehen, weil die Leute *mit Fingern* auf ihn *zeigen*, du willst ihn umbringen, wird er sagen, du hast schon immer nach seinem Leben getrachtet. Und ich soll ihn dann womöglich beruhigen: Lieber Vater, das hat mein Bruder nicht so gemeint, das ist eben Kunst, das verstehen wir nicht.«

Der Bruder baute sich ganz nah vor dem Erzähler auf, so dass der unwillkürlich zurückwich.

»Ich habe dir in dein Zeug nie reingeredet, es hat mich nie sonderlich interessiert, ich habe es auch nie so gut oder bedeutend gefunden wie du, aber diesmal sage ich dir – und nimm das bitte ernst: Wenn diese Geschichte erscheint, erschlage ich dich.«

Schade, dachte der Erzähler, schade um die Arbeit, schade um die Geschichte, aber die Sache hat ihr Gutes, ich kann mich einmal in meinem Leben bei meinem Bruder revanchieren.

»Kannst du dich erinnern, an diese Stelle im I. Akt der *Bohème*, wo der Dichter singt: ›Den Schaden trägt das Jahrhundert‹?«

Der Bruder nickte und sang sie quäkend.

Und dann begannen die beiden so brüllend Oper zu singen, dass die Frau des Bruders im Schlafanzug auftauchte und fragte, ob denn nicht doch ein Kaffee sinnvoller wäre als der Kognak.

Das Selbstmordmotiv

Der Talentierte traf den Mentor zum Mittagessen im Restaurant des ersten Hotels der Industriestadt, in der der Talentierte zur Zeit sein Geld verdiente. Er konnte beim Gang zum Hotel vor Aufregung keinen klaren Gedanken fassen: *Seinetwegen* wartete der Mentor schon im Restaurant, *seinetwegen* war er in diese Stadt gekommen, ihm, dem Talentierten, geradezu nachgereist.

Der Mentor, der es zu diesem Zeitpunkt genau besehen noch nicht war, dem wir aber, den Gang der Dinge kennend, die Bezeichnung schon zuschreiben, war ein bleicher, nervöser Mensch, der, in seiner Art zu sprechen, sich und sein Leben überholen zu wollen schien. In seinem *Scheißjob* hätte er nicht häufig Gelegenheit zu angenehmen Begegnungen mit jungen Menschen, meist wäre er dazu verurteilt, sich mit dem Apparat, der Administration und der Programmdirektion, herumzuquälen, ein Kennenlernen eines talentierten Menschen, ein kreatives Gespräch, das, worauf er, der doch von der Kunst, der Theaterpraxis käme, so großen Wert legte, das gäbe es wohl allzu selten, aber – erfreulicherweise – eben heute, hier und jetzt.

Er sei seinem Freund, dem großen Satiriker, für den Hinweis, den Tipp, die Empfehlung sehr dankbar, er nehme Empfehlungen und Ratschläge seines Freundes, des großen Satirikers, sehr ernst, wie die Verabredung, die Anreise, die Anwesenheit doch irgendwie bewiesen.

Der Mentor war Leiter der Abteilung Fernsehspiel des größten nationalen Fernsehsenders und hatte für bereits bestehende Projekte Drehbuchaufträge zu vergeben. Er beteuerte, darüber hinaus, in der Folge, für jede neue, originale Idee offen zu sein, nur die bis dato misslungene Autorensuche für die bestehenden Projekte zwinge zur Konzentration. Für den einen Stoff gäbe es schon ein ausbezahltes Drehbuch, aber mit dem wolle er den Talentierten gar nicht behelligen, das würde ihn nur auf eine falsche Fährte locken oder ihm den grandiosen Stoff eher verdächtig machen. Er könne sich absolut vorstellen, dass der Talentierte einen ganz persönlichen Zugang zu diesem Stoff fände.

Der Mentor bestellte Rehrücken und bat um die Erlaubnis, weißen Wein dazu trinken zu dürfen, weil er nach einem kräftigen Roten, und nur der wäre zum Wild sinnvoll, für gewöhnlich Migräneanfälle bekäme.

Der Talentierte hatte noch nicht viel gesagt, hatte durch kleine Einwürfe höchste Aufmerksamkeit simuliert, sich aber nur immer gefragt, ob sein Schweigen auf Dauer das Vertrauen des Mentors fördern oder verringern würde. Erwartete der Mentor den Redefluss unterbrechende, ausführliche Gegenfragen, oder würde er die als Eingeständnis von Unsicherheit empfinden?

Der Talentierte schloss sich der Bestellung des Mentors an und wehrte dessen »Aber wegen mir müssen Sie doch keinen Weißwein trinken!« mit der Unwahrheit ab, er hätte ihn viel lieber.

»Ja«, wiederholte der Mentor, die Orangenscheibe angeekelt vom Fleisch schiebend, »was ich jetzt in erster Linie benötige, schließlich sind schon Verträge unterzeichnet, ist die filmische Aufbereitung eines im Milieu des Provinztheaters angesiedelten Gesellschaftsromans aus dem 19. Jahrhundert. Dieser Roman weist derart stupende Parallelen zur Gegenwart auf, vor allem in der Gegenüberstellung der sogenannten Gesellschaft und des Theatervolkes, dass die Übertragung in die Gegenwart geradezu zwingend ist, so reizvoll wie schwierig.«

Denn, und jetzt schien der Mentor bei seinem eigentlichen Anliegen anzukommen, der Stoff hätte, wie der Talentierte schon bei der ersten Lektüre bemerken würde, ein kardinales Problem, das Selbstmordmotiv des jungen Helden, eines dem bürgerlichen Bildungsgang entronnenen jungen, hochtalentierten Schauspielers. Das Selbstmordmotiv in der Romanvorlage, führte der Mentor aus, sei eine blöde Eifersuchtstragödie, eine erotische Depression, was den ganzen Stoff, ob in die Gegenwart übertragen oder nicht, abwerte. Die Herausforderung für den Bearbeiter müsse sein, den Selbstmord des Helden heutig zu motivieren.

Jetzt hatte der Talentierte – man war beim Apfelstrudel – das starke Gefühl, dran zu sein, hatte er doch bei der zusammenfassenden Schilderung des Typus des Romanhelden das beklemmende oder auch amüsierte Gefühl, selbst gemeint sein zu können, verspürte er beim Thema Selbstmord doch eine ausgewachsene Kompetenz. Er entwickelte, bei zunehmender Begeisterung des Mentors, eine Reihe tödlicher psychologischer Motive für einen jungen Menschen, wie er selbst einer sein könnte. Viel wusste er zu erzählen von Isolation in einer anonymen Stadt, von beruflicher und existenzieller Sinnkrise vor und in einer Welt des provinziellen Unverstandes.

Bei Kaffee und Kognak sagte der Mentor, genau diese Sensibilität sei seinem Freund, dem großen Satiriker, am Talentierten aufgefallen. Dann begann er von seinem Verhältnis zu diesem Freund, dem großen Satiriker, zu erzählen.

Später, als man alle organisatorischen Dinge auf die unkomplizierteste Art besprochen hatte – der Talentierte hatte das Gefühl, sich auf den Mentor völlig verlassen zu können –, landeten die Soli des Mentors im Anekdotischen, etwa bei der Erwähnung, er habe einmal die Freundin seines Freundes, des großen Satirikers, geheiratet, was aber nur kurz zur Trübung der Beziehung führen konnte.

Der Talentierte wollte wissen, in welcher Form der große Satiriker die Empfehlung abgegeben hätte. Es wäre in einschlägiger Runde über die Probleme der Fernsehdramatik diskutiert worden, und wie er, der Mentor, sein Klagelied über die fehlenden jungen Talente gesungen hätte, wäre er von seinem Freund, dem großen Satiriker, eben wieder einmal mit einem Hinweis, einem Namen, einem Vorschlag belehrt worden. Der Talentierte meinte aus dieser Schilderung herauszuhören, der Mentor könne es sich irgendwie nicht leisten, auf seinen Freund, den großen Satiriker, nicht zu hören, und eine sehr beiläufige Zwischenbemerkung wie »... sonst sagt er wieder zu meiner Frau, ich lasse mir nichts sagen ...« deutete in diese Richtung.

Die erste und tatsächlich folgenreiche Begegnung mit dem Mentor wurde durch die Sachzwänge des Fahrplanes der Eisenbahn beendet.

Der Talentierte ging taumelig in Richtung seines Arbeitsplatzes in der Dramaturgie der *Städtischen Bühnen*. Hinter der Erinnerung an die eben beendete erste Begegnung mit dem Mentor tauchte übermächtig die an die mit dem großen Satiriker auf, hatte sie doch eben erst ihre möglicherweise lebensentscheidende Bedeutung erlangt.

Es war noch nicht so lange her, dass der große Satiriker auf seiner Gastspielreise im Schauspielhaus auch auf dieser städtischen Bühne gastierte. Der große Satiriker, ein nach Ansicht des Talentierten zu Recht hochgerühmter Könner, hatte die Gewohnheit, sich nach seinen Vorlesungen mit – wie er liebenswürdigerweise immer sagte – *Kollegen* zu umgeben, sich mit einer an seinen politischen und künstlerischen Enthüllungen oder auch nur seiner Nähe interessierten

Tischrunde in den Schlaf zu trinken. Heute noch erzählen in vielen Städten dort immer noch berufstätige *Kollegen*, wie sie den großen Satiriker durch den Park getragen, durch das Hotelfoyer geschoben und im Lift abgestellt haben.

In dieser scheußlichen Industriestadt war es der Talentierte, der nach dem Gastspiel des großen Satirikers als Letzter für Stützdienste zur Verfügung stand. Diese waren aber diesmal nicht so sehr gefordert wie schlichte Wegweisung. Zum Hotel zu gelangen war nämlich weniger das Problem, als es überhaupt zu finden. Der Nebel hatte wieder einmal alles unsichtbar gemacht.

Die beiden Männer staksten betrunken durch das Ungefähre, die Richtung mehrfach diskutierend und wieder ändernd. Sie hatten Zeit, ihr Gespräch zu vertiefen. Der große Satiriker hatte im Lokal schon die meisten seiner Geschichten erzählt und war nun auch gewillt, sich die des Talentierten anzuhören. Er hatte sofort gemerkt, dass der Talentierte ein für ihn interessanterer Gesprächspartner war als der übrige Schwanz von Prominentenbegleitern. Er, der allzeit Wert darauf legte, für ein offenes Ohr gerühmt zu werden, wusste genau zu unterscheiden, bei wem es sinnvoll war, den Eindruck zu erwecken, nicht immer nur über sich selbst sprechen zu wollen.

Der Talentierte erzählte von Stoffen, von literarischen Projekten und erzwang beim großen Satiriker eine gewisse Aufmerksamkeit. Denn der große Satiriker hatte allzeit den Ehrgeiz – deshalb sammelte er nach seinen Auftritten auch immer die Zechkumpane um sich –, alle zu kennen und von allen gehört zu haben. Dieses umfassende Bescheidwissen über alle und alles befähigte ihn zu der Rolle, in der er sich am wohlsten fühlte, der des Empfehlers. Das war nicht nur auf dem Gebiet der Bühnenkunst und anderer Künste so, auch in den Disziplinen wie gutem Essen, Wahlergebnis und Mundhygiene.

Mag sein, dass an dem Interesse für noch unbekannte Größen auch ein gewisser kollegialer Argwohn beteiligt war.

Nahe dem Fluss fragte der große Satiriker, wie es denn ein begabter junger Mann in dieser unsäglichen, nur zu ihrem Vorteil unsichtbaren Stadt aushielte. Der Talentierte verwehrte sich gegen die Unterstellung, es hier auszuhalten, und gab an, schon mehrfach über Sprünge von der Brücke ernsthaft nachgedacht zu haben. Der große Satiriker erwiderte, derartige Situationen gut zu kennen, und empfahl, mit dem entscheidenden Sprung noch zu warten.

Irgendwann einmal war das Hotel gefunden. Als man zunächst vergeblich versuchte, den Nachtportier zu wecken, sagte der große Satiriker, er würde für den Talentierten etwas tun wollen, er wüsste schon, welchem Idioten, der starrsinnig behauptete, es gäbe keinen interessanten Nachwuchs, er wieder einmal beweisen würde, wie ahnungslos er wäre.

Als der Talentierte nach Hause wankte, dachte er nicht daran, der Nacht mit dem großen Satiriker könnte etwas folgen. Aber er begriff, die Überlebenschance in dieser Stadt bestand in den Durchreisenden. Erst wenn es keine Durchreisenden mehr gäbe, würde seine Lage hoffnungslos sein, erst dann. Dann müsste er springen.

Er fror erbärmlich. Er besaß zwar einen Wintermantel, trug ihn aus modischen Gründen aber nicht sehr gerne, bevorzugte einen seiner seelischen Verfassung entsprechenden literarisch-depressiven Trenchcoat. Der Herbst war kalt. Warum es trotz der Kälte so viel Nebel gab, ist leicht erklärt. Der Nebel war kein echter Nebel. Es war Industriesmog.

Wie war er in diese Stadt und deretwegen zu einem Fachwissen über Selbstmordmotive gekommen?, fragte sich der Talentierte. Diese Stadt war ein Fehlgriff, ein lebensbedrohender Irrtum. Das ist das Gefährliche am Theater, dachte er, dass es unvermeidlicherweise von einer Stadt umgeben ist. Das Herz krampfte es ihm zusammen, als er an die Stadt davor dachte, die so schön gewesen war, die sie, die Freunde und er, verspielt hatten. Nur diese Smogsiedlung ist mir geblieben, dachte der Talentierte, und wenn ich jetzt über diesen, die Stadt teilenden, feindseligen Fluss gehe, dann springe ich nur deshalb nicht, weil ich heute mit einem Durchreisenden gesprochen habe.

Die Stadt davor war eine schöne, helle Kurstadt gewesen, mit Sehenswürdigkeiten, die in der klaren Luft auch zu sehen waren, mit Bürgern, die man erkennen und als feindliche Gegenwelt definieren konnte. Es gibt ja für einen jungen Menschen nichts Schöneres, als bei klarer Luft durch eine Stadt zu gehen und sich bei jedem Entgegenkommenden zu denken: Das ist auch so ein Arschloch!

Hier, in der neuen Stadt, waren die Bürger unsichtbar. Am Abend tauchten Abonnenten aus dem Nebel auf, verstellten im Theaterforum den Blick auf sich, verschwanden dann im Zuschauerraum. Im Stadtbild waren sie nicht wahrzunehmen. Man konnte sie weder frech noch feindselig betrachten. Das marterte den Talentierten.

Wie hatte man das Theater in der schönen Stadt verspielen können? – Eine Intendanz war da gescheitert, die eine Ära hätte werden sollen, ein Theater der Freunde, denn man war als Clique hingekommen, als Truppe, als Verschwörung.

So war man den Kulturbürgern der schönen Kurstadt gegenübergetreten. Die aber glaubten nicht daran, Theatergeschichte zu erleben. Sie forderten mit dem ablehnenden Urteil ihrer Meinungsmacher die Solidarität der Clique. Und da hatte der Talentierte zu erleiden, wie sich eine Mannschaft von Himmelsstürmern rund um einen hoffnungsvollen Jungintendanten in widerwärtige, opportunistische Intriganten auflöste. Als die Ära vorzeitig zu Ende ging, als die Verträge nicht verlängert wurden, hatte der Talentierte dankbar zu sein über das Auftauchen des Theaterleiters dieser scheußlichen Industriestadt, dankbar zu sein, dass der sagte: »Sie gehören an ein anständiges Haus.«

Und jetzt bin ich da, dachte sich der Talentierte, als er um vier Uhr morgens im Untermietzimmer einer alten Eisenbahnerwitwe eine Milchflasche öffnete und die Kälte gierig in sich sog. Jetzt muss ich morgen die Nummer 2 der Theaterzeitung in die Druckerei befördern, für ein Theater trommeln, das nur akustisch wahrnehmbar ist, weil es im Nebel keiner sehen kann.

Der Talentierte hasste sein, wie er es nannte, *schlecht besuchtes* Untermietzimmer. Die Freundin, die in der Hauptstadt Grafik studierte, war ihm in die schöne Kurstadt des Öfteren nachgefahren, hier, in dieser Stadt, war sie erst einmal gewesen und hatte ihn im Streit verlassen. Die Stadt hatte ihr missfallen, aber mehr noch als die Stadt die negative Einstellung des Talentierten zur Stadt und seine nicht überwundene und immer wieder beklagte Enttäuschung über das Scheitern und den Verrat in der schönen Kurstadt.

Meine Depression, dachte der Talentierte beim Einschlafen abermals, ist todbringend, interessante Durchreisende können dieses Ende nur hinauszögern.

Ich hätte das Angebot annehmen sollen, im vom Theaterpersonal bevölkerten Theaterhaus ein Zimmer zu nehmen, zwar kann man unter Chorsängerfamilien den Selbstmord auf Dauer nicht vermeiden, aber es hätte in diesem Theaterhaus wahrscheinlich auch Tänzerinnen gegeben, oder Töchter von alten Chorsängerinnen. Ich werde meine Gedanken, die ich täglich habe, wenn ich vom Theater kommend den Fluss überquere, *Brückengedanken* nennen, ich werde sie dem großen Satiriker schicken, dann wird er nicht mehr so blöd fragen, wie ich es in dieser Stadt hier aushielte.

Die Brückengedanken könnten ein Gedichtzyklus werden oder sich zum Monodram eines Talentierten steigern, der zum Schluss von der Brücke springt. Das wäre jedenfalls etwas für das *Kleine Haus*, aber mit dem Vollidioten von Intendant wird wohl nicht zu reden sein.

Wie die meisten Selbstmörder, die keine sind, dichtete der Talentierte. Wobei es nicht leicht ist, die Formulierungen, *die keine sind*, einfach so hinzuschreiben, denn auf diesem Gebiet ist es schon zu bemerkenswerten Fehleinschätzungen gekommen.

Der Talentierte schrieb, aber er schrieb nicht kontinuierlich und auch nicht an einem Werk oder an einer Art Werk. Er schrieb anfallsweise, er notierte mehr, als er schrieb, er formulierte Ideen, literarische Absichtserklärungen.

Manchmal, wenn er mit den Theaterleuten soff, was sich auch der Einsamste gelegentlich gönnt, erzählte er in der Nacht von seinen literarischen Projekten. Immer in der Absicht, den Theaterleuten zu zeigen, er sei, auch wenn er mit ihnen söffe, keiner der Ihren. Beim Erzählen der Projekte kam es auf Grund verschiedener Zusammensetzungen der Runden zu Wiederholungen, so dass der Talentierte eine Fertigkeit im Erzählen seiner Projekte entwickelte.

Gestern habe ich sehr gut erzählt, ich habe den großen Satiriker beeindruckt, dachte er, als er sich den löslichen Morgenkaffee ins heiße Wasser rührte. Ich habe hervorragend erzählt. Hoffentlich muss ich das Erzählte nie schreiben, denn dann bliebe wohl nur der Sprung von der Brücke.

Jetzt aber, nach dem Gespräch mit dem Mentor, mit der fremden Romanvorlage, mit dem Liefertermin, mit der Verpflichtung, einen Selbstmord zu begründen, war alles anders geworden. Der Talentierte hatte jetzt zwei Wochen Zeit, um zu sein, was zu sein er vorgegeben sich gezwungen hatte, ein Schriftsteller. Und das konnte nicht schwer sein.

Zunächst erkundigte er sich bei einem alten Spielleiter, der in seiner Vita irgendeine Filmdramaturgenstelle stehen hatte, nach Art und Wesen eines Treatments. Der, geschmeichelt, auch einmal etwas gefragt zu werden, gab ausführlich Bescheid, nicht ohne zu erzählen, welch unbedankte Mühe er sich als Geburtshelfer unbegabter Filmautoren gemacht hatte, bevor er sich endgültig für seine wahre Bestimmung, die Theaterprovinz, entschied.

Dann saß der Talentierte vor seiner Schreibmaschine, die eingestrichene, mit Hinweispfeilen und Ablaufnummern der Verschachtelung versehene Romanvorlage neben sich, und ersetzte das Selbstmordmotiv mit der Souveränität des Fachmanns. Nein, das konnte, sollte der Stoff heute spielen, wirklich nicht so stehen bleiben: der sensible Mime, die Affäre mit der Verlobten eines hoffnungsvollen jungen Bildungsbürgers, Sieg, Heirat und dann doch der Verlust der reuig in das Bürgertum Zurückkehrenden. Nein, diese Dreiecksfarce konnte man ein wenig durchschimmern lassen, um das Stück voranzubringen, aber was den jungen Künstler am Leben verzweifeln ließ, musste das sein, was der Talentierte auf seinem Gang über die eingenebelte Brücke immer empfunden hatte. Das war tiefer, entscheidender, zwingender.

Sinnlich erlebte der Talentierte, welche Lebensfreude es erzeugt, den Dämon lebensgefährdender Depression literarisch zu bannen und zwischendurch immer an die Verwendungsmöglichkeiten der zweiten Rate des Auftragshonorars zu denken. Das Einzige, was den Talentierten gelegentlich aus der Euphorie riss, war die Lautstärke, mit der die vermietende Eisenbahnerwitwe das Wunschkonzert des Regionalsenders zu hören pflegte. Es fiel ihm nicht immer ganz leicht, die Subtilität seiner Formulierungen gegen die Information, *vor einem Vaterhaus* habe eine *Linde* gestanden, zu verteidigen.

Der Talentierte war mit der Eisenbahn in die Hauptstadt gefahren, der Intendant hatte einen Urlaubsschein gönnerhaft unterschrieben. Der Talentierte war viel zu früh angekommen, aber er wollte vor dem vereinbarten Treffen mit seinem Mentor noch ausnützen, wie sehr die telefonischen Schilderungen seiner Chancen und Aktivitäten das Interesse der

Grafikstudentin neu geweckt hatten. Sie hatte ihn vom Zug abgeholt, ihn in ihre Wohnung mit- und dort gleich in das Bett genommen. Jetzt wäre er wieder so wie früher, sagte sie, nicht mehr so angestrengt trübsinnig.

Danach machte sie sich mit Tetrachlorkohlenstoff über zwei Flecken her, die von Fettspritzern eines Frankfurter-Würstchen-Paares herrührten. Der Talentierte hatte in seiner fiebrigen Verfassung im Eisenbahnabteil derartig gierig hineingebissen, dass die Fontäne auch noch die Illustrierte in Händen einer indignierten Nachbarin erreicht hatte.

Die Grafikstudentin begleitete den Talentierten in das Kaffeehaus, in dem der sich mit dem Mentor verabredet hatte. Sie wollte ihm bis zu dessen Eintreffen Gesellschaft leisten und dann verschwinden. Der Talentierte meinte, sollte die Sache klappen, sollte dem Treatmentauftrag tatsächlich der Drehbuchauftrag folgen, könnte er sich vorstellen, den verhassten Theaterjob und die dazugehörende Stadt vorzeitig zu verlassen. »Warum sollte es nicht klappen?«, fragte die Grafikstudentin.

Der Mentor kam, freundlich und fahrig, *verbat* sich das Verschwinden der Freundin des Talentierten, man hätte vor schönen Mädchen grundsätzlich keine Geheimnisse, bestellte Kaffee und Kognak und bat, ohne lange Vorreden, im Manuskript lesen zu dürfen. Während er hektisch las, vorblätterte, zurückblätterte, den Schluss und dann wieder irgendwo querlas, bemerkte die Grafikstudentin den Schweiß auf der Stirne des Talentierten und tupfte ihn mit einer Papierserviette ab.

»Das ist es«, sagte der Mentor, »das ist es, genau das, ich bin selig. So machen wir es, so und nicht anders.« Er begann zu improvisieren, wie er diesen Film inszenieren würde, er beschrieb Bilder, simulierte Schnitte. Der Talentierte versuchte, sich alles einzuprägen, waren diese Details doch Elemente eines erst zu erstellenden Drehbuches. Nicht genug konnte der Mentor die Problemlösung loben, die Motivierung des Selbstmordes, in dieser Art sei er glaubhaft und dadurch der ganze Stoff von unglaublicher Dichte. Scherzhaft meinte er, es würde sich die Entgegennahme des einen oder anderen Preises nach Realisation wohl nicht vermeiden lassen.

Er betonte auch seine Dankbarkeit dem großen Satiriker gegenüber, dessen Tipp wäre wichtig gewesen wie selten etwas.

Dann wandte sich der Mentor der Grafikstudentin zu. Er wollte wissen, wie es sich lebte mit einem jungen, talentierten Menschen, der mit höchster Wahrscheinlichkeit vor einer großen Karriere stünde, er, der Mentor, würde als Mentor jedenfalls dafür sorgen wollen.

»Warten wir's doch ab«, sagte die Grafikstudentin.

Der Mentor und die Grafikstudentin brachten den Talentierten zum Bahnhof. Alle strahlten aus, ihr Leben wäre in eine wesentlich bessere Phase gekommen. Der Fernsehmann hatte seinen Autor gefunden, der Talentierte seinen Mentor und das Mädchen einen wieder zu ertragenden Freund.

Mir geht es gut, dachte der Talentierte, allein in einem Abteil. Er hatte jetzt etwa zwei Stunden Zeit, darüber nachzudenken, wie es ihm ergangen war und wie es ihm ergehen würde. Die Stadt, in die er jetzt fuhr, verlor ihren Schrecken. Die Vorstellung ihrer Unsichtbarkeit im Smog hatte nur mehr etwas Lächerliches. Dem Talentierten war, als würde er noch einmal eine schlecht gemalte und auch schon verschlissene Theaterkulisse vor sich sehen, auf die der Reißwolf schon wartet. Er begann sich Abschiedsszenen zu inszenieren. Er hüpfte auf einem Bein über die Brücke, um ihr seine Heiterkeit zu demonstrieren, er spuckte in hohem Bogen in den Fluss, genau die Welle treffend, die er anvisiert hatte. Es war kalt im Abteil. Aber so gewärmt hatte der Trenchcoat noch nie.

Das positive Lebensgefühl hielt an. Der Intendant sagte am nächsten Vormittag, der Talentierte solle versuchen, das schlecht übersetzte Lied im zweiten Akt des klassischen russischen Dramas ein wenig zu überarbeiten.

»Davon wird Ihre Scheißinszenierung auch nicht besser«, sagte der Talentierte.

Einige Zeit später erschien der Vertreter der Bühnengewerkschaft bei ihm und bedauerte, gegen diese fristlose Entlassung beim besten Willen nichts unternehmen zu können.

Der Talentierte ging nach Hause, brachte der Eisenbahnerwitwe mühsam bei, dass das Zimmer mit dem kommenden Ersten wieder zu vermieten sei, versuchte die Grafikstudentin anzurufen, erreichte sie aber nicht und begann zu packen. Er gestaltete das Einpacken als Tanz. Er drehte sich um die Achse, wenn er vom Schrank zum Koffer ging, und sagte »hepp!«, wenn er den kleinen Stoß Unterhosen in seinen Reisesack segeln ließ.

Als er später die Grafikstudentin erreichte, hatte er so gut wie gepackt. Er erklärte, er würde das Drehbuch nicht in dieser Stadt schreiben müssen, in freien Stunden und in der Nacht, nein, bei ihr würde er es schreiben, und es sei die glücklichste Zeit, die sie jetzt vor sich hätten. Sie widersprach dieser Annahme nicht. Sie erzählte, der Mentor hätte am vergangenen Abend auch noch die finanziellen Auspizien der Drehbuchautorenkarriere des Talentierten in imponierenden Zahlen dargestellt. Damit war sie – und so wurde das Telefongespräch sehr lang – bei der Schilderung des Abends im Anschluss an die Verabschiedung am Bahnhof.

»Wollen Sie nicht noch mit mir etwas trinken gehen«, hatte der Mentor sie eingeladen, »man kann in dem Lokal, das ich meine, auch eine Kleinigkeit essen.«

Die Grafikstudentin war durchaus interessiert, den Mentor ihres talentierten Freundes näher kennenzulernen.

Sie fuhren mit dem Taxi.

»Ich bin froh, dass sie mir meinen Führerschein für zwei Jahre abgenommen haben«, sagte der Mentor. »Es lebt sich leichter so.«

So eine Art Lokal hatte die Grafikstudentin noch nie gesehen. Es war ein sehr schicker Laden, eigentlich ein Club, aber doch mit einer gewissen Tendenz zum Puff. Der Mentor war mit dem Milieu wohlvertraut, mit dem Wirt per du, und hatte größtes Vergnügen daran, seiner Begleiterin zu erklären, wer wer sei und wer sich hier gern mit wem träfe. Er genoss es, von anerkennenden Blicken gestreift zu werden: Eine so junge, in der Szene unbekannte Begleitung hatten Männer hier selten zu bieten.

Der Mentor musste sein Getränk gar nicht bestellen, er bekam eine Flasche Whisky automatisch vor sich hingestellt.

»Sie werden wahrscheinlich etwas anderes trinken wollen«, sagte er. Sie aber hatte Lust, sich auf alles, was ihr neu war, einzulassen.

»Vielleicht ein Wasser dazu, aber ich trink gerne auch einmal einen Whisky.«

Sie war sehr bald betrunken, wie sie im Telefongespräch mit dem Talentierten auch offen zugab, daher brachte sie die Begebenheiten des Abends nur mehr als einzelne Bilder, nicht mehr im Ablauf zustande. Hinter der Theke des Lokals stand eine sehr schöne Frau, die Frau des Wirtes, mit der schien der Mentor etwas zu haben, irgendwann einmal sagte der Mentor, ob er die Telefonnummer der Grafikstudentin erfahren und an den Wirt weitergeben dürfe, der hätte Interesse, sich einmal zu melden. Die Grafikstudentin nannte die Nummer, der Mentor gab sie an den freundlich nickenden Wirt weiter, es war aber nicht ihre Nummer, sondern die der Kunstakademie. Dann sagte der Mentor, beiden wieder nachschenkend, ob er sich etwas näher setzen dürfe, und rückte mit seinem mit rotbraunem Leder bezogenen Clubfauteuil nah heran.

»Man muss sonst so laut reden, die Musik ist ja viel zu laut, aber was ich jetzt sagen will, das soll außer Ihnen keiner hören.«

Und er begann zu erzählen, er stünde dem Talentierten nicht ganz so unkritisch gegenüber, wie es vielleicht den Anschein hätte. Vor allen Dingen habe er den Verdacht, der Talentierte könne zu suizidalen Depressionen neigen, er habe bei manchen Formulierungen des Manuskriptes fast schon Angst um den jungen Menschen verspürt.

Die Grafikstudentin schwächte ab: »Da ist bei ihm viel Koketterie dabei, wenn er herumspinnt, von wegen *es hat ohnehin alles keinen Sinn*.«

»Nein«, sagte der Mentor, »Frauen unterschätzen ganz gern die Gefahr.« Und er begann von Schwierigkeiten zu reden, die er mit seiner Gefährtin zur Zeit hätte.

Dann wurden die Erinnerungen der Grafikstudentin noch lückenhafter. Es kam ein Mann ins Lokal, der sich als der große Satiriker entpuppte, der ihr, als sie meinte, jetzt gehen zu wollen, zwischen die

Schenkel griff und sagte: »Du musst entschuldigen, ich hab mit ihm was zu reden, ich kümmere mich dann schon um dich.«

Später gab es noch eine Frau, von der sie nicht genau mehr sagen konnte, ob es die vom Mentor oder die vom großen Satiriker war, jedenfalls klatschten zwei, drei Ohrfeigen, wer sie wem verabreichte, sei ihr nicht mehr ganz bewusst.

»Ich bin dann«, beendete sie ihren Bericht, »auf die Toilette, hab mich im Spiegel gesehen, hab mir gedacht, na, du schaust aus, und bin dann einfach zum Taxistand. Mein Mantel hängt hoffentlich noch in der Garderobe.«

»Er wird vielleicht bös gewesen sein, wenn du grußlos abgedampft bist«, sagte der Talentierte.

»Ich kann mir nicht vorstellen, dass er es noch bemerkt hat.«

Das ist eine andere Liga, in der sich das alles abspielt, dachte der Talentierte, als er wieder im Zug saß. Das ist Großstadt, das ist eine extremere Lebensform, das sind andere Typen. Nur Menschen dieser Art sind in der Lage, aus einem Jungen was herauszuhören, ihn zu entdecken, zu empfehlen, zu fördern. Er war von einigem Gepäck umgeben, wie er dasaß und seiner Karriere entgegenfuhr, obwohl er seine Bücher in einer Kiste mit der Bahnpost aufgegeben hatte. In Gedanken ging er zum letzten Mal über die eingenebelte Brücke und öffnete den Zippverschluss der Hose. Das ist auch in der Realität keine schlechte Idee, dachte er und ging auf die Zugtoilette.

Danach blätterte er in zwei Taschenbüchern, die er noch im Laden beim Bahnhof gekauft hatte. Es waren Drehbücher zweier Werke eines Meisterregisseurs. Was der Talentierte sich beim Lesen nicht bewusst machte, es waren nicht die Bücher, nach denen die Filme gedreht worden waren, es waren die Bücher, die man anhand der fertigen Filme dann für den Druck eingerichtet hatte.

Der Talentierte sah schon beim Einfahren des Zuges die Grafikstudentin am Bahnsteig stehen. Auch sie nahm ihn durch das Glas wahr und lief gleich ein paar Schritte mit dem langsamer werdenden Zug mit, um den Talentierten gleich beim Aussteigen umarmen zu können.

»Ich habe die Wohnung schon umgestellt, ich hab dir einen tadellosen Schreibplatz hergerichtet.«

»Bist du beim Zeichnen nicht zu beengt?«

»Nein, das müsste so klappen.«

Von ihrer Wohnung aus rief der Talentierte im Fernsehen an, um seinem Mentor die neue Lage der Dinge zu berichten. Dessen Sekretärin bedauerte, der Chef sei zwar heute da gewesen, aber vor ungefähr zwei Stunden außer Haus gegangen. Im Vertrauen gesagt, zum Tennisspielen.

Der Talentierte wollte die Grafikstudentin überreden, mit ihm auf die Zukunft anzustoßen, sie aber sagte, sie würde das heute nur tun, wenn es auch mit Milch gestattet sei.

Am nächsten Morgen hatten die Boulevardblätter die nahezu gleich lautende Schlagzeile *Freitod im Fernsehen* und darunter den Bericht, dass man den bekannten Leiter der Abteilung Fernsehspiel in der Garderobe der Tennishalle erschossen aufgefunden hätte. Er müsse sich, meldeten die Blätter, nach Spielschluss in der Toilette eingeschlossen haben, um dann, nächtens allein, seinem Leben ein Ende zu machen, nach Plan, denn die Pistole hatte er in seinem Tenniskoffer herumgetragen. Wegen des Motivs verwies die erste Seite auf das Blattinnere, wo ziemlich unverhohlen von einer Eifersuchtstragödie die Rede war: Ein Mann, der einem anderen Mann die Frau weggenommen hatte, wurde nicht damit fertig, sie wieder an den Vorgänger, mit dem ihn seit Jahren darüber hinaus ein berufliches Abhängigkeitsverhältnis verband, zu verlieren.

»Wer weiß, ob die im Fernsehen den Film jetzt überhaupt noch machen wollen«, sagte der Talentierte, der beim Frühstück keinen Bissen hinunterbrachte. »Der Mann, der schuld dran ist, dass ich jetzt hier sitze, hier bei dir, mein Mentor, ist tot. Und *wenn* sie es wollen, glaub mir, dann müsste man das Selbstmordmotiv des Originals wieder hineinschreiben, fairerweise, weil so, wie ich das gemacht habe, ist alles doch nur gequirlte Scheiße.«

»Du kannst dir deine Überlegungen wahrscheinlich sparen.« Die Grafikstudentin lachte: »Den Stoff können die so oder so nicht mehr drehen!«

Ein paar Tage später berichtete das Wochenmagazin, man hätte unter vielen wirren tagebuchartigen Notizen in der Schreibtischlade des Leiters der Hauptabteilung Fernsehspiel einen Zettel gefunden, auf dem stand: Es ist unmöglich, einen Autor zu finden, der einen Selbstmord motivieren kann.

Der junge Mann und die Chance

Es war einmal eine Zeit, da man noch Papier in Schreibmaschinen einzuspannen wusste. Damals kam der junge Mann mit seiner Freundin aus dem Kino und war glücklich. Der Film, den die beiden gesehen hatten, war noch schlechter als die schaurigen Kritiken. Selig vor Schadenfreude, tanzten die jungen Leute in Richtung Lieblingslokal.

»Sind das Idioten?«, jubelte er.

»Recht geschieht ihnen«, sagte sie.

Der junge Mann hatte für diesen Film nämlich ein Buch geschrieben. Er hatte dem Produzenten genau erklärt, was an der dem Film zugrunde liegenden, leicht verstaubten Erfolgskomödie filmisch sei und was nicht, was man so lassen könne und was man neu erfinden müsse. Der Produzent, der den jungen Mann entdeckt, nach einer Lesung *Junge Humoristen stellen sich vor* angesprochen und für den Film interessiert hatte, war ganz und gar vom Konzept des jungen Mannes überzeugt gewesen, hatte mit ihm einen kriminellen Pauschalvertrag gemacht, ihm für das fertige Drehbuch ein Drittel der Gesamtsumme bezahlt und ihm dann *zu seinem größten Bedauern* mitteilen lassen, der engagierte Regisseur könnte sich mit dieser Art der Bearbeitung überhaupt nicht identifizieren und schriebe sich das Buch selbst.

Das war alles vor einem Jahr gewesen.

Jetzt lief der Film seit einer Woche in den Kinos, und es war abzusehen, dass er diese Woche nicht lange überleben würde. Szene für Szene beschreibend, wiederholte der junge Mann bei Wein und Spaghetti seiner Freundin, vor welchen Fehlern sein Buch das Werk bewahrt und mit welch tödlicher Sicherheit dieser Regisseur jeden von ihnen gemacht hätte. Die jungen Leute waren stolz auf sich und hatten noch einen langen, schönen Abend.

Der junge Mann war noch nicht lange *freier Schriftsteller*, doch gab es Verdachtsmomente für die Richtigkeit des Entschlusses, die ordentlich bezahlte Stellung als Sekretär der *Literarischen Gesellschaft* in der Hauptstadt aufgegeben zu haben. Der Funk konnte mancherlei brauchen, in Zeitungen war einiges zu platzieren, auch in Literaturzeitschriften, das aber weitgehend honorarlos. Mit Büchern für Folgen von Fernseh-Dauerserien hatte sich der junge Mann auch schon eine gediegene Drehbucherfahrung erschrieben. Er konnte also die Miete für ein aufgelassenes Bauernhaus am Stadtrand bezahlen, zumal seine Freundin, die an der Musikhochschule Flöte studierte, Anfängern Unterricht erteilte. Die jungen Leute hatten sich das alte Haus mit geringen Mitteln sehr funktionell hergerichtet, hatten jeder für sich einen Arbeitsraum und unter dem Schrägdach im ersten

Stock das Kommunikationszentrum, wie sie ihr Bett gerne nannten.

Der junge Mann war von brennendem Ehrgeiz. Er wusste, welche Wiesen er einmal zu diesem Haus dazukaufen wollte, würde er es erst einmal erworben haben. Er wusste, welche Art von Swimmingpool es sein würde, wäre je einmal daran zu denken. Sein Durchbruch war für ihn eine Frage der Zeit, die Pleite mit dem vergeblich geschriebenen Spielfilm empfand er nicht als Pleite. Der Flop des Filmes war sein Sieg. Und er sollte recht behalten.

Denn kurze Zeit später schon ließ sich die Chefin einer berühmten Künstleragentur über ihre Sekretärin mit ihm verbinden und flötete von der Dringlichkeit eines Zusammentreffens. Es wurde ein Termin vereinbart. Der junge Mann hatte die Nerven, nicht zu fragen, was man von ihm wolle. Er fand es einfach logisch, von einer bedeutenden Agentin zu einem Gespräch gebeten zu werden. Ausgiebig diskutierte er mit der Freundin die Auswahl der Garderobe für diesen Gesprächstermin. Er entschied sich für einen lässigen und immer schön zerknautschten Khakianzug, den er selten trug, weil Anzüge dieser Art so rasch in die Reinigung müssen.

Die Agentur befand sich in einer als Zentrum des Films bekannten Stadt, etwa zwei Zugstunden entfernt. Der junge Mann war schon dort gewesen, aber nicht aus beruflichen Gründen. Diese Fahrt war die erste in Sachen Karriere. Er genoss das Gefühl beim

Aussteigen: Man hat mich gerufen, ich bin hier, man wird sehen, was ich für die Welt tun kann.

Mit der Lässigkeit des Fernsehkommissars nannte er dem Taxifahrer die Adresse der Agentur.

Bald darauf saß er einer etwas dicklichen, sehr gepflegten Dame gegenüber, die einen leichten, von ihm nicht zu bestimmenden Akzent sprach.

»Ich vertrete seit vielen Jahren«, begann die Agentin das Gespräch, während ihre Sekretärin Kaffee einschenkte, »neben den anderen Damen und Herren, die Sie da sehen« – der Blick des jungen Mannes schwenkte eine kleine, exklusive Fotogalerie ab –, »vor allem auch ...«, und sie nannte den Namen der *großen alten Dame von Film und Fernsehen*, den Namen jener Frau, der, wie der junge Mann wohl wusste, Fernsehproduzenten und Programmdirektoren winselnd zu Füßen lagen. Und dieser großen alten Dame von Film und Fernsehen sei die Mutterrolle in dem so völlig verunglückten Film, zu dem der junge Mann das erste Drehbuch geschrieben hatte, angeboten gewesen.

Der junge Mann spürte, wie sich seine Muskeln am ganzen Körper spannten.

Er erfuhr, die Agentin habe für ihre berühmte Klientin dieses erste Buch gelesen, habe die Zusage in Erwägung gezogen, weil sie das Buch ganz einfach brillant fand, dann habe sie gehört, diesem Buch würde noch eine Neufassung folgen, die habe sie dann auch gelesen und in klarer Voraussicht des Misserfolges im Namen der großen alten Dame von Film und Fernsehen abgesagt. Zufrieden äußerte die Agentin die Vermutung, dieser, einem schwachen, abgetakelten Regisseur hörige Produzent sei jetzt wohl endgültig pleite.

»Aber«, erzählte sie, »ich habe mir damals Ihren Namen notiert, denn so viele Leute, die sensibel schreiben können, haben wir ja nicht. Ich habe mir damals gedacht, wenn ich einmal etwas weiß, schaue ich mir den Mann näher an, und jetzt weiß ich was.«

Die Agentin griff in eine Lade, holte ein Bändchen heraus und streichelte es wie eine Pretiose.

Durch Zufall wäre sie auf diesen Stoff gestoßen, beim Auflassen der Wohnung einer verstorbenen Tante, die hätte so eine Art von Memoiren ihres Großvaters aufgehoben, der gegen Ende des letzten Jahrhunderts Prinzipal einer Wanderbühne war, von denen es damals im Bereich der k. u. k.-Monarchie ja noch viele gab. Einer richtigen Schmiere, mit jährlich etwa denselben Gastspielorten, mit allen Problemen gegenüber der bürgerlichen Kleinstadtgesellschaft, allen internen Querelen und Freuden, der ganzen Romantik, aber auch Härte des Berufes und der Zeit. Dieser Großvater sei eine imponierende Figur gewesen. Jetzt hätte sie, erzählte die Agentin enthusiastisch, die grandiose Idee gehabt, die Schmierendirektorfigur in eine Schmierendirektorin, wohl die Witwe eines Schmierendirektors, umzudenken. Als sie der großen alten Dame von Film und Fernsehen erzählte, welch sensationelle, sechsmal einstündige Serie das werden könnte, war die große alte Dame – die bei Stoffen äußerst schwierig ist, wie man weiß – Feuer und Flamme. Mehr als das, die große alte Dame wurde sofort konkret. Sie hätte in zwei Wochen eine Stoffbesprechung mit dem Direktor der größten Fernsehanstalt, da müsste sie ein ausführliches Treatment in Händen haben, dann würde sie den Stoff durchsetzen.

Dem jungen Mann war sofort klar: Sechsmal eine Stunde mit dieser großen alten Dame von Film und Fernsehen, was jedenfalls auch eine erstklassige Sendezeit bedeutete, als alleiniger Autor – das war der Aufstieg in die erste Liga. Das war die Chance. Das war der Durchbruch.

Nur jetzt keinen Fehler machen, dachte er und entsann sich seiner hemmungslosen Begeisterung, als ihm der Spielfilm angeboten worden war.

»Ich kann mir schwer vorstellen, dass ich das in zwei Wochen schaffe«, sagte er.

»Das gefällt mir an Ihnen, dieses Professionelle«, die Agentin ließ ihre goldenen Armreifen vor seinen Augen rotieren. »Aber, wenn man will, geht alles. Und Sie wollen. Das weiß ich. Da brauche ich Sie nur anzusehen. Wissen Sie, in meinem Beruf kriegt man ein untrügliches Gefühl für Menschen.«

Der junge Mann las die Vorlage während der Rückfahrt im Zug. Das betulich geschriebene Büchlein erzählte wohl einiges von den Lebensumständen der Wanderkomödianten; Geschichten, Episoden mit dem, was Fernsehanstalten damals und heute unter *Handlung* verstehen, enthielt es nicht. Die waren also zu erfinden.

Wieder zu Hause, begann er damit. Seine Freundin half ihm, indem sie aus Lexika und ähnlich klugen Büchern politische und soziale Zeitereignisse exzerpierte, des stimmigen Hintergrundes wegen. Es waren glückliche Stunden, die Stunden zwischen zwei Schreibmaschinen, hin- und hergetragenem Papier, Vorgelesenem und Zerknülltem, Kaffee und Zigaretten, kleinen Küssen.

Es entstanden in einer auch für Routiniers respektablen Zeit sechs pralle Geschichten, rund um eine Frau mit Herz, Hirn und Schnauze, kurz: rund um eine Frau, wie sie die große alte Dame von Film und Fernsehen selbst zu sein der Welt vorspielte und die sie in allen ihren Rollen wiederfinden musste. Der junge Mann verlieh der einen oder anderen Idee bewusst eine etwas einfältigere Wendung, da er von der großen alten Dame, die ihm seine Chance bescheren sollte, weder schauspielerisch noch geschmacklich viel hielt. In erster Hinsicht mag er unrecht gehabt haben.

Um den Leser ein wenig Anteil an der Tiefe des Sujets haben zu lassen, sei hier der Inhalt von sechsmal einer Stunde in kargen Umrissen, ohne die vielen intelligenten Randfarben, die schon im Entwurf angedeutet waren, skizziert.

Folge eins erzählte von der Übernahme der Direktionsgeschäfte nach dem Tod des Vaters, von der Skepsis der Truppe, von Unglücksfällen, die es *früher* nicht gegeben hätte, vom zähen und erfolgreichen

Kampf der Wanderkomödiantin, als Leiterin ihrer Truppe anerkannt zu werden.

Folge zwei soll später beschrieben werden.

Folge drei brachte die Instanz der Presse ins Spiel. Gezielte Verleumdungen eines abgewiesenen Liebhabers der Tochter, vom Lokalblatt publiziert, erfordern von der Heldin Vorsprachen und Bittgänge, um die Rehabilitation der Truppe zu erreichen.

In Folge vier arbeitete der junge Mann einen seiner Meinung nach grandiosen Einfall ein. In Wien hatte zur Zeit der Handlung die erste Gründungsversammlung einer Bühnengenossenschaft stattgefunden. Da ging es darum, die katastrophale soziale Situation des Komödiantenvolks zu verbessern. Was war näherliegend, als in der Fernsehserie zu unterstellen, die neuen Bestimmungen konnten unserer Wanderschmiere nichts anhaben, da die legendäre Prinzipalin in einigen Punkten des sozialen Unternehmerverhaltens längst über die ersten Forderungen der Genossenschaft hinausgegangen war.

»Pass auf, dass es nicht zu dick wird«, sagte die Freundin.

Der junge Mann demonstrierte seinen Durchblick: »Diese Frau spielt das gern. Du weißt doch, die macht immer auf chronisch engagiert.«

Folge fünf befasste sich mit pädagogisch versauten Bürgerkindern, die sich der Wandertruppe anschließen wollten. Da hatte die Prinzipalin jede Möglichkeit, ihr hohes Verantwortungsgefühl – Zurückbringen der Söhne und Töchter auf den rechten Weg ihrer Eltern oder, bei Erkennen des zukünftigen Bühnentalentes, Mitnehmen bis zur Entdeckung durch das Hoftheater – zu beweisen.

Folge sechs schließlich beleuchtete die Konkurrenzsituation. Solidarität und Missgunst der Theatertruppen untereinander, gemeinsamer Abwehrkampf gegen die neue Konkurrenz, das Musiktheater, die Operette.

In dieser letzten Folge wollte der junge Mann die Truppe sich nicht auflösen lassen, er wollte nur der Prinzipalin die Chance geben zu ahnen, ihre Zeit würde einmal zu Ende gehen, sich also konstruktive Sorgen zu machen, wo sie ihre Schäfchen einmal würde unterbringen können.

Der junge Mann sagte seiner Freundin mit der Coolness des ausgebufften angelsächsischen Scriptwriters, dieser – vorläufige – Schluss ließe jede Verlängerung der Serie zu.

Sie ist der Wahnsinn, dachte er. Sie ist eine Partnerin. Sie begreift, was eine Chance ist. »Willst du mich heiraten?«

»Und sonst hast du keine Sorgen?«

Nachdem das Werk auf die Post gebracht und eingeschrieben abgesandt war, gingen die beiden jungen Leute in eine Gartenwirtschaft und tranken zum Essen die bis dato teuerste Flasche Wein ihrer gemeinsam verbrachten Zeit.

An einem Kastanienbaum klebte ein Plakat, das ein *Einmaliges Gastspiel* einer bekannten Bauernbühne ankündigte.

»Das ist ja heute Abend«, sagte der junge Mann, »da gehen wir hin.«

Sie saßen in einem schäbigen, ganz schwach besuchten Theatersaal und erschraken über die Armseligkeit der Darbietung.

»Genau das Gegenteil muss unsere Komödiantentruppe sein«, sagte der junge Mann leise. »Schon arm, aber mit Adel, man muss immer das Gefühl haben, die hätten auch was anderes werden können.« Es war die Umbaupause zum 2. Akt, die ein Zitherspieler vor dem Vorhang überbrückte.

»Pass auf«, sagte der junge Mann, »der zweite Akt beginnt mit einem Satz, der so ähnlich klingt wie: ›Ja, hast denn du mein' Brief net kriegt‹?«

»Wieso?«, fragte sie.

»Das muss so sein«, belehrte er. »Das ist die einzige Möglichkeit, dem Publikum zu erzählen, was mittlerweile geschah und was es wissen muss.«

Der Zitherspieler verschwand unter dünnstem Applaus. Der Vorhang wurde aufgezogen. Ein Mensch trat auf, was einen anderen in Erstaunen versetzte. Der Auftretende sagte: »Ja, hast denn du mein' Brief net kriegt?«

»Du bist ein Genie«, flüsterte die Freundin.

Tags darauf war an andere Schreibarbeiten nicht zu denken. Zu sehr fieberte der junge Mann einer Reaktion der Agentin entgegen. Er hatte – auf Anregung der Freundin – nur die Nerven, einen ihm bekannten Schriftstellerkollegen anzurufen, dessen Namen er schon einige Male auf den Nachspannen des Hauptabendprogrammes gelesen hatte. Er wollte wissen, was man für ein Einstundenbuch derzeit bekäme. Der Kollege nannte einen Durchschnittswert, der die Hoffnungen des jungen Mannes überstieg. Da die Summe mit sechs zu multiplizieren war, kam es im Hausstand des zukünftigen Erfolgsschreibers und seiner Freundin zu tumultartigen Freudenausbrüchen, zur Diskussion von Reiseplänen und zu kleinen Streitereien über die Priorität von Investitionen.

Als die Agentin den Empfang des Treatments telefonisch bestätigte, sagte sie zunächst – ziemlich unengagiert – etwas von *auf dem richtigen Weg*. Aber dann folgte, was dem jungen Mann, je länger er darüber nachdachte, den Schweiß auf die Stirn trieb: Die große alte Dame von Film und Fernsehen, erfuhr er, hätte wissen lassen, sie könne und wolle das Fernsehen nur anhand eines fertigen Buches überzeugen. Die Geschichten wären gut und schön, aber verkaufen ließe sich die Sache doch nur, wenn man beurteilen könne, ob der Autor auch wirklich stimmige, nämlich für *sie* stimmige, ihre Persönlichkeit, ihre Wirkungen, ihre Diktion erfassende Drehbücher zu schreiben in der Lage wäre.

Die Agentin sagte, der Zeitplan sei jetzt einigermaßen dramatisch. Die große alte Dame von Film und

Fernsehen hätte in drei Tagen einen Flug gebucht, um den Programmdirektor in dessen Landhaus in der Provence zu treffen.

»Da muss sie das Buch mitnehmen, da muss sie es in Händen haben, wenn wir eine positive Entscheidung haben wollen. Sie müssen mir also das Probebuch einer Folge bringen, die suchen Sie sich aus, eine, in der möglichst alles vorkommt, wo sie alles zeigen kann, das wird die einzige Möglichkeit sein, denn Sie werden ja wohl bis zum letzten Moment schreiben müssen. Ich werde dann mit dem Buch zum Flughafen fahren und es ihr in die Hand geben.«

Das seien sicherlich schwierige Bedingungen, gestand die Agentin ein, aber der junge Mann würde seine Chance wohl ermessen und nutzen wollen. Das Gespräch hatte am späten Vormittag stattgefunden. Zur Verfügung standen also – bis zum ersten Frühzug am übernächsten Tag – zweieinhalb Tage.

»Das sind an die sechzig Seiten pro Tag«, stammelte der junge Mann. Er wusste über das Verhältnis von Drehbuchseite und Spieldauer Bescheid.

»Du schaffst es«, sagte die Freundin. »Wenn ich dir helfe, schaffst du es. Ich koch dir einen Kaffee.«

Der junge Mann entschied sich für das Buch der Folge zwei, die alle Ingredienzen der Serie enthielt und begann, die Geschichte als Drehbuch aufzulösen, in der die Wandertruppe ein Winterquartier finden und in diesem Ort die Spielerlaubnis, die *Permission*, erhalten wollte.

Er ließ sie in einem Dorf in Mähren ankommen. Die erste Begegnung mit den Kindern des Ortes. Das Lauffeuer der Information. Die verschiedenen Reaktionen der Bürger. Im Gegenspiel die Erinnerungen der Komödianten an Erfahrungen in dieser Region. Die Erwartungen für diesmal. Die Vorsprache der Prinzipalin beim Bürgermeister. Davor noch erste Schwierigkeiten mit dem theatermüden Sohn. Und dann kaum eine Chance, die Permission zu bekommen, da eine andere Theatergruppe im vorangegangenen Winter den Ruf der Branche ruiniert hatte. Auftrag des Bürgermeisters, einen einflussreichen Bierbrauer zu überzeugen, da von dessen Gunst die Wiederwahl des Bürgermeisters abhing.

An dieser Stelle etwa war der junge Mann auf Seite 25. Er streckte und dehnte sich, gab an, einen kleinen Imbiss vertragen zu können, rechnete die bis jetzt verbrauchten Stunden hoch und kam zu einer positiven Prognose. Er hatte nach der ersten Etappe eigentlich Lust auf ein anständiges Essen, aber die Freundin meinte, er solle sich nur kein Völlegefühl anfressen. Sie stellte Brot, Quark und Tomaten auf den Tisch, auf die Idee mit einem Schluck Alkohol kam der junge Mann schon selbst nicht. Während er mampfte, erzählte er den Witz vom alten Schauspieler, der sich keinen Text mehr merken konnte und der, als eines Tages die gute Fee zu ihm kam und ihm drei Wünsche freistellte, nichts herausbrachte, weil ihm die Sätze nicht einfielen.

»Arbeite das doch ein«, schlug die Freundin vor.

»Keine schlechte Idee.« Der junge Mann saß schon wieder vor den Tasten.

Er ließ die Prinzipalin bei der Bierbrauerfamilie vorsprechen, versuchte aber den Bürgern gegenüber fair zu bleiben, um der Heldin die Möglichkeit zu geben, zu überzeugen. Dann kamen die Begegnungen mit Wirten wegen der Zimmerbeschaffung. Dazu das Gegenspiel in der Truppe wegen der entscheidenden Stückwahl für die Eröffnungsvorstellung. Wieder muss die Prinzipalin das klärende Wort sprechen. Schon werden die Theaterzettel ausgetragen, obwohl die offizielle Permission noch immer nicht erteilt ist. Aber der Bürgermeister hatte glaubhaft versichert, der Gemeinderatsbeschluss sei nur mehr Formsache, nachdem der Bierbrauer umgestimmt wäre.

Der Abend der Premiere ist da. Eine Umbesetzungsprobe ist noch nötig. Das kleine Kind muss, weil es auf der Straße als *Komedibankert* beschimpft wurde, getröstet werden, gleichzeitig muss die Prinzipalin, einen Mantel über dem Bühnenkostüm, auch an der Kasse sitzen …

»Das ist genau das, was diese blöde Kuh spielen will, die Überfrau«, sagte die Freundin. Sie war tapfer aufgeblieben und hatte das Zimmer voll gequalmt. »Aber ich vergebe mir doch nichts?«, fragte der junge Mann ängstlich zurück.

»Überhaupt nicht«, beruhigte die Freundin. »Das könnte man auch gut machen, was bis jetzt dasteht.«

Die Betonung lag auf gut.

Es war vier Uhr morgens. Er zitterte schon ein wenig.

»Die Vorstellung schaffe ich jetzt nicht mehr.«

Die Freundin fuhr ihm durchs Haar.

»Nein, das ist auch nicht mehr nötig, wir liegen gut in der Zeit, du schläfst jetzt drei, vier Stunden.«

»Ich zieh mich gar nicht aus«, sagte der junge Mann. »Dann kann ich gleich weitermachen.«

Er wachte nach drei Stunden auf, gerädert. Er konnte seine Träume nicht mehr genau rekonstruieren, aber da war eine riesige Bühne, gefüllt mit Schauspielern in wahnwitzigen Kostümen. Sie alle erklärten, gewillt zu sein, zu spielen, aber sie hätten keinerlei Text. Die Freundin schlief tief und fest. Der junge Mann schlich sich in die Küche, wollte heldenhaft selbst einen Kaffee kochen, aber da stand sie schon neben ihm, den Kaffee mache schon sie, er solle sich nur ruhig an die Maschine setzen.

Der junge Mann saß eine Stunde und tippte nicht einmal hin. So gut es gestern gelaufen war, heute war nichts möglich. Jedes Wort, das er zu denken versuchte, empfand er als Albernheit.

»Das ist doch alles der totale Scheiß«, schrie er, als ob seine Freundin daran schuld hätte.

Sie widersprach, aber möglicherweise nicht deutlich genug. Da sprang er auf das Bett und erklärte, aufgeben zu wollen.

»Bist du verrückt«, sagte die Freundin. »Jetzt, wo du schon die Hälfte hast. Noch einen Kaffee?«

»Nein«, lehnte der junge Mann ab. »Mich trifft ohnehin bald der Schlag, kannst du mir eine ganze Zitrone in ein eiskaltes Mineralwasser pressen?«

Bei der Beschreibung des Wechselspiels zwischen Bühne und Publikum während der großen Eröffnungs-*Galavorstellung* gelangen dem jungen Mann ein paar hübsche Details, an denen er sich mehr und mehr aufrichtete. Es begann wieder zu laufen. Die Stimmung nach der ersten Vorstellung im Wirtshaus war dem Erfolg entsprechend gut. Doch immer noch war die Sache mit der Permission unerledigt, die Spielerlaubnis sozusagen nur eine vorläufige. Der Gemeinderat musste den Beschluss des Vorjahres, nie wieder eine Theatergruppe über den Winter zu beherbergen, erst wieder aufheben. Und der Gemeinderat würde erst in der folgenden Woche tagen. Der Bürgermeister beruhigte noch einmal, er hatte sich zum Gönner gewandelt, seit ihm die Prinzipalin zugesagt hatte, das Bürgermeisterstöchterlein einmal vor geladenen Gästen einige Lieder von einer richtigen Bühne herunter singen zu lassen. Nur eine Warnung des Bierbrauers sollte man beherzigen, sich bis zur Sitzung des Gemeinderates auch nicht den kleinsten Ärger mit irgendeinem Mitglied der Bürgerschaft zu erlauben.

Da aber kündigte sich ein Problem an. Denn die Tochter des Bürgermeisters, dem Sohn des Bierbrauers versprochen, schien Gefallen an dem Ältesten der Prinzipalin zu finden. Es war klar, dass die Familie des Bräutigams da nicht tatenlos würde zusehen können. Und so warnte der Pfarrer in der Sonntagspredigt – aufgehetzt von der Frau Bierbrauer – auch vor dem Verfall der Moral, vor den Versuchungen und deren Ursachen, zum Exempel, den Sitten des fahrenden Volkes.

Es war der Abend des zweiten Tages. Der junge Mann erklärte: »Aus! Ich kann nicht mehr!«

Er tat seiner Freundin leid. Sie war selbst ziemlich am Ende. »Man kann nichts erzwingen. Wenn diese Kuh das unbedingt spielen möchte, dann wird das Probebuch auch in einer Woche noch rechtzeitig kommen. Sind wir eigentlich wahnsinnig, uns so unter Druck setzen zu lassen?«

Der junge Mann wurde wütend: »Begreifst du denn gar nichts? Die Frau hat einen Termin mit dem Programmdirektor. Da werden Stoffe besprochen. Da fällt die Entscheidung darüber, was diese große alte Dame von Film und Fernsehen als nächstes Großprojekt in dem Sender macht. Wenn da mein Manus nicht auf dem Tisch liegt, wenn sie es nicht gelesen hat und dafür brennt, ist Sense! Was habe ich davon, wenn ich in zwei Wochen höre, das Buch ist glänzend, die Serie wunderbar, aber man könne an dieses Projekt frühestens in drei Jahren denken? Nein, jetzt zieh ich das durch, ich kann den Kaffee nicht mehr sehen, mach mir einen Tee und verstink mir nicht die Bude mit deinen Scheißzigaretten!«

Die Freundin verließ beleidigt den Raum.

Der junge Mann fühlte wieder einmal, wie sehr man in den entscheidenden Stunden seines Lebens allein ist.

Die Prinzipalin hatte jetzt auch das Problem mit dem Pfarrer zu lösen. Auffallend an dessen Kirche war ein vom Unwetter zerstörtes Fenster, das nicht wiederhergestellt werden konnte, da die Kollekten noch keinen ausreichenden Ertrag gebracht hatten.

Die Prinzipalin bot dem Pfarrer bei ihrer Vorsprache eine Benefizvorstellung an. In diesem Dialog zwischen der Prinzipalin und dem Pfarrer wurde der junge Mann noch einmal sehr ehrgeizig. Viel zu schade, dieser Dialog, für diesen Dreck, dachte er, als er die beiden über das Wesen der *Gemeinde* sprechen, die Prinzipalin darstellen ließ, dass auch sie so etwas wie eine Gemeinde hätte, ihre Compagnie nämlich. Nein, nicht zu schade, dachte der junge Mann weiter, das ist die Stelle, mit der ich mich ausweise; die führt von der Serie weg, die bringt mir den Auftrag für ein Fernsehspiel, die Stelle – brillant, wie sie ist – können diese Arschgeigen nicht überlesen.

Die Benefizvorstellung wird geprobt, aber die Tochter der Prinzipalin ist krank. Das Bürgermeisterstöchterlein möchte mitspielen. Sie soll einspringen. Da droht Schlimmes, wird sie doch Partnerin des Sohnes der Prinzipalin sein, der ihr so gut gefällt. Andererseits läuft die Frau des Bierbrauers – Vorsitzende des Komitees zur Wiederherstellung des Kirchenfensters – Sturm gegen die Idee, die Komödianten in ein solch heiliges Werk einzubinden. Und als dann noch Bierbrauers Jüngster beim Spielen am Bach die Kleinste der Prinzipalin beleidigt und von deren Bruder eine Ohrfeige bekommt, ist Feuer am Dach. Zudem besäuft sich der Sohn des Bierbrauers erstmals mit Wein, aus Eifersucht, weil doch die Tochter des Bürgermeisters dem Erstgeborenen der Prinzipalin schöne Augen macht.

Der Ort ist in Aufruhr. Die Prinzipalin muss alles in den Griff kriegen, muss ausgleichen, beruhigen, sonst wird das nie was mit der *Permission*.

Die Freundin brachte Tee und Rühreier. Längst hatte sie wieder mitgearbeitet. Man war auf Seite 100 angekommen. Es war drei Uhr morgens. Der Zug, mit dem das Drehbuch überbracht werden musste, ging kurz vor acht Uhr.

»Jetzt hast du's gleich«, sagte die Freundin. »Bis jetzt ist alles ganz plausibel und geht schön hin und her. Jetzt muss der Schluss ganz knapp werden.«

»Das sagst du so«, jammerte der junge Mann. »Wenn die Auflösung nicht stimmt, wenn das ein billiges Finale wird, ist alles hin, was die Sache ein bisschen herausheben soll aus der Konvention. Natürlich muss es jetzt rasch gehen. Aber gut muss es sein. Und ich kann nicht mehr.«

Das glaubte ihm die Freundin. Er saß da, nicht einmal mehr zum Ausspielen seiner Erschöpfung fähig, völlig leer.

»Du könntest jetzt wieder ins Theater schneiden«, schlug sie vor, »in die Garderobe.«

Im Zuge der Eifersuchtstragödie nennt der Sohn der Prinzipalin nach mehreren Beleidigungen durch den Sohn des Bierbrauers diesen einen *stinkenden Biersieder* und auch noch *Sohn eines stinkenden Biersieders*. Während des Bürgermeisters Töchterchen für die Benefizvorstellung probt, soll der Gemeinderat schon die Ausweisung der Truppe verfügen.

Von der Logik her musste jetzt die Tochter des Bürgermeisters den Sohn des Bierbrauers dazu bringen, zu erklären, nicht beleidigt worden zu sein. Das Problem des Autors war, alle Initiativen bei der Prinzipalin zu belassen, denn ohne die permanente Regie dieser Figur, ohne ihre Anweisungen für andere, würde die abschließende Begeisterung der großen alten Dame von Film und Fernsehen mit Sicherheit nicht zu erzwingen sein.

Zehn Minuten vor sieben wurde gelocht und abgeheftet.

»Wasch dich ein bisschen, du stinkst«, sagte die Freundin.

Der junge Mann rief ein Taxi. Auf der Fahrt zum Bahnhof fiel ihm ein, er besaß keinen Durchschlag des Drehbuchs. Er musste das Original weggeben. Ich werde die Agentin sofort um eine Kopie bitten, dachte er. Auf dem Bahnhof erfuhr er, die angenommene Abfahrtszeit des Zuges stammte noch aus dem Winterfahrplan, zur Zeit gelte der Sommerfahrplan. Der Zug war demnach dahin.

Der junge Mann trat auf den Bahnhofsvorplatz. Um ihn, der alles wie durch ein Glas sah, bewegte sich der Morgenverkehr, eine andere Menschheit. Fast alle waren vor kurzem erst aufgestanden, nur zwei Penner gaben dem jungen Mann das Gefühl, dieser Erde anzugehören.

Er war noch nie in seinem Leben eine längere Strecke mit dem Taxi gefahren, zwang sein Hirn aber zur Entscheidung, dies sei die einzige Lösung des Problems. Er fragte den Taxifahrer – es stand nur ein Wagen da – nach dem Fahrpreis. Der nannte einen Betrag. Der junge Mann zählte und musste bedauern, diesen Betrag nicht ganz bei sich zu haben. Der Taxifahrer fragte, wie viel fehlte. Es fehlte nicht sehr viel. Dem Taxifahrer war langweilig: »Steigen Sie ein!«

Der junge Mann wollte während der Fahrt wissen, ob man den Bahnhof zu der Zeit, zu der der um soundso viel Uhr nicht abgefahrene Zug hätte ankommen müssen, erreichen würde.

»Das müsste zu schaffen sein«, sagte der Taxifahrer und stieg aufs Gas. »Die Strafe zahlen Sie!«

Der junge Mann nickte.

Der Bahnhof wurde gerade noch zur richtigen Zeit erreicht. Dennoch war die Agentin, die für ihr prächtig modisches Kostüm wirklich ein wenig zu dick war, ungnädig. Dass der junge Mann nicht wie abgesprochen aus dem Zug gestiegen war, sondern aus Richtung Bahnhofshalle kam, passte nicht in ihre Vorstellung von professioneller Präzision. Sie nahm das

Drehbuch entgegen und bejahte die Bitte nach einer Kopie flüchtig. Sie habe es eilig, dieses Projekt sei ja nicht das einzige, was sie jetzt gleich auf dem Flughafen mit der großen alten Dame von Film und Fernsehen zu bereden hätte.

Der junge Mann stand allein da und versuchte seine Gedanken in eine logische Folge zu bringen. Er wollte wieder nach Hause, so viel stand fest. Fahrgeld hatte er keines, das stand auch fest. Ein Zug fuhr erst in einer guten Stunde, das stand auch fest. Die verbliebene Barschaft reichte für drei Biere, das stand auch fest. Es gab nur die Chance, schwarzzufahren, das stand auch fest.

Der junge Mann trank im Bahnhofsrestaurant drei Biere und nahm, wann immer er einzuschlafen drohte, noch einen Schluck gegen die Müdigkeit. Dann kroch er in den Zug, er hatte sich den richtigen Bahnsteig während der Wartezeit ständig vorgesagt, stellte sich auf den Gang, besuchte kurz nach Abfahrt das erste Klo und wechselte das Klo dreimal. Auf dem dritten Klo fiel ihm ein, er hätte ja nur das Taxi warten lassen müssen, denn der Taxifahrer sei ja zurückgefahren, er hätte ihn jedenfalls mitgenommen, die Rückfahrt sei ja schließlich bezahlt gewesen. Da bekam der junge Mann Angst. Ich bin nicht so gescheit, wie ich glaube, schoss es ihm ins Hirn, ich bin wahrscheinlich unbegabt, ein Trottel. Wieso stehe ich hier sinnlos in einem Klo herum?

Durch einen Klangnebel, in den sich der Applaus für eine Wanderbühne gemischt hatte, hörte er:

»… fährt in Kürze auf Gleis drei ab.« Er sah auf. Es war sein Zielbahnhof. Er kam gerade noch aus dem Zug, ging vom Bahnhof im Gehen schlafend nach Hause, fand seine Freundin im Kommunikationszentrum wie tot vor, legte sich leise neben sie, hörte einen seine Anwesenheit bestätigenden Grunzer, und dann wurde es für lange Zeit ganz still im Haus.

Der Rest ist rasch erzählt. Zwei Tage später rief der junge Mann die Agentur an und fragte nach der Kopie des Buches. Wie hätte man das Buch denn kopieren sollen, fragte die Sekretärin eingeschnappt zurück, die Chefin hätte doch das Original der großen alten Dame von Funk und Fernsehen auf den Flug in die Provence mitgegeben. Das Schreiben von Drehbüchern ohne Durchschlag sei übrigens unüblich, normalerweise würden Bücher in sechsfacher Ausfertigung abgegeben. Der junge Mann bedauerte. Er hatte damals noch kein Kopiergerät, das war auch bei arrivierteren Kollegen noch nicht die Regel, und an Schreiben mit Durchschlag hatte er bei diesem Stress nicht gedacht.

Als der junge Mann zwei Wochen nichts von einer Reaktion der großen alten Dame von Film und Fernsehen und vor allem des Fernsehprogrammdirektors gehört hatte, rief er abermals die Agentur an. Die Sekretärin gab Auskunft, keine Information zu haben, die Chefin sei zur Zeit auf einer längeren Amerikareise. Der junge Mann hielt es nicht mehr aus. Keineswegs weil er und die Freundin die eine oder andere Kaufabsicht in die Tat umsetzen wollten; nein, weil sein berufliches Selbstwertgefühl auf dem Spiel stand. Er zwang die Sekretärin der Agentur mit bei ihm erstmals auftretender Härte zur Herausgabe der Geheimnummer der großen alten Dame von Film und Fernsehen. Er rief dort mehrfach an, ohne jemanden zu erreichen. Einmal meldete sich eine Sekretärin oder Haushälterin, die angab, von einem Drehbuch einer Fernsehserie *Die Komödianten* nichts zu wissen. Der junge Mann bat sie nachzufragen. Nachdem er wieder dreimal vergeblich angerufen hatte, beschied sie ihn beim vierten Mal, ja, die große alte Dame von Film und Fernsehen hätte sich das Buch angesehen, aber sie spiele auf absehbare Zeit aus grundsätzlichen Erwägungen keine *Kostümrolle*. Damit meinte sie, keine historische Rolle, nichts, was – wie man so sagt – *zurückspielt*.

Man könnte nun Vermutungen anstellen, ob die Agentin gepokert oder nur hochgestapelt hatte, wie ihr Verhältnis zur berühmten Klientin überhaupt war, ob das Argument der Ablehnung durch die große alte Dame von Film und Fernsehen nicht ein vorgeschobenes war, ob ihre Sekretärin es nicht überhaupt erfunden hatte, um den Anrufer endlich loszuwerden, oder ob es der Fernsehdirektor gewesen war, der schon vorher in eine andere Richtung entschieden hatte.

Mir ist es um die Klärung all dieser Fragen nicht gegangen. Ich habe die Geschichte nur erzählt, um mitzuteilen, mich könne das bekannte Prosadrama vom alten Mann und dem Meer nie mehr so richtig ergreifen, seit ich von der Geschichte des jungen Mannes und seines Drehbuchs weiß.

Ich habe auch darüber nachgedacht, ob ich die Geschichte nicht mit einer knalligeren Schlusspointe versehen soll. Ich hätte, was bei fehlenden Kopien nahe liegend gewesen wäre, das Drehbuch in Verlust geraten lassen können. Aber die Realität verhält sich nicht so wie die Dramaturgie der Fernsehserien.

Der junge Mann, der später noch ausgiebig mit Fernsehanstalten zu tun hatte, bekam sein Buch nach eineinhalb Jahren wieder in die Hände. Ein Dramaturg hielt es ihm entgegen und sagte: »Ist das von Ihnen? Gar nicht uninteressant. Na ja, vor zehn Jahren wäre das vielleicht noch was für die –«, und er nannte den Namen der großen alten Dame von Film und Fernsehen, »– gewesen, jetzt ist sie zu alt dafür.«

Der junge Mann verspürte kurz einen stechenden Nervenschmerz oberhalb des linken Auges.

Der zweite Mensch

Das war für alle Autoren und Autorinnen des Verlages eine große Überraschung, als sie aus der Zeitung erfuhren, der kleine, aber feine Literatur-Verlag wäre an ein größeres Haus verkauft worden. Der Verleger, ein Bücherpatriarch der alten Schule, würde gänzlich abtreten, eine neue Verlagsleitung demnächst genannt werden.

»Ob die neuen Leute mich dann noch wollen?«, fragte die Autorin ihren Freund. Sie war in diesem Beruf jung, obwohl schon Anfang vierzig. Sie war nämlich Schauspielerin, als solche angesehen und erfolgreich, aber eben in diesem gewissen Alter, in dem die Anzahl der angebotenen Rollen mit dem Rang nicht immer Schritt hält. Sie hatte sich auch die Jahre davor von ihrem Schauspielerberuf nie ganz ausgelastet gefühlt, versuchte das durch private Sensationen auszugleichen, bis sie – mehr zufällig – zu schreiben begann. Zunächst nur über sich und ihren Beruf, dann aufgrund kulturpolitischer Interna am Staatstheater auch über Kulturpolitik. Da man ihr immer wieder bescheinigte, ihre Klugheit und eine freche und trockene Art zu schreiben ergäben eine hocherfreuliche Mischung, wurde sie mutiger. Sie begann zu fabulieren, brachte erst eine und bald drei weitere Kurzgeschichten in der Wochenendbeilage eines Intelligenzblattes unter und wagte sich dann an einen Roman. Der war naturgemäß stark in ihrer Biografie verhaftet, verarbeitete die Familiengeschichte, den Einbruch der Kunst in das konservative und teilweise auch arg nazistische Bürgertum. Aber ihr Gefühl für Dramaturgie ließ sie auch Konflikte, Krankheiten, Figuren und alles Mögliche erfinden, sodass sie von der Chronik wegkam.

Der Erste, der ihr das bestätigte, war ihr Freund, ein Radiologe, ein äußerst kultivierter Mann, etwa fünfzehn Jahre älter als sie, verheiratet und Vater von zwei schon ausgeflogenen Kindern. Er lebte von seiner Frau getrennt in einer Single-Wohnung einer prächtigen Wohnanlage am Fuße der Weinberge. Dort wohnte, nahezu Tür an Tür, auch die Schauspielerin. Dennoch war man lange Zeit, immer freundlich grüßend, aneinander vorbeigegangen, bis man nach einer Mieterversammlung gegen das Fällen der Alleebäume vor der Wohnanlage ins Plaudern gekommen war. Zuvor hatte sie flammend gegen *Barbarei* protestiert, er hatte ruhig über *Verkehrsaufkommen* und *Abgase* gesprochen. Das setzte sich dann bei einem Tee bei der Schauspielerin fort.

Seine Versuche, sich scheiden zu lassen, hatte der Radiologe aufgegeben, es wäre ohne Prozess und Schmutzwäsche nicht abgegangen. Die Schauspielerin hatte sich seine Scheidung nur kurze Zeit gewünscht, dann nach und nach diese getrennte Zweisamkeit ideal gefunden. Sie beabsichtigte nicht mehr, Veränderungen anzustreben.

Der Radiologe war am entscheidenden Karriereschritt der Schauspielerin zur Autorin beteiligt, im positiven Sinne schuld. Der würdige Altverleger war nämlich eine Zeit lang sein Patient, es gab Anlass zu stationärer Beobachtung. Und wie es bei Visiten in der Sonderklasse so üblich ist: Der Arzt fühlt sich in Ermangelung medizinischer Aktualitäten zur intelligenten Plauderei verpflichtet. Als der Altverleger eines Tages beklagte, die Geschichtenschreiber würden heutzutage alle vom Kommerzfernsehen aufgesogen, ersuchte der Arzt um die Erlaubnis, dem Altverleger den Roman einer guten Bekannten, der berühmten Schauspielerin, vorzulegen. Der Altverleger gestand, ein großer Bewunderer der Dame zu sein, war sich aber tief innen sicher, es würde sich bei dem angekündigten Manuskript um das übliche Theatergewäsch der Mimen handeln. Als er erst in der Mitte des Textes war, ersuchte er den Radiologen, die Dame doch an sein Krankenbett zu bitten, er würde gerne die Details des Autorenvertrages, den Erscheinungstermin und alles Weitere mit ihr besprechen.

So war es gekommen, dass sie eine *richtige* Schriftstellerin wurde.

Sie hatte mit ihrem Erstling einen mittleren, aber eben doch einen Erfolg und war vom Altverleger aufgefordert worden, keine allzu lange Zeit bis zum Nachfolgetitel verstreichen zu lassen. Die Suche nach dem tragenden Einfall dafür machte sie ein wenig fahrig, in Nächten panisch. Sie fragte gelegentlich ihren Radiologen, was der von diesem oder jenem Sujet hielte, da der ihr aber grundsätzlich zu allem riet, was sie erwog, gab sie es auf, ihn in dieses Gespräch zu ziehen. Einmal, sie waren im Fischrestaurant am Flussufer und verjüngten sich durch Knoblauch und Weißwein, sagte der Radiologe: »Es wird nicht leicht sein«, und verriet so, dass er mit ihr litt, was die Stoffsuche betraf.

Und jetzt war der Verlag verkauft.

Die Autorin war traurig, aber auch ein wenig erleichtert. Dem Mentor, dem Entdecker, fühlte sie sich verpflichtet, anonymen Nachfolgern nicht, zumal sie ja nicht wusste, ob die überhaupt noch etwas von ihr wollten.

Zunächst brachte das Feuilleton ein Bild der neuen Verlagsleitung. Es war eine Frau. Eine Frau mit hochinteressanter Physiognomie, alterslos, also wohl so um die fünfzig, falls das Foto aktuell war, eine Germanistin von großer wissenschaftlicher Reputation, wie das Blatt vermeldete.

Bald darauf rief ein Verlagssekretariat an und lud die Autorin zu einem Gesprächstermin. Das Kennenlernen sollte nach dem Wunsch der Verlegerin nicht im Büro, sondern im exquisitesten japanischen Restaurant stattfinden. Die Autorin akzeptierte schon den ersten der vorgeschlagenen Termine.

Vor Begegnungen von derartiger Wichtigkeit überlegen sich Frauen besonders lange, was sie anziehen sollen. In diesem Fall hatte die große, schlanke Person mit langem braunem Haar und ebenmäßigem Gesicht immer die Wahl zwischen zwei Typisierungen. Das bildete sie sich jedenfalls ein. Sie meinte, in der einen Garderobe mehr wie eine Schauspielerin, in der anderen mehr wie eine Schriftstellerin auszusehen. Sie entschied sich für Letzteres.

Die Verlegerin saß schon am Tisch, als die Autorin pünktlich kam. Mit bezauberndem Lächeln bat sie die ihr optisch schon von der Bühne her bekannte Frau zu sich, verbrauchte nicht viel Zeit mit der Begründung ihrer Vorliebe für japanische Küche, war hocherfreut, diese Vorliebe geteilt zu sehen und kam dann sehr bald zum Thema. Sie habe die letzten Wochen pausenlos damit verbracht, jene Titel des laufenden Verlagsprogrammes und der Backlist zu lesen, die ihr nicht bekannt waren. Darunter auch den Erstlingsroman ihrer Gesprächspartnerin. Sie wolle ihr nun sagen, sie finde das Buch noch weit besser als die recht gute Resonanz, sie lese da eine faszinierende Beobachtungsgabe heraus, kurz, sie wolle jetzt oder sehr bald wissen, was als Nächstes käme. Während der Zeit hing die Autorin an den Lippen ihres Gegenübers. Nicht nur des Lobes wegen, sondern auch der unendlichen Eleganz wegen, mit der es ausgesprochen wurde, so als ob es zum rohen Fisch gehörte wie die vielen raffinierten Saucen. Diese Frau hat was, dachte die Autorin, ich spür's, ich hätte sie gerne zur Freundin, aber wir müssen ein anderes Verhältnis zueinander kultivieren, denn ich bin in der Position der Lieferantin.

Sofort nach dem Essen bat die Verlegerin um Nachsicht, weil der nächste Termin im Verlag drängte. Noch einmal wiederholte sie, auf das zu Erwartende *sehr* neugierig zu sein. Sie ging wie eine Königin, die es gewohnt ist, sich unters Volk zu mischen.

Mit glühenden Wangen erzählte die Autorin ihrem Radiologen im Bett von dieser ersten Begegnung. Sie schwärmte so, dass er die Hoffnung äußerte, die Dame doch auch bald kennenzulernen. Und dann erzählte er ihr, erst eher verlegen, dann aber, als sie immer interessierter wurde, genauer und engagierter eine Geschichte aus der Klinik. Ob das nicht ein Romanstoff wäre?

Sie hätten an der Klinik einen Professor, einen Superstar, einen Mann, der mit relevanten Forschungsergebnissen auf seinem Spezialgebiet, der Kernspintomografie, quer durch die Welt reist, von Kongress zu Kongress, Referate hält, größte Anerkennung erntend, der aber ein Bluffer ist. »Ich bin durch Zufall draufgekommen, dass hinter dem Kerl eine Frau steht, eine unauffällige Dozentin, die forscht, und zwar auf das Ingeniöseste, und die den Professor, ihm wohl auch körperlich wahrscheinlich bis zur Hörigkeit und darüber hinaus verbunden, mit publizierbaren, von ihr auch zu Papier gebrachten Erkenntnissen füttert. Der Kerl selbst kann nichts so gut wie Englisch. Und sich verkaufen, das auch.«

Die Autorin erklärte ihrem Radiologen, eine Konstellation dieser Art sei sicherlich ein interessanter Plot, sie habe aber Scheu, sich auf ein Gebiet zu begeben, von dem sie nichts verstehe. »Ich meine nicht die Abhängigkeit«, sagte sie lachend, »ich meine die Medizin.« Da müsse sie viel zu viel recherchieren, das würde sie nur unsicher machen.

Aber in der Sekunde fiel ihr ein: ich kenne diesen Stoff auch genau. Aus der Nähe.

Von all den Gurus und Geniedarstellern unter den Theatermachern war ihr derzeitiger Intendant der ihr widerwärtigste. Die Personalunion eines eleganten und eloquenten Weltkulturmannes und eines gleichzeitig vor Progressivität nicht laufen könnenden Erneuerers. Schon vor Jahren, als er noch nicht ihr Intendant, sondern nur ihr Regisseur war, hatte sie den Verdacht gehabt, er wäre nicht so intelligent wie seine Interpretationen bzw. Rechtfertigungen. Damals war ihr eine diesen Mann offenbar anbetende Dramaturgin und persönliche Referentin aufgefallen, die nie von seiner Seite wich, auf jede leise Frage sofort noch leiser, aber bestimmt antwortete, ihren Meister sichtlich intellektuell aufblies. Die Autorin war der Sache nachgegangen, hatte vom versteckten privaten Verhältnis erfahren und daraufhin seine Art, mit der Trabantin umzugehen, noch unangenehmer und machistischer empfunden. Die Beweiskette wurde immer lückenloser. Der große Theatermacher war Geschöpf einer außerordentlichen Frau, die sich damit abgefunden hatte zu dienen. Ihm.

»Vor diesem Hintergund kann ich das erzählen. Da kenne ich mich aus. Da wird jedes Detail stimmen. Da kann ich grausam übertreiben, bis an die Grenzen der Glaubwürdigkeit, da kann ich so richtig« – sie legte alle Leidenschaft in das Wort – *»schreiben.«*

Der Radiologe dachte kurz nach. »Du musst den Status quo weiterdenken. Wie geht die Sache aus?«

»Mit der Bloßstellung, der Enttarnung, der Emanzipation. Damit wahrscheinlich mit einer Katastrophe. Aber die sage ich dir nicht.«

Die Verlegerin traf die Autorin bald darauf im Pausenfoyer der Oper. Alles, was Rang und Namen hatte, war bei der Premiere des neuen englischen Star-Choreografen versammelt. Die Verlegerin erspähte die Autorin aus einer sehr elitär aussehenden Gruppe heraus und kam sofort auf sie zu. Sie trug einen schwarzen Hosenanzug aus strukturierter Seide, auf der Brust eine Brosche am Rande der Kleinplastik, sie war schön, exzentrisch und – die Autorin musste es sich abermals eingestehen – im Alter nicht definierbar. Die Verlegerin reichte dem vorgestellten Radiologen beiläufig die Hand, um sogleich ihre Frage an die Autorin loszuwerden:

»Was ist mit dem neuen Buch?«

»Ich bin wie verrückt dabei, seitdem ich *den* Stoff habe.«

»Da wüsste ich gerne Näheres.«

Spielerisch bat sie den Radiologen zu entschuldigen und dirigierte die Autorin an die Champagner-Bar. Sie orderte zwei Glas.

»Schießen Sie los!«

Die Autorin erzählte, sehr vorsichtig, Ross und Reiter nicht allzu sehr präzisierend, den Plot, die auf dem Auswringen einer an ihn verlorenen Frau basierende Geltung eines bedeutenden Theatermannes; die Analyse des Entstehens dieser Beziehung und des Kräfteverhältnisses darin, die naturgemäß früher oder später zu erwartende Katastrophe durch eine dritte Person.

Ein leises, sieghaftes Lächeln umspielte die Verlegerin. Es konnte besagen, ich habe mich nicht geirrt, von dieser Frau ist etwas zu erwarten, es ist eben *meine* Autorin.

»Wann meinen Sie, werden Sie so weit sein?«

»In drei, vier Monaten garantiert.«

»Haben Sie einen Arbeitstitel? Ich möchte es gerne in die grobe Planung für den nächsten Herbst hineinnehmen.«

Die Autorin war selig. Ungelesen, ungeprüft wollte diese Frau mit ihr disponieren. Titel hatte sie noch keinen. Aber sie erfand ihn in der Sekunde:

»Der zweite Mensch.«

Die Verlegerin horchte dem Titel kurz nach.

»Gespeichert.«

Das erste Klingelzeichen ertönte.

»Wir werden erwartet.«

Wieder – man kann es nicht anders nennen – löste sie sich königlich von der Autorin.

Im Gehen sagte sie noch kurz:

»Finden Sie es auch so fade?«

Das klang so nach besonderem Vertrauen. Wenn sich schon alle anderen blöd machen lassen, wir zwei doch nicht.

Als die Autorin von einer ihr zur Zeit höchst lästigen Theatervorstellung heimkam, öffnete sie rasch die Tür zur Wohnung des Radiologen. In einer Schreibkrise, einer von ihr leicht hysterisch hochgespielten Depression, hatte sie gemeint, ohne ein Feedback nicht weiterarbeiten zu können. Dem Verlag, genauer gesagt dieser Frau wollte sie nur das fertige Buch übergeben, im Lektorat des Verlages waren, wie man hörte, neue, ihr unbekannte Leute. Also blieb ihr nichts übrig, als ihren Gefährten ins Vertrauen zu ziehen.

Der saß jetzt, die Beine auf dem Tisch neben einer halb geleerten Rotweinflasche, und las. Bevor sie noch etwas sagen konnte, kam von ihm die Seligsprechung:

»Ich finde es fabelhaft.«

»Wirklich?«

Die Frage war rhetorisch. Den Kuss hatte er sich schon verdient. Sie setzte sich ihm gegenüber und wollte jetzt die Detaillierungen des *fabelhaft* genießen. Er sagte aber etwas ganz anderes.

»Nur, ich habe das Gefühl, es ist für einen Menschen aus eurer Branche unmöglich, nicht sofort zu wissen, wer wer ist. Das ist kein Schlüsselroman, das ist, so lese ich es jedenfalls, ein Porträt. Wenn ich der Mann bin, verklage ich dich, dass es nur so raucht.«

Sie wusste, er hatte recht. Die Lust am Erzählen des Gekannten, des Erlebten, des Gesehenen war mit ihr durchgegangen. Sie hatte die Authentizität übertrieben, die Figuren zu minimal verändert. Wer sollte das sonst sofort merken, lachte sie, wenn nicht ein Radiologe? Sie wollte sich aber wehren.

»Ich *kann* das nur schreiben, wenn es im Theater spielt. Von Kernspintomografie weiß ich nicht einmal, was es ist.«

»Wer redet denn davon? Du musst nur die Sache irgendwie parallel verschieben – wie sagt man im Literaturdeutsch? –, verfremden. An der Geschichte muss sich ja nichts ändern.«

Die Autorin goss sich ein Glas Rotwein ein und schüttete es hinunter.

»Ich hab's.«

Zwei Monate darauf rief sie im Verlag an, um das Manuskript anzukündigen. Die Sekretärin der Verlegerin ersuchte, es eingeschrieben einzusenden, ihre Chefin sei zur Zeit in Paris, um über Lizenzen zu verhandeln. Am Tag danach erreichte die Autorin ein Anruf aus Paris. Die Verlegerin habe zu ihrer großen Freude von der Fertigstellung des Romans gehört, sie würde sich auf wenig so freuen wie auf dessen Lektüre, sofort nach ihrer Rückkehr würde sie sich daranmachen, dann sollte es doch bald ein Gespräch über Cover und alles andere geben, vielleicht diesmal endlich einmal in privatem Rahmen.

Zwei Wochen vergingen. Dann traf ein Brief ein. Ein höflicher Brief. Ein zu höflicher Brief. Man sei nach Prüfung des Manuskriptes zur Ansicht gelangt, übereinstimmend und nach nur kurzer Diskussion, man würde dem Verlag und auch der Autorin nichts Gutes tun, würde man dieses Buch so drucken. Da wären doch auffallende stilistische Unsicherheiten zu korrigieren, von der Unwahrscheinlichkeit des Stoffes und der Überzeichnung der Figuren ganz abgesehen.

Die Autorin begriff nichts. Sie bekam keine Luft. Sie konnte sich nichts erklären. Der Radiologe, dem sie ihre Umarbeitung nicht mehr gezeigt, sondern immer nur angedeutet hatte, er würde von der tollen Idee überrascht sein, hatte Mühe, sie zu beruhigen.

Sie spazierten in der Fußgängerzone. Da sah sie ihren Erstling in der Auslage einer Buchhandlung. Sollte es damit aus und vorbei gewesen sein? Sie hatte schon wieder nasse Augen. Vor Wut. Der Radiologe blieb besonnen. Sie hätte wohl ein Recht auf eine persönliche Auskunft, ein Gespräch. Weiß der Kuckuck, welches Missverständnis sich da aufklären würde.

So bemühte sie sich telefonisch um einen Termin. Sie spürte, wie sie vertröstet wurde, wie man sie mürbe machen, zum Aufgeben veranlassen wollte, aber sie setzte sich durch. Übermorgen, um zehn Uhr fünfzehn hätte die Verlegerin ein kleines Terminloch, wurde ihr beschieden. Schmallippig nahm sie auch diese Demütigung hin.

Zum Termin kam sie pünktlich. Sie wurde auch sofort vorgelassen. Die Verlegerin saß hinter einem modernen Schreibtisch inmitten eines Empire-Ensembles. Der Raum war das Nonplusultra an Geschmack. Die Verlegerin trug eine Bürobrille, die ihr Gesicht hart machte. Sie sah die Autorin an wie eine ihr nicht sehr sympathische Fremde.

»Sie wollen wissen, warum ich Ihr Buch nicht gut finde? Ich habe es Ihnen doch geschrieben.«

»Ja, aber das kann ich so nicht begreifen.« Die Autorin saß in der Besuchergarnitur und versuchte sich zu wehren.

»Ich kann doch das Schreiben zwischen den beiden Büchern nicht verlernt haben. Ich weiß doch noch« – sie besann sich jetzt ihrer ganzen schauspielerischen Klasse, fixierte die Verlegerin und sprach so suggestiv, wie es nur geht – »wie Sie mich über die Maßen gelobt haben. Und wie Sie der neue Stoff interessiert hat.«

Unter dem Blick der Schauspielerin entwich der Verlegerin die Souveränität. Das Königliche war weg. Die Frau fühlte sich gestellt. Sie hatte eine Antwort zu geben. Eine Auskunft über ihre Motive. Damit musste sie etwas von sich preisgeben, ihre maskenhafte Überlegenheit ablegen. Sie zitterte leicht. Aber der Blick der Schauspielerin ließ sie nicht aus. Die Verlegerin rang mit sich, hob das vor ihr liegende Manuskript auf, ließ es wieder fallen und sagte gepresst, Tränen unterdrückend:

»So etwas schreibt doch nur eine –«

Dann verließ sie hastig, sich ihrer Emotion offenbar schämend, das Büro in einen Nebenraum.

Was hatte sie im Abgehen, in der Tür gesagt? Leise? Nicht mehr hörbar? Und doch? Hat sie nicht *Schwanzfickerin* gesagt? Das ist doch nicht möglich. Aber sie hat.

Die Autorin sah auf den Schreibtisch. Da stand schräg gegenüber vom Arbeitsstuhl ein Foto. Die Autorin drehte es um. Da war ein Mädchen drauf. Keine Tochter. Nein, nein. Ein Mädchen. Sein Blick sagte: Komm, hol dir alles, was du brauchst, um eine Königin zu sein!

Die Autorin sagte halblaut: »Ich Idiotin.«

»Ich hab's für eine geniale Idee gehalten, aus dem Megamacho eine Frau zu machen. Weil sich dadurch so viele Veränderungen ergeben haben, da wäre niemand mehr draufgekommen –«

Sie lachte, schon leicht betrunken. Das Fischlokal war knoblauchgeschwängert wie immer. Der Radiologe streichelte ihre Wange und hielt dann ihren Unterarm fest.

»Ich mache nur weiter, wenn mir eine eigene Geschichte einfällt. Von vorne bis hinten erfunden«, sagte sie und kämpfte mit der Zunge gegen eine eingebissene Gräte. Daher war die folgende Frage nicht leicht zu verstehen.

»Sag, gibt es einen homosexuellen Rassismus?«

»Bitte?«

»Ich wollte wissen«, die Gräte war entfernt, die Stimme wieder klar, »ob es einen homosexuellen Rassismus gibt.«

»Aber ja. Und ich habe dafür Verständnis. Du musst bedenken, was man den Leuten über Zeiten angetan hat. Und noch tut. Diese Verlegerin war gänzlich unemanzipiert, trotz der großen Allüre.«

Er sah seine Gefährtin prüfend an.

»Hat sie dir nie einen Antrag gemacht?«

»Nein, und wenn, hätte ich es nicht gemerkt. Vielleicht ist sie auch monogam.«

Beider Augen prüften die Augen des Gegenübers.

Zugleich mit dem letzten Bissen des Zander kam der Radiologe zur Schlussfolgerung.

»Sie hat vielleicht im ersten Moment geglaubt, du weißt alles von ihr und meinst mit der Hörigkeit die Beziehung zwischen ihr und ihrer Freundin.«

Die Autorin dachte kurz nach.

»Warum sollen Frauen, die Frauen lieben, klüger sein!«

Das Buch wurde von einer Literaturagentin bei der Konkurrenz untergebracht. Es erschien in der Reihe *Frauen über Frauen*.

Die Ableitung

Der Interviewte saß dem Interviewer gegenüber. Der hatte einen Notizblock vor sich liegen und stellte ein kleines Tonbandgerät auf.

»Sie haben nichts dagegen, wenn ich – zur Sicherheit – aufzeichne?«

»Im Gegenteil. Da kommt es wenigstens nicht zu Missverständnissen.«

Der Interviewer sah auf. Sehr kurz.

Scheiße, dachte der Interviewte. Jetzt habe ich ihn verärgert. Kann ich nicht mein blödes Maul halten? Aber das hätte bei dem ohnehin keinen Sinn. Das würde an der Einstellung dieses Herrn zu mir nichts ändern.

»Trinken Sie doch ruhig erst Ihren Kaffee.« Das klang freundlich.

»Nein, bitte, legen Sie los. Kalter Kaffee macht schön.«

Das ist nicht mein Ernst, so blöd kann man doch nicht sein, wie kann mir diese albernste aller Phrasen herausrutschen, wieso krampfe ich mich so ein, ist mir der Kerl wirklich so unsympathisch? Hoffentlich sagt er jetzt »noch schöner?«, dann weiß ich, er ist ein noch größerer Trottel als ich.

Der Interviewer sagte es nicht. Er schien beim Wort »schön« nur leicht gestaunt zu haben.

»Ich möchte Sie nicht nur zu dem entscheidenden Punkt befragen, aber natürlich ist der der Aufhänger.«

»Ist mir klar.«

»Wollen Sie, dass wir damit beginnen? Gut.«

Der Interviewer schaltete das Aufnahmegerät ein.

Sie saßen im abgetrennten Nebenraum des Kaffeehauses. Der Hauptraum war für die Tageszeit – es war mittlerer Vormittag – miserabel besucht.

Ich kann mir nicht helfen, ich finde die neuen Überzüge eigentlich schön, dachte der Interviewte. Er wusste, dass viele Leute der Szene das Kaffeehaus mieden, seit der Besitzer es gewagt hatte, ausmalen zu lassen und die zerschlissenen Überzüge zu ersetzen. »Sie beanspruchen den Dreck und die Schäbigkeit«, hatte der Interviewte einem Funkreporter gesagt, der im renovierten Traditionslokal ein Stimmungsbild aufnahm. Das hatte der Beliebtheit des Interviewten bei den Kollegen einmal mehr nicht genützt.

»Sie sagen also, das Stück des großen Dichters ist faschistisch. Oder wie haben Sie es formuliert? Doch so, nicht?«

Der Professor stand vor der Tafel. Mit fester Stimme erklärte er: »$a^2 + b^2 = c^2$.«

Das Klassenzimmer des Gymnasiums roch nach diesem widerwärtigen dunklen Bodenöl und nach Schülerangst. Der Professor aber, dessen Pullover, unter dem Sakko getragen, die Krawatte halb verdeckte, was der Schüler nie leiden konnte, war sich seiner Sache sicher.

Mit Recht, dachte der Interviewte, mit Recht.

Der Professor hatte doch Mathematik studiert. Während dieses Studiums hatte er die Sache mit c^2 erfahren. Er hatte das Studium abgeschlossen, konnte demnach bei seiner Abschlussprüfung über c^2 Auskunft geben, war danach berechtigt, Mathematik zu lehren. Und so stand er vor uns, behielt auch nicht für sich, wie der Mann hieß, der zum ersten Mal festgestellt hatte, welche Quadrate aufgrund welchen Winkels addiert c^2 ergäben. Nein, er sagte uns den Namen mit der nahezu bedrohlichen Aufforderung, ihn uns auch zu merken.

»Ich gebe gerne zu, so eine Bewertung, oder soll ich sagen: Verurteilung, ist rasch dahingesagt. Aber es ist natürlich nur das formelhafte Ende einiger Thesen.«

Der Interviewer fragte leicht lächelnd:

»Und zwar?«

Das hat den Professor definiert, dieses eine Wort, dieses eine Wort »Ableitung«. Später, als die Ableitungen schwieriger wurden und vom Schüler nicht mehr zu verstehen waren, blieb immer noch der Reiz des Wortes. Es verlieh dem Professor Sicherheit, er strahlte die Gewissheit aus, er würde die Ableitung auch heute, auch vor diesen neuen Schülern, aufschreiben und erklären können. Die Frage, was denn c^2 sei, interessierte den Schüler keine Spur, selbst die These, es würde sich aus a^2 und b^2 zusammensetzen, war ihm bis zu dem Punkt egal, an dem der Professor ankündigte, es ableiten zu wollen. Der Schüler war von Menschen umgeben, die Behauptungen aufstellten, Urteile fällten, Verbote und Empfehlungen aussprachen. Aber immer blieben sie ihm – selbst auf Rückfragen – die Ableitungen schuldig, falls sie sich nicht offensichtlich schon in den Angaben geirrt hatten. Der Schüler begriff nicht, warum er sich vor der Mathematikstunde nicht fürchtete. Gemessen an den Noten für seine Arbeiten hätte er zittern und beben müssen. Er tat es nicht. Er sah aufmerksam zu, wie der Professor die Formel an die Tafel schrieb und die Schüler aufforderte, mit ihm zu überprüfen, ob sie denn auch stimme. Der Schüler wusste natürlich genau, die Äußerung des Verdachtes, sie könne auch *nicht* stimmen, war nur ein Theatertrick. Aber gerade der ließ ihn wach sein.

»Sie werden noch nicht bestreiten wollen, dass ...«, sagte der Interviewte und ergänzte den Satz mit einer seiner politischen Grundthesen.

»Da bin ich ganz Ihrer Meinung«, hörte er als Antwort, »nur ist mir nicht klar, wo Sie da einen Zusammenhang sehen.«

»Wiewohl ich befürchte, dass Sie meinetwegen keine Sondernummer herausbringen werden, versuche ich es.« Der Interviewte ordnete den Begriff »Faschismus«. Es gebe einen historischen Fascismo, von dem sich etwa der Nationalsozialismus ableiten lasse, es gebe aber auch einen unhistorischen Faschismusbegriff, der die Totalität undifferenzierter Urteile, vor allem Verurteilungen, beschreibe. Er begann aus dem Kopf Passagen des Autors auf ihre politische Qualität zu untersuchen, er begann die Quadrate über dessen Urteilen zu bilden.

Der Professor stand da, mit der Kreide und diesem großen hölzernen Dreieck in Händen, und hatte Spaß an seiner Darbietung. Die Wortfolgen waren gut einstudiert, seit Jahren erprobt, die Haltung von Kreide und Dreieck war perfekt, die Stimme saß richtig, vermittelte nie den Eindruck von Unsicherheit, das Publikum hatte keine Veranlassung, das Interesse zu verlieren. Nach teils gezeichneten, teils gerechneten Umwegen stand auch für einen Schwachmatikus fest, die Formel stimmte. Ohne diese beweisende Ableitung des Professors wäre $a^2 + b^2 = c^2$ Anmaßung, Unterstellung, Schikane geblieben. Welchen Grund sollten Schüler gehabt haben, dem Mann zu glauben, hätte er nicht so exakt abgeleitet? So ernsthaft und doch vergnügt.

Der Interviewte begann aus dem Frühwerk des großen Dichters zu zitieren. Er konnte die Zitate präzise auswendig, er legte sie vor, quasi als Material einer ersten von drei Geraden, die zueinander in einem bestimmten Verhältnis stehen sollten. Der Interviewer wurde ungeduldig. Er drückte auf die Stopptaste seines Gerätes. Sein Einwurf kam übertrieben liebenswürdig. »Diese Passagen sind mir alle sehr geläufig, ich habe, wenn Sie mir die Anmerkung gestatten, über den Dichter dissertiert, ich will von Ihnen wissen, wie ...« Du liebe Zeit, dachte der Interviewte, der Mann ist ja nicht an meiner Beweiskette interessiert, er will mich nur widerlegen, der Unhaltbarkeit meiner Thesen überführen. Weil ich seinen Hausgott gekränkt habe, sein Idol, seinen Meister. Das ist kein Interview, das ist ein Prozess, dessen Urteilsbegründung in der Zeitung erscheinen soll.

Der Interviewte sagte: »Wenn Sie eine Behauptung von mir ablehnen, wenn Sie sie ungeheuerlich finden, dann müssen Sie mir die Chance geben, abzuleiten, wie ich dazu komme. An der nachträglichen Kürzung und damit Entstellung meiner Argumentation werde ich Sie nicht hindern können, Journalisten pflegen den Sachzwang Platzmangel ins Treffen zu führen, aber ich möchte wenigstens dieses Interview mit der Gewissheit beenden, *Ihnen*« – der Interviewte sah dem Interviewer aufsässig ins Gesicht – »die Formel bewiesen zu haben.«

»Formel«, fragte der Interviewer, »wieso Formel?«

Der Interviewte verrührte übertrieben lange den Zucker im Kaffee: Wie erkläre ich dem Gegenüber, dass mein Urteil eine Formel ist? Ich rede mich in einen Wirbel. Wie komme ich da heraus?

Der Professor stand, wenn das Ergebnis feststand, wenn die Falle zugeschnappt war, eitel an der Rampe seiner Bildungsbühne und sagte nach allen erfolgreichen Ableitungen den immer gleichen Satz: »Quod erat demonstrandum, demonstravimus.« Da schwang auch Stolz auf Pflichterfüllung mit. »Was zu beweisen war, haben wir bewiesen.« Das *wir* war nobel, denn *er* hatte bewiesen, genauer gesagt, sein altgriechischer Textautor.

Es ist die *Columbo*-Dramaturgie, dachte der Interviewte. Natürlich. Da ist über die Jahre eine Fernsehserie ein zwischendurch sogar kultischer Erfolg, in der das Publikum zu Beginn sieht, wer der Mörder ist, auch wie er die Untat begeht, und in der der untersuchende Kriminalist vom ersten Augenzwinkern in der ersten Einstellung an keinen Zweifel daran lässt, die richtige Person zu verdächtigen. Alle Voraussetzungen für Langeweile wären gegeben. Die Langeweile tritt aber nicht ein, weil in den geglückteren Folgen dieser wie Lehrstoff Jahr für Jahr wiederholten Endlosserie die Ableitung amüsiert.

Der Interviewte versuchte sich wieder zu konzentrieren. »Das mit der ›Formel‹ ist mir so herausgerutscht. Ich hätte ›These‹ sagen sollen. Wollen wir weitermachen?«

»Gerne.« Der Interviewer war wieder sehr smart. Er drückte auf die Aufnahmetaste.

»Ich frage vielleicht anders: Sie haben mit Ihrem Urteil eine Position eingenommen, die von der literarischen Welt nicht geteilt wird. Gibt Ihnen das nicht zu denken?«

Der Interviewte verneinte, formulierte so eine Art von »Viel Feind, viel Ehr« und begann seinen Text aufzusagen. Er hatte äußerste Mühe, sich zu konzentrieren, da in seinem Hirn eine zweite Tonspur ablief. Auf dieser Tonspur war der Text, den er dem Interviewer gerne gesagt, nach dem gefragt zu werden er sich gewünscht hätte.

»Wissen Sie, der Professor hat mein Leben entscheidend beeinflusst. Ich bin nämlich, wie ich Sie zu registrieren ersuche, nicht nur in der Lage, Menschen zu hassen, die mir ums Verrecken etwas einreden wollen, die Größe eines Dichters zum Exempel, sondern auch gewillt, Menschen über Gebühr zu verehren, wenn sie mir etwas beigebracht haben. Den Professor, Sie erinnern sich, ich habe von ihm erzählt, verehre ich nicht wegen des Lehrfaches Mathematik. Ich kann Mathematik fast so wenig ausstehen wie den von Ihnen so angebeteten großen Dichter. Was ich verehre, ist die Stilistik der Ableitung. Gehen wir vom Studienfach Leben aus. Da gilt es nachzudenken, Schlüsse zu ziehen. Da nützt mir, davon bin ich fest überzeugt, mein Trieb, das Gedachte in einer Formel enden zu lassen. Das Wort Form wie auch das Wort Formulierung haben mit dem Wort Formel genetisch zu tun. Ich formuliere also für mich eine Formel. So zum Beispiel mein Urteil über den von Ihnen – keineswegs geehrter Herr! – so bewunderten großen Dichter. Und dann sage ich mir, den Professor – ich habe von ihm erzählt, nicht wahr? – im Genick spürend, wem soll diese Formel einleuchten, wem etwas sagen, wen gar überzeugen, wenn ich die Ableitung nicht zwingend abzuleiten weiß? Sie hören eben ein Ergebnis dieser selbst auferlegten Verpflichtung. Sie entnehmen meiner Sicherheit, dass ich mehrfach nachgerechnet habe. Denn, und das hat der Professor auch getan, ich bedenke alle Möglichkeiten der Widerlegung allzeit mit. Der Professor hat diesen Jargon wahrscheinlich nicht beherrscht, aber ich sage Ihnen, ich habe den Pythagoras *drauf*. Schade, dass der Unterricht in Mathematik nicht bei dieser Formel geendet hat, ich hätte bald ein »Sehr gut« gehabt und behalten. Fairerweise teile ich Ihnen mit, mein Herr, der Sie mich zu interviewen sich gezwungen sehen, sei es meiner Meinung wegen, sei es aufgrund eines Auftrages Ihres vorgesetzten Redakteurs, dass meine späteren Leistungen auf dem Gebiet der Mathematik, ich erwähne hier vor allem die Integralrechnung, kein Interview gerechtfertigt hätten. Aber ich bin befugt, Ihnen ultimativ mitzuteilen:

Hass zum Quadrat + Sprache zum Quadrat = Totalitarismus zum Quadrat. Für Letzteren setze ich gerne den philosophischen Begriff ›Faschismus‹ ein.«

Mit dieser Formel mündete der gedachte Text in den tatsächlich gesprochenen. Der Interviewer sah von einem Blatt auf. Er hatte sich ein paar Randnotizen gemacht.

»Aber das sind doch keine literarischen Kriterien?«

»Sie wollten wissen, wie ich zu einem Urteil kommen konnte. Ich habe es Ihnen gesagt. Sie haben es auf Band. Die Sache mit dem rechten Winkel erkläre ich Ihnen ein anderes Mal. Anhand der Schulterstücke bei Uniformen.«

Der Interviewte schien einen randpathologischen Wutanfall nur mühsam zu beherrschen. Offenbar war er schwer cholerisch.

»Einmal noch! Für Sie! Für Ihren weiteren Lebensweg! $e^2 + f^2 = g^2$. Ich werde Ihnen jetzt ableiten, warum. Und ich bitte Sie flehentlich, meine Ableitung auf Band aufzunehmen und nicht mitzuschreiben, denn wiewohl nicht übermäßig kompliziert, ist die Ableitung natürlich auch offen für Fehler in der Wiedergabe. Dann formuliere ich, den Stolz auf meine mnemotechnische Perfektion nur mühsam verbergend, meine Ableitung. Zeile für Zeile, Strich für Strich, Zahl für Zahl. Ich trete den Beweis an, dass es – innerhalb des mir zur Verfügung stehenden und möglicherweise von einem Teufel implantierten Koordinatensystems – nur so sein *kann*, dass das Quadrat über g sich aus den Quadraten über e und f zusammensetzt. Und wenn ich zum Schluss bei der Wiederholung der Formel bin, der nackten Wiederholung meiner Eingangsbehauptung, sage ich – am Ende der Atemsäule, aber immer noch nicht atemlos –: Quod erat demonstrandum, demonstravimus.

Ich sage das natürlich nicht auf Lateinisch und mit ganz anderen Worten, wie sich ja auch das Interview nicht ernstlich mit den Quadraten über den Geraden e, f und g befasst hat. Aber ich sage etwas, das auch lauten könnte: So rechne ich und ich kann nicht anders. Kurz, es ist eine kleine Verbeugung vor der Dramaturgie des Professors.

Sie werden morgen schreiben: Er hält g^2 für die Summe aus den Quadraten über e und f. Mit der ihm eigenen Überheblichkeit behauptet er, das beweisen zu können und rettet sich, seinen Bildungsdünkel penetrant auslebend, in die Enge getrieben, noch in lateinische Floskeln!

Kaum lese ich das, wird mir einfallen, wie die während des Satzes ›Quod erat demonstrandum‹ nur leicht spöttischen Augen des Gesprächspartners, also Ihre, geradezu Ekel ausdrückten, als das ›demonstravimus‹ folgte. Diese snobistische Mitteilung, einerseits das Perfekt noch bilden zu können, andererseits ein *Wir*-Gefühl entstehen zu lassen, Sie, den Medienmenschen, in die Ableitung einer kühnen These mit hineinziehen zu wollen, löst bei Ihnen Abscheu aus. Diese schlägt sich dann journalistisch nieder. Handelt es sich um eine audiovisuelle Wiedergabe meiner Formel, dann wird die Ableitung und das diese abschließende, ›daraus folgt‹ so von $e^2 + f^2 = g^2$ weggeschnitten, dass der Schnitt quer durch den Atem geht. Wodurch der Sprechduktus unsouverän wird.

Daher sage ich jetzt mit der Sicherheit des Pythagoras und der sonoren Stimme des Professors: Der heute gepflogene Journalismus ist gleich Pest plus Scheiße. Die Ableitung ist gegen Honorar bei mir bestellbar.

Selbstverständlich ist die Formel *Der heute gepflogene Journalismus ist gleich Pest plus Scheiße* falsifizierbar. Die Ableitung berücksichtigt Argumente wie Blatttypus, Blattlinie, Umbruch, Medienkonkurrenz, Sendungsformat, Programmschema usf. usf. nicht. Gehört doch zum Dreieck Interviewer – Interviewter noch die dritte Gerade. Mittels dieser ist möglicherweise – nicht von mir – auch die Formel beweisbar: Journalisten sind Opfer. Daraus wäre wiederum abzuleiten: Der Interviewte ist Opfer in dem Maße, in dem der Interviewer Opfer ist. Ich höre unseren Vorzugsschüler ungefragt, aber laut, rufen: Kommunizierende Gefäße!«

Der Interviewer hatte längst die Stopptaste gedrückt, mit immer größerem Befremden und schließlich nur mehr gelangweilt zugehört. Jetzt rief er »Zahlen!« und wandte sich danach noch einmal zum Interviewten:

»Stehen Sie unter Drogen? Sie können es ruhig sagen, wir schreiben so etwas grundsätzlich nicht. Oder sind Sie in ärztlicher Behandlung?«

»Weder noch.«

»Das wundert mich.«

Er zahlte, grüßte korrekt und ging.

Tags darauf las der Interviewte:

»... Man soll den jüngst so heftig diskutierten Äußerungen dieses Mannes keine Bedeutung zumessen. Erstens sind seine Urteile gänzlich unfundiert, nur affektiv dahergesagt, zweitens ist er, was das angesprochene Thema anlangt, zweifelsfrei paranoid. Durchaus auch denkbar, so des Interviewers Gefühl im Nachhinein, dass er seinen ihm immanenten Faschismus mathematisch sublimiert und so …«

Der Interviewte wankte, die Zeitung in der Seitentasche seines Jacketts, sturzbesoffen schon am helllichten Vormittag, zu seiner alten Schule, hielt sich mit beiden Händen am schmiedeeisernen Vorgartenzaun fest, glotzte über die zurückgeschnittene Rotbuche hinweg zu den Fenstern des zweiten Stockes hinauf, wo er hinter dem mittleren den Kopf des Professors wahrzunehmen meinte.

»Demonstravimus?«, fragte er hinauf. »Demonstravimus?«

Kitsch

Der Jungverleger hatte einen für ihn großen Tag hinter sich. Ihm war im Kultusministerium der »Staatspreis für Literaturproduktion« verliehen worden, für seine Reihe »Neue Realisten«, in der er mit Erfolg einige Schreiberinnen und Schreiber vorgestellt hatte, die bei renommierten, der großen Literatur verpflichteten Verlagen nicht untergekommen waren.

Er hatte hoch gespielt, sich auf ein finanziell gar nicht mehr vertretbares Risiko eingelassen, auf ein Wunder gehofft und staunend gemerkt, dass es geschah. Und zwar von zwei Seiten her. In einigen Feuilletons schienen sich junge Damen und Herren gegen literarische Maßstäbe ihrer Altvordern auflehnen zu wollen, und aus Buchhandelskreisen hörte man Urteile wie »richtig gut lesbar«. Und »verkäuflich«.

Publizistisch half ihm auch, dass sein Kleinverlag in der Provinz zu Hause war. Initiativen außerhalb der Metropolen werden – wie man weiß – allzeit gerne dazu benützt, auf Lethargie und mangelnde Innovation in den Metropolen hinzuweisen.

Während der Laudatio des für Literaturförderung zuständigen Herrn des Ministeriums dachte der Preisgekrönte: Wie gut, dass der Mann nicht weiß, warum ich Verleger werden wollte. Ich wollte es nämlich, um *mich* zu verlegen. Ich habe, weil mich keiner wollte, im Eigenverlag verlegt und bin dann draufgekommen, dass ich mich in einem mir gehörenden Verlag nie publiziert hätte. Diese Erleuchtung war unendlich heilsam. Ich höre meine Freundin noch lachen, als ich ihr sagte: Weißt du, ich kann schreiben, aber ich habe nichts zu sagen. Und sie, die angehende Politologin, hatte geantwortet: Ein gänzlich unüblicher Denkansatz.

So hat es begonnen, dachte er, als der Herr des Ministeriums von »stringenter Programmatik« oder auch von »programmatischer Stringenz« sprach.

Der Staatspreis war nur eine indirekte Subvention, mit ihr schien ihm der Fortbestand seiner Reihe, vielleicht sogar die Vergrößerung des Programms möglich.

Nach der Preisverleihung nahm der Jungverleger beim Buffet die Chance zu jedem Smalltalk wahr, von dem er sich für sein Unternehmen etwas erhoffen konnte. Es gab auch die eine oder andere nette Gratulation von Preisträgern aus den Gebieten Musikproduktion oder Galeriewesen. Manche hielten ihre Vorschläge, was aus ihrer Feder man dringend zu drucken hätte, nicht zurück.

Dann machte der Jungverleger sich selbstständig. Er wollte diesen einen Tag in der Hauptstadt bis zur Neige auskosten. Er besuchte einige der wichtigen und ihm gewogenen Buchhändler, aß beim – laut einem Zeitgeist-Magazin – »Newcomer des Jahres«, war dann einer der wenigen zahlenden Zuschauer in einer einen Autor realisierenden Experimentierbühne, dessen Prosa er für seinen Verlag abgelehnt hatte. Zu Recht, dachte der Jungverleger, als er die zum Glück nicht allzu lange Vorstellung verließ.

Jetzt stand er auf der Straße, es war ein lauer Septemberabend. Die Kleidung der Passanten und die Fülle des Korsos hätten auch auf August schließen lassen können. Der Anblick dieser wundersam von Brüsten ausgefüllten Shirts machte es ihm unmöglich, jetzt schon sein Hotelzimmer zu beziehen. Er bummelte. Ziellos, mit der Absicht, irgendwo hineinzufallen.

Da sah er eine kleine, dezente Lokalaufschrift »Mala ulica«, kaum bemerkbar, weil eine Nuttenbar gleich daneben sich sehr grell an die Passanten wandte. »Mala ulica«, irgendetwas sagte ihm dieses Wort. Es fiel ihm ein, die Bar war schon einige Male in der Gesellschaftsspalte vorgekommen, in Zusammenhang mit Premierenfeiern oder Geburtstagsfesten eher angenehmer Szene-Zeitgenossen. Der Jungverleger meinte sich auch erinnern zu können, von einem Flügel gelesen zu haben, auf dem dieser oder jener gespielt hätte. Er betrat das Lokal.

Es war tatsächlich eine traditionelle Pianobar, so rot, so plüschig und so abgewetzt, wie so ein Lokal zu sein hat. Beherrschend in der Mitte der wenigen Tische stand der schwarze Flügel, an der Gegenwand warteten einige Barhocker auf Hockende. Vorläufig vergeblich, wenn man von mir absieht, dachte der Jungverleger. Man hätte das Lokal auch für einen gehobenen Hurentreff halten können, hätten nicht Bilder unbekannter Maler und Plakatankündigungen avantgardistischer Ereignisse auf ein anderes Stammpublikum schließen lassen.

Zwei oder drei Tische waren besetzt, es war ja noch nicht spät, an dem einen Tisch wurde leise geplaudert, am anderen hörte man dem Mann zu, der Klavier spielte.

Er war ein gut aussehender, dunkler Typ, vielleicht an die fünfzig, gewinnend, wie man schon an seiner Art, den hereinkommenden Gast durch Nicken zu begrüßen, bemerkte. Er war vor allem ein fabelhafter Pianist. Er spielte Paraphrasen klassischer Jazz-Standards mit höchstem technischen und harmonischen Anspruch, aber sichtlich mühelos.

Der Jungverleger ließ sich an der Bar von einer weiter nicht auffälligen jungen Frau ein Glas Wein geben und hörte zu.

Was man als *Crossover* bezeichnet, war die Domäne dieses Musikers. Er spielte etwa »Die Moldau« als Jazz-Ballade, dann wieder einen Standard wie »Feelings« als Chopin. Als er wahrnahm, dass zumindest die Gäste des einen Tisches das Stück wirklich für einen Chopin hielten, huschte eine kleine Verächtlichkeit über sein Gesicht und er machte Pause.

Er kam zum Jungverleger an die Bar.

»Freut mich, Sie begrüßen zu dürfen. Und meinen herzlichen Glückwunsch.«

»Danke. Und wozu?«

»Na, hören Sie! Sie haben doch einen Staatspreis bekommen für Ihre Bücher.«

»Erstens, wieso wissen Sie das? Zweitens, wieso wissen Sie, dass ich ich bin?«

»Ich bin zwar Musiker, aber kein Analphabet. Ich lese. Man sieht es mir vielleicht nicht an. Aber ich lese wirklich. Bücher. Auch solche Ihres Verlages. Und Ihr Foto war heute groß in der Zeitung. Ich merke mir Gesichter. Das bringt der Beruf so mit sich.«

Er sagte das alles ohne Arroganz, freundlich und heiter, und erklärte auch der Besitzer, also Eigentümer oder Pächter dieses Ladens zu sein. Er sprach mit Akzent. Nach wenigen Worten stand fest, es war ein tschechischer Akzent, nahe dem schönen Prager Deutsch.

»Bleiben Sie länger?«

»Nein, nur bis morgen. Aber jetzt weiß ich wenigstens, wohin am Abend, wenn ich hier bin. Das wird in nächster Zeit öfter der Fall sein.«

»Wird mich immer freuen.«

Der Barbesitzer verlängerte sich einen Drink mit viel Soda. Der Jungverleger meinte, sich auch als Kenner ausweisen zu müssen.

»Das letzte Stück, das war doch ›Feelings‹?«

»Haben Sie bemerkt? Hab ich es nicht zu sehr misshandelt? Dann verstehen Sie ja etwas von Musik?«

Die beiden Männer fanden zunehmend Gefallen an ihrem Dialog. Langsam füllte sich die Bar. Im Lauf des Abends immer mehr. Unter den jungen Gästen waren Musiker. Pianisten, auch solche, die zu ihrem Spiel sangen, besetzten den Flügel. Die Pausen des Pianisten im eigenen Lokal wurden immer länger, sein Gespräch mit dem Jungverleger immer intensiver. Denn dieser wollte, sein Interesse an guten Geschichten war geradezu manisch, genau erfahren, wie ein tschechischer Pianist, unüberhörbar der Meisterklasse, im Ausland zu einem Barbesitzer wird.

Der Tscheche erzählte seine Geschichte. Und er erzählte sie gut. Zu Hause war er auf der Musikakademie unumstrittener Jungstar gewesen, die *große Hoffnung*, hatte als Solist schon mit ersten Orchestern konzertiert, aber dann war es zu einer Katastrophe gekommen, zu einer Prügelei aus politischen Motiven. Bei dieser Prügelei hatte er sich das rechte Handgelenk verletzt.

»Es war geschwollen. Die Geschwulst ging nicht zurück. Und ich habe immer mehr den Verdacht gehabt, die behandeln mich absichtlich nicht optimal. Die Kommunisten haben den Ärzten gesagt, sie sollen meine Karriere vernichten, denn ich war politisch natürlich auf der Gegenseite. Möglich, dass es Paranoia war. Aber dagegen kann man ja nichts machen. Ich hatte keine Wahl. Ich musste fliehen. Ich musste Gewissheit haben. Und ich habe sie bekommen.«

Er erzählte die Geschichte einer Flucht, wie sie abenteuerlicher nicht sein konnte. Dann kam er zur Pointe.

»Hier hat mir ein Professor sofort gesagt, wenn ich mich nicht auf eine komplizierte Operation einlasse, werde ich nie mehr ordentlich Klavier spielen können, nämlich wirklich ordentlich, nicht so wie hier. Er hat mir die Versäumnisse der tschechischen Ärzte ganz genau erklärt. Ich werde jetzt bis zum Tod darüber nachdenken, ob es ein Kunstfehler war oder Absicht.«

Dann erzählte er, dass er sich die Operation nicht hätte leisten können, wenn er nicht in einem Hurenlokal gekellnert hätte.

»Gleich hier daneben. Das hat einem jüdischen Baron gehört. Der hat sich mittlerweile zurückgezogen. Die Branche hat keinen Stil mehr, hat er mir gesagt. Aber das war ein nobler Mann. Der hat mir das Geld für die Operation geborgt, zinsenfrei. Als Gegenleistung hat er nur verlangt, dass ich nach seinem Tod in der Aufbahrungshalle ›Clair de lune‹ spielen muss. Ich hab ihm gesagt, das wird nicht sehr gut sein, wenn ich nicht mehr übe. Da hat er mir angeboten zu üben so viel ich will, im Lokal daneben. Also hier. Der Laden hat ihm auch gehört. Da habe ich dann nach der Operation jeden Tag tagsüber geübt, aber ich bin draufgekommen, zwei verlorene Jahre waren nicht mehr aufzuholen, und hundertprozentig konnte der Professor das verpfuschte Gelenk auch nicht mehr hinkriegen. Ich habe also gewusst, mit der Karriere in der Klassik ist es vorbei. Da habe ich dann die Notenstöße des damals engagierten Barpianisten hergenommen und noch einmal Klavier spielen gelernt. Von vorn. Ein neues Repertoire. Einen neuen Stil.«

»Aber den klassischen Pianisten hört man noch durch«, fühlte sich der Jungverleger zu sagen verpflichtet.

»Na ja. Am frühen Abend. Da spiele ich auch manchmal Rachmaninoff, Debussy oder solche Sachen. Aber da darf niemand im Lokal sein, vor dem ich mich geniere.«

Die Geschichte des Barbesitzers endete damit, dass der Puff-Baron seine Läden loswerden wollte. Erst verpachtete er ihm das Lokal, kam auch des Öfteren als Gast, um sich am Spiel »seines« Pianisten zu erfreuen, dann verkaufte er es ihm.

»Ich habe das riskiert, denn damals war der Laden jeden Abend bumsvoll. Heute möchte ich nicht mehr meine Bank sein.«

»Haben Sie ›Clair de lune‹ schon spielen müssen?«

»Nein. Aber ich glaube auch nicht, dass ich noch erfahre, wann ich es spielen soll.«

Es war vier Uhr morgens geworden. Zwei Paare schmusten. Ein Geiger spielte, nur für sich, Mendelssohn.

Der Jungverleger und der Barbesitzer waren nicht mehr sehr nüchtern. Sie waren auch schon ins Du hineingerutscht. Nicht nur aus Unaufmerksamkeit, sicher auch, weil sie sich mochten. Dabei lagen sie typmäßig extrem auseinander: der junge Mann mit einer für sein Alter schon erstaunlich großen Glatze, nervös wie ein Hund auf der Fährte, eher in Richtung Junggenie gekleidet, und der soignierte Herr mit vollem schwarzem Haar, Nadelstreif und Krawatte und tief melancholischen Augen.

Der Jungverleger erinnerte sich an Details der in dieser Nacht gehörten Geschichte.

»Du musst das alles aufschreiben. Ich habe schon seit einiger Zeit eine Idee für eine Anthologie ›Klaviergeschichten‹, also nur Erzählungen, in denen das Instrument eine entscheidende Rolle spielt, vielleicht nehme ich auch noch Geige und Trompete dazu. Aber deine Geschichte muss da hinein.«

»Ich kann nicht schreiben. Mein Deutsch ist viel zu fehlerhaft.«

»So ein Blödsinn! Erstens ist dein Deutsch tadellos. Zweitens, wenn dir einmal ein Lapsus passiert, dafür gibt es Lektoren.«

»Ich habe noch einen Grund, warum ich nicht schreibe.«

Das klang sehr bestimmt. Der Jungverleger bemühte sich um Nüchternheit. So konnte er der Argumentation des Barbesitzers folgen.

»Meine Frau schreibt. Die würde nicht wollen, dass ich auch –«

»Warum nicht?«

»Das muss man verstehen. Ich fände es auch nicht gut, wenn sie plötzlich Klavier spielen wollte. Und das wäre doch peinlich, mein erster Text würde gedruckt erscheinen, ihre Sachen liegen herum. Kommen zurück. Immer abgelehnt.«

»Hat sie noch nichts veröffentlicht?«

»Nein.«

»Sie soll mir was schicken. Unverbindlich. Aber du darfst dann nicht böse sein, wenn ich –«

»Ist doch kein Thema. Ich danke dir in jedem Fall. Sehr.«

Der Barbesitzer ging schon schwer, als er eine neue Flasche holte.

Der Jungverleger wollte mehr wissen.

»Was macht denn deine Frau sonst?«

»Nichts. Das heißt: nichts mehr.«

Auf den weiter fragenden Blick des Jungverlegers erklärte er, sie sei eine *höhere Tochter*, einziges Kind einer prominenten Anwaltsdynastie.

»Dann kann doch der Schwiegervater dir hier helfen, wenn du finanziell nicht so besonders –«

Der Barbesitzer wehrte lachend ab. Das Lachen war hässlich.

»Der würde nie etwas auslassen. Er verzeiht uns nicht, dass wir keinerlei Enkel produzieren, wofür sie nichts kann. Sie hat keinen Kontakt mehr zu ihren Eltern.«

»Du hast gesagt, sie macht nichts mehr. Was hat sie denn gemacht?«

»Studiert. Psychologie. Und daneben gearbeitet.«

»Wo?«

»Dort, wo ich sie kennengelernt habe. Nebenan.

An der Bar. Dort saß sie. Ein Jahr. Neben dem Studium.«

Der Barbesitzer amüsierte sich über das »Ist ja nicht zu fassen«-Gesicht seines Gegenübers. Aber der hatte sich rasch gefangen.

»Ich werde wahnsinnig. Was muss die Frau erlebt haben! Was muss die zu erzählen haben!«

»Sie schreibt fantastisch. Aber« – im Blick des Barbesitzers war so etwas wie Bedauern, mit nichts anderem dienen zu können – »sie schreibt Dichtung. Verstehst du. Du darfst dir nichts Falsches vorstellen.«

»Ich stelle mir gar nichts vor. Ich will was lesen.«

Die neuen Freunde umarmten einander im Morgengrauen. Selbst das »Bel ami« nebenan hatte kein Außenlicht mehr.

»Weißt du übrigens, was ›mala ulica‹ bedeutet?«

»Kleine Gasse.«

»Ja schon, aber was das bedeutet?«

»Weiß ich nicht.«

»Das haben die tschechischen Fußballer erfunden. Der kurze Pass quer und dann sofort in die Tiefe.«

»Doppelpass.«

»Doppelpass.«

»Ich wäre nämlich auch ein guter Fußballer geworden. Aber neben dem Klavier ging das nicht.«

Der Jungverleger versuchte sich zu erinnern, wie sein Hotel hieß und wo es lag. Der Barbesitzer machte ihm ein paar Vorschläge. Dann sagte er unvermittelt:

»Wenn in ihren Texten von Krankheit die Rede ist, dann wundere dich nicht. Sie war sehr krank. Sehr. Aber es ist alles vorbei. Alles überstanden. Sie ist eine große Dichterin. Du wirst ihr helfen. Ich bin sehr glücklich.«

Als dem Jungverleger der Name des Hotels endlich eingefallen war, sagte der Barbesitzer noch:

»Du wirst es schon gemerkt haben. Ich liebe diese Frau, ich kann dir nicht sagen, wie.«

Dass es *Liebe auf den ersten Blick* gibt, ist bekannt, wenngleich immer wieder einmal bestritten. Weniger bekannt ist, dass es *Freundschaft auf den ersten Blick* gibt. Jedenfalls unter Männern. Da lernen sich zwei kennen, wundern sich, dass sie sich nicht schon immer gekannt haben und fühlen sich ab jetzt so zueinander gehörig, als ob sie sich schon immer gekannt hätten. Um diesen Fall handelte es sich hier.

Zwei Wochen nach jener Nacht sah sich der Jungverleger in seinem Büro die positiven Verkaufszahlen der letzten Woche an. Da erreichte ihn ein Anruf auf seiner direkten, nur Freunden bekannten Nummer. Er hatte sie dem Barbesitzer im großen Kennenlerngespräch gegeben. Der Jungverleger schaltete sofort.

»Wo sind die Texte deiner Frau?«

»Darüber wollte ich mit dir reden. Sie hat neuerdings eine Scheu, sie aus der Hand zu geben, sie von Leuten lesen zu lassen, die sie nicht kennt. Ich hab ihr von dir erzählt, sie glaubt mir alles, was ich ihr von dir gesagt habe, aber sie bittet dich – und ich bitte dich auch –, dir etwas vorlesen zu lassen. Wenn du das nächste Mal kommst. Das ist hoffentlich bald.« Der Jungverleger sah auf seinen Kalender.

»Ich halte am 27. im Literaturhaus ein Referat über vertriebsmöglichkeiten für neuere ›Literatur‹. Wir könnten uns am Nachmittag –«

Sie fixierten einen Treffpunkt in der Bar. Eine dichtende ehemalige Animierdame aus erster Gesellschaft mit psychologischen Vorstudien kennenzulernen war für den Jungverleger von hohem Reiz.

Als er kurz nach vier Uhr Nachmittag in die Bar kam, saßen der Freund und dessen schreibende Frau schon an einem der schwach beleuchteten Tische. Tageslicht hatte ja keine Chance, je in diesen Raum einzudringen. Während der Begrüßung und der Danksagungen für Bereitschaft und Interesse bewertete der Jungverleger die potenzielle Autorin optisch. Er fand sie sehr gut aussehend, vom Nachtgeschäft nicht gezeichnet, aber da konnte natürlich das schwache Licht das Seine dazutun. Sie war groß, vielleicht etwas zu schwer, im Gesicht ganz leicht aufgedunsen, wie von regelmäßigem Medikamentenkonsum. Auffallend war ihre Allüre. Sie benahm sich ein wenig wie eine Bestsellerautorin, die einem Jungverleger eine Chance geben möchte. So empfand der das jedenfalls.

Sie würde gerne das Neueste vorlesen, das, woran sie gerade arbeite, eine Erzählung. Eine von vielen.

Sie las vor. Sehr gut. Ihren Stil phonetisch auskostend. Die Geschichte handelte von einer Frau, die aus dem Fenster sieht und auf der anderen Straßenseite

Merkwürdigkeiten beobachtet. Der Text folgte diesen Merkwürdigkeiten, sprang hin und her, wucherte mit Assoziationen und Bildern. Aber immer, wenn der Jungverleger annehmen wollte, jetzt ginge es mit einem Handlungsstrang los, kam wieder etwas anderes, mutwillig Hinzugefügtes, wie er für sich urteilte. Irgendwann, für ihn nach einer Ewigkeit, sagte sie:

»Da bin ich jetzt.«

Seine Frage war erzwungen.

»Und wie geht es weiter?«

»Das weiß ich nicht.«

Der Jungverleger sah zu seinem Freund, dem Mann dieser Autorin, und wollte von dem den Satz hören: Das ist doch nicht dein Ernst? Aber in dessen Gesicht stand nur Verklärung, Bewunderung, Anbetung des Geheimnisses, der Rätselhaftigkeit.

Die Frau des Freundes erklärte:

»Ich weiß nie vorher, wie eine Geschichte weitergeht. Sie entwickelt sich.«

»Also, auf die Gefahr hin, dass Sie mich jetzt für ich weiß nicht was halten, das ist für mich –«

»– dilettantisch?«

»Ja. Eine Erzählung, die nicht auf ihren Schluss hin geschrieben wird, ist für mich –«

Sie unterbrach abermals.

»Da bin ich für Sie die ganz und gar Falsche.«

Sie wandte sich an ihren Mann, während sie die Manuskripte wieder zusammenräumte und in einer großen Tasche verstaute.

»Ich habe dir gesagt, es hat keinen Sinn. Der Geschmack deines Freundes ist« – ihr Gesicht bekam etwas Hoheitsvolles – »sagen wir: sehr irdisch.«

Sie wechselte den Ansprechpartner.

»Ich habe ja in Ihrer preisgekrönten Reihe herumgelesen. Mich langweilt das alles tödlich. Aber ich danke jedenfalls für das Interesse.«

Mit dem letzten Satz und einem eleganten stummen Gruß verließ sie das Lokal.

Die beiden Männer sahen einander hilflos an. Der Barbesitzer versuchte zu erklären.

»Du darfst das nicht falsch verstehen. Das ist alles nicht so gemeint, wie sie es sagt. Es ist nur die Enttäuschung, dass dir ihre Art zu schreiben nicht gefällt. Sie erträgt keine Niederlagen mehr, verstehst du das?«

»Warum schreibt sie dann nichts Brauchbares? Ich kenne deine Geschichte, ich kenne ein wenig ihre Geschichte, aus beiden macht ein guter amerikanischer Erzähler je fünf Romane. Ich mute doch meinen Käufern nicht zu, von jeder Hausmauer zu erfahren, welche Grautöne sie zeigt und welche Ornamente die Risse im Putz ergeben und welche Welten sich hinter den Ornamenten … Das ist – sei mir nicht bös – alles auf Dichtung gequälte … Tut mir leid.«

Den beiden gelang es in der Folge mit Mühe, das Gespräch auf andere Themen zu lenken. Die personelle Entscheidung für den nächsten Biennale-Teilnehmer empörte sie gleichermaßen.

Dass das Urteil des Jungverlegers so hart ausgefallen war, nagte im Barbesitzer weiter. Als sie schon auf der Straße standen, um wieder auseinanderzugehen, sagte der:

»Weil du das mit dem Grau der Hausmauern gesagt hast und mit den amerikanischen Erzählern, die schreiben doch von jedem Baum, an dem einer vorbeigeht, wie viele Blätter der hat und wie jedes einzelne in der Sonne glitzert.«

»Das machen sie aber nicht, weil sie es für Dichtung halten, sondern weil ihr Agent einem Verlag fünfhundert Druckseiten versprochen hat. Das ist Seitenfüllung aufgrund ökonomischer Zwänge.«

Der Barbesitzer mochte das nicht ganz glauben.

Zwei Wochen später traf im Verlag in der Provinz ein Paket mit Manuskripten ein. Im Begleitbrief bat der Barbesitzer zu verstehen, er leide unter der Depression seiner Frau, er wolle daher noch einmal ersuchen, das Urteil über ihre Arbeiten zu überprüfen, er habe hinter ihrem Rücken die Manuskripte kopieren lassen, sie wisse von der Einsendung nichts. Durch einige sehr herzliche, sehr persönliche Wendungen am Ende des Schreibens fühlte sich der Jungverleger tatsächlich verpflichtet, noch einmal – gewissenhaft – zu lesen. Zumal ihm diese Szene in der Bar, wenngleich er sie ja nicht inszeniert hatte, im Nachhinein unangenehm war. Er war Geschworener bei einem Standgericht gewesen. Und zwar der einzige.

Noch in derselben Nacht las er. Seine Politologin hatte er so neugierig gemacht, dass sie einiges mitlas. Irgendwann einmal sagte sie:

»Schreiben kann die Frau.«

»Bestreite ich ja nicht. Aber du wirst doch zugeben, das ist alles unüberprüfbarer Schwampf. Ich kann damit nichts anfangen.«

»Schreiben kann sie.«

Der Jungverleger wollte nicht wieder krass ablehnen, nicht verletzen. Er nahm sich vor, den nächsten Arbeitsbesuch in der Hauptstadt – eine Vertretertagung war geplant – zu einem persönlichen Gespräch zu nützen.

Die Bar war übervoll. Ein Tanztheater feierte eine Premiere. Es war eine in jeder Hinsicht geschlossene Gesellschaft. Die Menschen sahen alle anders aus als die, die der Jungverleger kannte. Wortfetzen, die sich mit dem vorangegangenen Kunstereignis befassten, machten es ihm unmöglich, in ein Gespräch einzusteigen. Er trank vor sich hin. Einigermaßen entspannt, denn das Vertretergespräch war sehr in seinem Sinne verlaufen.

Der Barbesitzer hatte zunächst kaum Zeit für ihn, er musste als Hausherr die Honneurs machen und ausgiebig gratulieren. Er hatte dieser Premiere natürlich beigewohnt.

Erst viel später konnte er sich »in Ruhe« zu seinem Freund setzen. Der war zu diesem Zeitpunkt schon leicht blau, also für ein professionelles Gespräch nicht mehr ideal disponiert. So geriet ihm seine Begründung, warum die Literatur der Frau seines Freundes in seinem Verlag keinen Platz hätte, zu sehr als Lob der Dichtung. Es handle sich fraglos um eine hoch begabte Person, aber ein Verlagsprogramm habe einen gewissen Charakter, und der Charakter seines Verlagsprogramms sei eben ein gegensätzlicher. In den von Natur aus traurigen Augen des Barbesitzers tauchte immer wieder einmal ein glückliches Leuchten auf. Er hörte nur die positiven Wendungen in der Suada seines Gegenübers. Als die Premierenfeier schon in Agonie übergegangen war, ging er mit geheimnisvollem Gesichtsausdruck in seine Bürokammer und kam mit einem Text zurück.

»Das ist das Letzte, was sie geschrieben hat. Und du bist schuld daran. Du hast es angeregt. Ich habe deine Anregung nämlich weitergegeben. Es ist *meine Geschichte*.«

Der Jungverleger fühlte sich gut. Groß. Er war Pate eines Werkes, hatte wahrscheinlich eine Verirrte auf den rechten Weg zurückgebracht.

»Das interessiert mich brennend«, sagte er.

Wie er ins Hotel gekommen war, wusste er nicht mehr so genau. Da waren noch Bilder von einem Gespräch mit einer Tänzerin, dann Ohrfeigenandrohungen von einem sehr athletischen Tanzkünstler und die Stimme des Barbesitzers, der einem Taxifahrer den Hotelnamen nannte.

Neben dem komplett bekleideten Jungverleger lag auf dem Bett ein Manuskript. Jetzt erinnerte er sich an alles. Er begann sofort nach dem Duschen zu lesen.

Er wurde immer verstörter. Er las manches zweimal. Es half nichts. Diese dem Umfang nach Erzählung – Novelle?–, sollte die Geschichte des tschechischen Emigranten sein? Des klassischen Musikers, der sich in einer politisch motivierten Prügelei seine Karriere ruiniert hatte, der eine Großbürgertochter auf Abwegen kennen- und lieben gelernt hatte und der …? Alles, was den Jungverleger an der ihm bekannten Vita interessiert hätte und von dem er überzeugt war, es würde auch Leser interessieren, kam nicht vor. Und wenn, dann so verklausuliert, dass es nicht erkennbar war. Der Musiker war ein Geiger geworden, und sie eine Krebskranke, für die er eine »heilende Melodie« schreiben wollte. Den Jungverleger schüttelte es. Das mit dem Krebs war ihm zu viel.

Das ist Kitsch, das kann mir keiner einreden, dass das nicht Kitsch ist. Auf einmal kommt da der Krebs daher, der mit der Geschichte nichts, aber auch schon gar nichts zu tun hat. Nein, aus, ein für alle Mal! Und diesmal werde ich es ihm auch knallhart sagen.

Er sagte es ihm nicht knallhart. Aber er sagte es ihm. Und das Wort »Kitsch« fiel. Möglicherweise in Verbindung mit einem »fast schon«. Und irgendwann begann er es auch mit den Opernschlüssen zu vergleichen, die auf dem Eintreten von Schwindsucht basieren. Die beiden Männer saßen in einem Kaffeehaus. Der Jungverleger wollte das Manuskript zurückgeben. »Du kannst es behalten«, sagte der Barbesitzer, »es ist eine Kopie. Sie soll nicht wissen, dass du es schon gelesen hast.« Er war seinem Gegenüber nicht böse. Aber er strahlte eine nicht mehr konsumierbare Traurigkeit aus.

Vor dieser Traurigkeit hatte der Jungverleger Angst. Die wenigen Male, die ihn der Weg im Laufe etwa eines halben Jahres in die Hauptstadt führte, mied er die Bar. Immer wieder nahm er sich vor, wieder einmal vorbeizuschauen, zumal wenn in der Gesellschaftsspalte etwa zu lesen war, eine rumänische Pantomimin oder Künstler ähnlicher Exotik hätten dort einen Erfolg gefeiert. Eines Tages meinte er endlich, es sei genug Zeit vergangen, man müsse jetzt wohl nicht mehr über die Literatur der schreibenden Frau reden.

»Schön, dass du von selbst kommst«, sagte der Barbesitzer. »Ich hätte dich in diesen Tagen angerufen und gebeten zu kommen.«

Die Bar war fast leer. Der Jungverleger dachte: Das ist Kitsch, dass die Bar so leer ist. Das passt zu sehr zur Situation. Das ist Kitsch. Und er fragte sich gleichzeitig, warum ihm der Begriff einfiel. War er ein schlechtes Gewissen nicht losgeworden? Aber er hatte doch kein schlechtes Gewissen. Wieso auch?

»Erschrick nicht, aber meine Frau hat wieder was geschrieben. Es ist das Letzte, was sie schreiben kann. Sie liegt in der Klinik. Krebsklinik. Sie hat mir gesagt, ich soll dich bitten, das Manuskript selbst abzuholen. Mir gibt sie es nicht. Niemandem. Nur dir. Ich wollte es unbedingt haben. Ich hätte es drucken lassen.

Im Eigenverlag. Damit ich es ihr in die Hand geben kann. Ich weiß, das ist jetzt wie der Muff aus der ›Bohème‹. Aber, wie gesagt, sie gibt es nur dir.« Er begann zu weinen. »Du darfst nicht erschrecken, wenn du sie siehst. Sie hat zwei Chemotherapien hinter sich. Sie ist schon ziemlich entstellt.«

Als das Taxi am Tag darauf in die Nähe der Krebsklinik kam, kündigte der Barbesitzer an: »Es ist eine wunderschöne Klinik.« In der Tat, man hätte hier im Grüngürtel, angesichts einer großzügigen Architektur mit viel Weiß und hellem Blau viel eher an eine Rehabilitation als an den Tod denken wollen. Das muss eine Privatklinik sein, dachte der Jungverleger. Kann er sich das leisten? Und gleichzeitig schüttelte er tief innen den Kopf über seine Unfähigkeit, nicht realistisch zu denken.

Im Gang vor dem Zimmer ließ der Barbesitzer den Jungverleger allein. Er wolle nur nachsehen, ob sie empfangsbereit sei. Der Jungverleger kam sich elend vor. Der Gang sah aus wie in den Ärzteserien im Fernsehen. Hie und da tauchte eine männliche oder weibliche Figur in medizinischer Kostümierung auf.

Aber es ist selbstverständlich, dass ich ihm diesen Wunsch erfülle. Und wie auch immer dieser Text sein wird, ich werde lügen. Ich werde sagen, er ist wunderbar.

Bei nächster Gelegenheit wird er gedruckt. Vor dieser Szenerie ist der Versuch literarischer Wahrheitsfindung doch kindisch. Geradezu blöd. Aber wie stark muss der Antrieb dieser Frau sein! Ich würde, wüsste ich, es geht zu Ende, doch nicht mehr schreiben. Wozu denn? Für wen?

Solche Gedanken gingen ihm durch den Kopf. Über die Manusblätter meines Lebens rollt die Tinte Tod.

Fang jetzt nicht auch an, Kitsch zu dichten, rief er sich zur Ordnung, du nicht auch noch!

Der Barbesitzer kam heraus.

»Sie freut sich. Und sie schämt sich nicht vor dir. Sie will die Perücke gar nicht aufsetzen.«

In einem großen, hellen Raum stand ein einzelnes Bett. Darin saß, fast aufgerichtet, eine kahlköpfige Frau, dadurch auf eine seltsame Art schön, mit jenem leicht spöttischen Gesichtsausdruck, den der Jungverleger kannte. Der Zug um den Mund verriet, sie hielt sich unirritierbar für klüger und begabter als den Besucher.

Der setzte sich in einen von zwei eleganten Fauteuils. Der Barbesitzer ging vor dem reichlich mit Blumen geschmückten Fenster auf und ab.

Als sie sprach, hatte der Besucher Mühe, nicht zu erschrecken. Ihr war eine reine Artikulation nicht mehr möglich. Da drückte ein Tumor auf Nervenzentren.

»Das ist sehr schön, dass Sie mich besuchen.«

»Ich höre, Sie machen das Beste aus der Zeit bis zum Gesundwerden. Sie schreiben. Sie haben etwas fertig? Es freut mich besonders, dass Sie es mir anvertrauen wollen.«

Der Spott in ihrem Gesicht war noch deutlicher da. Bezog er sich auf das »Gesundwerden« oder auf das »anvertrauen« ? Sie holte mit einiger körperlicher Mühe aus der Nachttischlade zwei dicke Notizbücher.

»Alles mit der Hand geschrieben«, sagte sie. »Sie dürfen erst lesen, wenn Sie allein sind. Versprochen?«

»Versprochen.«

Sie händigte die beiden Bände aus.

Ihr Mann wollte das Thema wechseln. Er sprach von einer positiven Prognose des Chefarztes. Ihr Gesicht signalisierte: Ich möchte in Ruhe gelassen werden.

Vor der Klinik trennten sich die Männer. Der Jungverleger wollte jetzt gleich und allein lesen. Er versprach seinem Freund, sich danach sofort zu melden.

Er setzte sich in ein elendes Espresso schräg gegenüber und schlug gleichzeitig mit der Bestellung das erste Buch auf. Auf dessen erster Seite stand ein Datum, darunter das Wort *Kitsch*. Auf der nächsten Seite das Datum des darauf folgenden Tages. Darunter das Wort *Kitsch*. Hastig griff er zum zweiten Buch und schlug eine der letzten Seiten auf. Da stand wieder ein Datum und das Wort *Kitsch*.

Der Jungverleger sah durch die dreckigen Fenster des Espressos zur Klinikfassade auf der anderen Straßenseite. Es fröstelte ihn. Diese Art der Rache war ihm unfassbar. Oder war es gar keine Rache? War es ein echtes, auf das Wesentliche reduziertes Tagebuch? Das Notat des Bodensatzes jeglicher Existenz?

Zu klären war das nicht. Und Ehrlichkeit war schon überhaupt nicht mehr möglich.

Zwei Stunden später rief er den Barbesitzer an und erzählte von einem spannenden, hochinteressanten Text, den man vielleicht noch würde ein wenig kürzen müssen, oder, wie er gerne zu sagen pflegte, in der Sauna ausschwitzen lassen. Aber ganz sicher würde er in der geplanten Anthologie »Geschichten und Abergeschichten« des Herbstprogramms vorkommen. In einem Dankesbrief seines Freundes las der Jungverleger dann drei Tage später, dessen Frau habe bei der Mitteilung richtig gelacht, so glücklich sei sie gewesen.

Der Jungverleger druckte in der Anthologie »Geschichten und Abergeschichten« den Text ab, in dem ein Geiger gegen einen Krebs angeigte. Seine Mitarbeiter begriffen diese Wahl nicht. Sie erhielten aber keine Auskunft. Man einigte sich auf den Verdacht einer Liaison.

Eines der ersten Exemplare des Bandes überbrachte der Jungverleger seinem Freund persönlich in die Bar. Er begründete die Wahl des älteren Textes mit dem thematischen Bogen des Buches. Den letzten Text, den aus der Klinik, würde er vielleicht einmal in anderem Zusammenhang publizieren können, mit dem Schwerpunkt Tod. Der Barbesitzer nahm das Buch, dessen Rückseite die Namen der beteiligten Autoren alphabetisch aufzählte, so auch den seiner Frau, zärtlich in die Hand.

»Das werde ich dir nie vergessen.«

Das »Schade, dass sie es nicht mehr erlebt hat« brachte er nicht mehr heraus.

Auch die offizielle Buchpräsentation fand in dieser Bar statt, obwohl die viel zu vielen Gäste keinen Platz darin fanden. Ein Kenner gratulierte dem Jungverleger unter besonderem Hinweis auf dessen Fähigkeit, immer wieder neue, interessante Autoren aufzuspüren.

Spät in der Nacht gestand der Barbesitzer, er werde das Lokal nicht mehr halten können und ein Engagement als Klavier-Entertainer bei einer großen Hotelkette antreten. Nicht das auch noch, dachte der Jungverleger.

Karrieren

Der Center schälte sich aus seinem Panzer. Der Schweiß tropfte in den kleinen See zu seinen Füßen. Das Match war verloren. Die Eishockeymannschaft des Schweizer Erstligisten hatte damit die Meisterrunde verpasst. Von draußen hörte man noch vereinzeltes Pfeifen, Rufe wie »Scheißmillionäre!«, aber auch »Wir kommen wieder!«.

Die Saison war also zu Ende. In der Kabine war es ruhig. Der Trainer war gar nicht mehr im Raum. Ein amerikanischer Flügelstürmer tat noch so, als ob er sich kränkte, nannte den Hauptschiedsrichter einen »fucking bastard«, aber er klang nicht sehr glaubwürdig. Gerade die Cracks aus Übersee hatten während des ganzen Spieles nicht erkennen lassen, den auf dem Papier favorisierten Gegner auf heimischem Eis niederkämpfen zu wollen. Sie waren im Unterbewusstsein wohl schon auf dem Flug nach Hause, oder sie hatten – für den Fall des Ausscheidens – längst Vorverträge für Playoffs in Deutschland, Italien oder Österreich.

Der Center latschte unter die Dusche. Er wollte ganz lange drin bleiben, um sich einige der vielen Abschiede zu ersparen. Es waren zu viele gewesen. Saisonen, Clubs, Mitspieler. Alles tat ihm weh. Er hatte gegeben, was seinem 37-jährigen Körper noch möglich war. Zwei, drei entscheidende Sprints hatte er verloren, das wusste er. Einmal war er so knapp nicht an die Scheibe gekommen, dass die Wut unkontrollierbar wurde. Er rammte dem ihn abdrängenden Verteidiger den Ellenbogen ins Gesicht. Die anschließende Prügelei bescherte dem Center eine Platzwunde über dem linken Auge. Drei Stiche ohne Narkose, zwei und zwei Strafminuten, und er war schon wieder auf dem Eis.

Wozu?, fragte er sich jetzt. Das ist doch alles schon sinnlos. Ich kann noch mitfahren. Das schon. Aber das Spiel an mich reißen, die anderen mitziehen, das geht nicht mehr. Morgen werden sie mir sagen, dass ich für die nächste Saison keinen Vertrag mehr bekomme. Das werde ich mir gar nicht anhören. Da bin ich schon weg. Die Restgage geht aufs Konto.

Er sah sich im Bad seines Hotelzimmers im Spiegel. Schön war das Auge nicht, aber dergleichen Anblicke waren ihm vertraut. Die Brückenpfeiler der letzten Zahnprothese hatten die Saison erstaunlicherweise unbeschadet überstanden. Es war keine Nachbesserung nötig.

Was noch anfangen mit der Nacht? Fortgehen? Auf keinen Fall. Womöglich an Theken Fans treffen, die ihm erklären wollen, warum es schiefgehen musste? Nein, er hatte eigens das vom Klub bezahlte Hotelzimmer als Dauerquartier gewählt, als er vor drei Jahren hierher wechselte. Da war er autark, da hatte er jedes Service, Restaurant, Theke, Schwimmbad, Sauna, alles im Haus. Und auch den weiblichen Chef de Rang, der ihm auf diesem Kingsize-Bett schöne Momente beschert hatte.

Soll ich sie anrufen? Er verwarf die Idee. Sie würde von ihrem Chef, dem Hotelbesitzer und Mit-Sponsor des Clubs, längst von der Niederlage wissen, würde ahnen, dass es sich um ein letztes Mal handelte. Das konnte er nicht brauchen. Er kontrollierte die Minibar. Die vier Flaschen Bier müssten fürs Erste reichen, dachte er.

Das Telefon läutete. Der Anrufer war ein Spielevermittler.

»Ihr seid draußen, höre ich.« Der Center bejahte.

»Pass auf, du kannst in der Saison noch gutes Geld verdienen. Ich habe dich einem deutschen Zweitligisten angeboten, der gute Chancen hat aufzusteigen. Die haben einen verrückten Fleischproduzenten an der Hand, der noch einen Stürmer fürs Playoff bezahlt.«

»Welcher Club ist das?«, fragte der Center. »Der EC Stadtlingen.«

Bilder tanzten vor seinen Augen, als wäre er mit dem Kopf voran in die Bande gefahren. Stadtlingen. Seine Heimat. Dort, wo alles begonnen hatte. Wo er nach dem Abitur vor der Frage stand: Studium oder Eishockey-Profi? Wo sie ihm damals einen Dreijahresvertrag angeboten hatten, der den Zwanzigjährigen zum wohlhabenden jungen Mann machte. Wo er Idol der eishockeyverrückten Studentinnen und Studenten war, denn Stadtlingen hatte immerhin eine Universität mit einigen Fakultäten. Sein Stadtlingen, wo die Lichter schwingenden Fans Tränen in den Augen hatten, als er sich verabschiedete, um den Angeboten aus den ersten Profiligen zu folgen. Jenes Stadtlingen, wo er die Reise begonnen hatte, die jetzt zu Ende ging.

»Natürlich mache ich das«, sagte er dem Agenten. »Weißt du übrigens, dass ich dort angefangen habe?«

»Hab ich ganz vergessen«, kam die Antwort.

Der Center öffnete die vierte Flasche Bier. Im Fernsehen lief Wrestling ohne Ton. Ich werde *meinen* Club hinauf schießen, dachte er. Und sah sich übers Eis flitzen wie damals, zehn Kilo leichter. Erinnerte sich an die leuchtenden Augen der schönen Fan-Artikel-Verkäuferin, als er sie ansprach.

Sie werden mich alle mögen. Sie werden es schön finden, dass ich zum Ende der Karriere ihnen noch einmal helfe.

Da fiel ihm ein: Wenn die wirklich aufsteigen, können die mir doch guten Gewissens keinen Vertrag mehr geben. Für ganz oben kann's doch nicht mehr reichen!

Wer sagt das? Er spannte die schmerzenden Muskeln am ganzen Körper an. Wer sagt das?

Dann schlief er vor dem laufenden Fernsehbild und bei brennender Zimmerbeleuchtung ein.

Der Schlaf war leicht und nicht friedlich.

Der Center stand in voller Eishockeymontur im Wrestling-Ring und schlug auf die grell geschminkten Wrestler ein. Aber die waren körperlos. Er schlug durch sie durch. Er konnte sie nicht verletzen. Das machte seinen Erschöpfungsschlaf noch unruhiger.

Der Architekt hielt eine kleine Rede. Er hatte seine weiblichen und männlichen Mitarbeiter im Zentrum des schicken Ateliers versammelt, hatte Champagner – ausdrücklich *Champagner* – und eine riesige Meeresfrüchteplatte mit Baguettes kommen lassen und hielt jetzt das Glas in der Hand. Die Mühen hätten sich gelohnt, die Leistung aller sei untadelig gewesen, der erste Platz bei dieser Ausschreibung sei ein riesiger Erfolg, allerdings, das müsse dazugesagt werden, auch ein lebensnotwendiger, denn sonst hätte das Architekturbüro mit diesem personellen Aufwand nicht mehr weitermachen können. Nun sei aber keine Zeit mehr an graue Gedanken zu verschwenden, nun gelte es nur mehr zu feiern.

Lässig gestylte junge Menschen stießen miteinander an. Das Ambiente des Ateliers passte zu ihnen und sie zu ihm. Sie sahen so aus, als hätten sie sich selbst als Dekoration dieses Raumes entworfen. Mancher Blick streifte noch einmal das in der Raummitte aufgebaute Modell. Es gab den einen oder anderen Kommentar. Heitere Vermutungen wurden angestellt, warum die Jury nicht umhinkonnte, diesen Entwurf an die erste Stelle zu reihen. Wer von unserem Team kann überhaupt Schlittschuh laufen?, wurde gefragt.

Das Modell zeigte ein Eisstadion. Zwei, in eine große geteilte Halle eingebaute, von Tribünen gesäumte Eisflächen, mit zugeordneten Umkleidekabinen, VIP-Raum, Fan-Shop, Buffets und auch vermietbaren Konferenzräumen. Der Komplex war geschickt in die Umgebung hineingestellt, sodass auch reichlich Parkplätze vorhanden waren. Alles sah aus, als ob auszuschließen wäre, in dieser Halle jemals verlieren zu können.

Je ausgelassener die Stimmung wurde, desto melancholischer wurde der Architekt, ein schmaler, nerviger Typ, 37 Jahre alt. Er fühlte sich, wie sich Menschen häufig fühlen, die eine schwere Prüfung bestanden haben, erleichtert und doch leer und zerschlagen. Er hatte in diesen Wettbewerb viel investiert, hatte Schulden gemacht, es war ihm, dem sie immer höchste Begabung zugestanden hatten, zu blöd geworden, Villen zu modernisieren oder Ideen reicher Privatleute umzusetzen. Er wollte aufsteigen. In die erste Liga. Und so hatte er von sich verlangt, die Ausschreibung der Eishalle für seine Heimatstadt Stadtlingen zu gewinnen. Er wusste natürlich, warum er zu dem Wettbewerb überhaupt eingeladen worden war. Ein wichtigtuerischer Sportreferent der Stadt hatte in einer Ausschuss-Sitzung gefragt, ob man denn vergessen habe, dass das einstige große Tormanntalent des EC Stadtlingen Architekt geworden sei, schon während des Studiums mit mehreren Stipendien aufgrund hervorragender Leistungen ausgezeichnet. Zuletzt habe er die Villa des bekannten Seifenproduzenten gebaut, er sei in der Illustrierten sogar an der Seite dieses Mannes abgebildet gewesen.

Die Mehrzahl der im Stadtparlament vertretenen Parteien hatte sich von dieser Information beeindruckt gezeigt und der Einladung zur Beteiligung am Wettbewerb zugestimmt. Gestandene Stadtpolitiker konnten sich noch an den katzenartigen Goalie erinnern, denn es war in Stadtlingen seit eh und je für Politiker undenkbar, sich nicht beim Eishockey blicken zu lassen und mitzureden.

Der Architekt besah sich die ausgelösten Krevetten in dillgewürztem Öl, bekam Appetit, verspürte aber gleichzeitig Magenschmerzen. Er stellte den Teller wieder ab, ohne etwas genommen zu haben.

Ich habe genug fressen müssen für diesen Auftrag, dachte er sich. Bekannte aus Stadtlingen hatten ihm von Anfang an gesagt, es sei unerlässlich, sich um den Verlauf der Vergabe zu kümmern. So fuhr er hin in seine ungeliebte Geburtsstadt, besuchte seine Eltern, die ihm versicherten, wie sehr sie sich freuten, dass ihr Sohn zum Wettbewerb eingeladen sei. Sie ließen ihn allerdings auch wissen, es wäre doch eine arge Schande für sie, würde er ihn nicht gewinnen. Der pensionierte Gymnasialprofessor zeigte ihm in väterlicher Obsorge eine aufgehobene Zeitungsseite, die einen von einem deutschen Architekten entworfenen Wolkenkratzer in Chicago abbildete.

Und da waren noch die Abendessen mit dem Bürgermeister, den Vertretern der Opposition, den Journalisten, die Teilnahme am Stadtball, der Tanz mit der Frau Bürgermeister, die er so charmant wie möglich anlächelte, obwohl er auf ihren Beckendruck schon aus optischen Gründen keinerlei Wert legte. Er hatte mit allen und jedem geredet, von dem man ihm gesagt hatte, rede mit dem, das nützt. Er kam sich wie eine Nutte vor, aber er kämpfte verbissen.

Es war die Verbissenheit, die den Achtzehnjährigen ausgezeichnet hatte, als er im wichtigen Meisterschaftsspiel für die beiden verletzten Standardtorhüter nachrücken musste. Die kommen nach mir nicht mehr wieder, hatte er sich geschworen. Die Sportseiten sprachen von einem sensationellen Debüt, und eine Woche danach wurde ihm der Profivertrag vorgelegt. Er hatte um den Vertrag gekämpft.

Er hatte ihn haben wollen, unbedingt haben wollen. Er ahnte zwar vorher, er würde ihn nicht unterschreiben. Aber er wollte gewonnen haben. Jedes Mittel war mir recht, erinnerte er sich. Damals schon. Die Frau des Trainers war mir zu alt und zu versoffen, aber ihr Einfluss auf ihren Mann konnte nicht schaden. Recht geschah ihm, diesem Idioten, zwei Mann mussten wegen Verletzung ausfallen, damit er draufkommen konnte, wer hier der Beste ist. Die blöde Kuh hat mich dann nicht mehr gegrüßt, wie ich nicht unterschrieben habe. Wie wird sich das mit der Frau des Bürgermeisters regeln? Die hat mich mit den Juroren zusammengebracht, wo auch immer. Es war mit jedem Juror wie damals mit dem Puck. Wo der war, war ich.

Strich, wenn ich ehrlich bin, Strich.

Aber ich hätte es geschafft. Im Eishockeytor. Bis in die Spitze. Die Bürgermeisterin hätte ich mir erspart.

Eishockeyprofi, das hätte ich meinen Eltern nicht antun können. Aber nicht ungerecht sein. Ich wollte studieren.

Die Stimmung unter den Designten wurde ausgelassener. Einer hatte aus seiner Zeichentischlade einen CD-Player geholt. Die ersten begannen sich rhythmisch zu bewegen. Eine naturblonde technische Zeichnerin, für einen Ästheten unübersehbar langbeinig, kam auf den Architekten zu.

»Ich möchte dir persönlich sagen, wie ich mich freue.« Sie hatte keine Probleme, ihn links und rechts leicht zu umarmen. Um Gottes willen, dachte er, kein blondes Haar auf dem Revers, meine Frau erwartet unser zweites Kind und ist hysterisch genug.

Ganz so einfach war das Abhauen des Centers nicht gegangen. Da er – als er um vier Uhr dringend Wasser lassen musste – gegen die Trockenheit noch ein Mineral und fünf Schnäpse trank, hatte er lange geschlafen. Dann hatte er sein ganzes Zeug in seine vier riesigen Sporttaschen gestopft, alles in den großen Kombi geworfen und war zum Frühstück gegangen. Dort belaberte ihn der Hoteldirektor: Welche Einkäufe Fehlkäufe gewesen seien und was bei der nächsten Vorstandssitzung des Clubs dringend zur Sprache kommen müsse und dass das Präsidium überaltert sei.

»Und wenn sie dich nicht verlängern«, sagte der Hoteldirektor, »holen sie dich in einem Jahr wieder.«

»Da habe ich schon aufgehört.«

Der Center wischte sich Rührei aus dem Mundwinkel. Dann telefonierte er doch noch mit dem Klubsekretariat, erklärte, dringend wegzumüssen und ersuchte, alles über die Agentur zu regeln.

Er wollte auch noch den weiblichen Chef de Rang grüßen lassen, aber er scheute sich vor dem Grinsen der Leute in der Portierloge, und was zu schreiben hatte er gar keine Lust.

Eine Welle von Zärtlichkeit kam in ihm hoch. In lange nicht mehr verspürter Intensität. Die hat nie von einer Zukunft gesprochen. Die hat nie Ansprüche angemeldet. Aber sie war auch nie zynisch, hat mir nie das Gefühl gegeben, es wäre nur das Bett. Die war einfach nur – ja, ich kann es nicht anders sagen – lieb zu mir. Warum bleibe ich nicht hier?

Entlassen?

Warum nehme ich sie nicht mit?

Wohin?

Nein, Flucht ist noch das Beste. Wortlose Flucht.

Jetzt saß er im Auto. Er fuhr langsam. Es hatte ein wenig geschneit. Bis zur Autobahn war Vorsicht geboten. Nach vierzehn Jahren wieder, oder besser: noch einmal Stadtlingen. Und dann? Den Center fröstelte. Er stellte die Heizung nach.

Was erwartete ihn in Stadtlingen? Nichts als Erinnerungen. Vater hatte es nie einen gegeben. Mit der Mutter hatte er, seit sie in den Norden geheiratet hatte, nur mehr wenig Kontakt. Seiner Exfrau hatte er die kleine Wohnung überlassen, die er seiner Mutter abgekauft hatte. Es war die Fan-Artikel-Verkäuferin, die mit ihm ins erste tolle Engagement gegangen war. Aber ihr Heimweh und seine Sympathie für weibliche Fans waren zu stark geworden.

Dann waren die großen Jahre gekommen. Spitzengagen. Einsätze in der Nationalmannschaft. Einmal eine böse Prügelei mit einem eigenen Mann. In der Kabine. Warum? Ich weiß es nicht mehr. Dann kam diese Doping-Geschichte. Es war Hustensaft. Ich habe jeden Eid schwören können. Aber dass ich nicht gewusst hätte, es wäre ein spezieller Hustensaft, kann ich nicht beschwören. Der Wechsel ins Ausland war danach kein Fehler.

Wer oder was bin ich? Ein kinderloser, allein stehender, vernarbter, schwergewichtiger Fast-Krüppel mit abgewetzten Gelenken. Ich kann kein Eis mehr sehen, mir graut vor Hallen und Umkleidekabinen, ich speie mich an, wenn ich eine Sportseite aufschlage und dieses Geschwätz lese.

Ich habe Geld auf dem Konto. Gutes Geld für – na ja – zehn Jahre. Was dann? Ich sterbe nicht mit siebenundvierzig. Ich muss nach dem Eishockey etwas machen. Was?

Die Mutter war stolz, damals, als ich den Vertrag beim EC Stadtlingen unterschrieb. Studieren kann jeder, hatte sie gesagt, aber wer ist so ein Stürmertalent wie du? Nein, ich will mich nicht auf sie ausreden. *Ich* wollte Profi sein. Ich wollte durch die Stadt gehen und die Schüler mir nachreden hören.

Er sah im Innenspiegel Wasser in seinen Augen. Da tat er sich doppelt leid. Längst war er wieder von der Autobahn herunten. Stadtlingen – 12 km, stand auf einem Schild.

Das hatte der Architekt noch gebraucht: Die Mitteilung, im »Stadtlinger Boten« habe ein Journalist behauptet, die neue Eishalle würde wesentlich mehr kosten, als veranschlagt war. Die nach Ausschreibung betraute Baufirma sei bekannt für schamlose Nachforderungen. Das darf auf keinen Fall passieren, sagte er sich, mein erster Großauftrag muss völlig reibungslos abgewickelt werden. Es ist ganz wichtig, sofort hinzufahren und alles an Ort und Stelle zu bereinigen.

Als er beim Frühstück in der spaceartigen Wohnküche seiner Frau erklärte, nach Stadtlingen brausen zu wollen, kam die scharfe Rückfrage, ob die Jungarchitektin mitfahre, mit der er etwas habe. Er schwor Stein und Bein und besten Gewissens, nein, denn seine Frau hatte die falsche gemeint.

Jetzt raste er mit seinem Luxusauto dahin, die Wintersonne wie eine Verhörlampe im Gesicht.

Diese Ehe endet mit einer Katastrophe, machte er sich klar. Es ist nur eine Frage des Zeitpunktes. Sie wird mir das Weiße aus den Augen nehmen, schon wegen der zwei Kinder. Wie konnte es nur so kommen? Ich bin schuldlos, natürlich, denn sie hat immer nur mich gemeint, nie meine Arbeit, meine Ideen, meine Zeichnungen. Die waren ihr egal. Sie hat mich immer nur als ihren Mann gesehen und nie als den hoch begabten Architekten, den die Welt gefälligst zu entdecken hat, sie hat nie begriffen, ohne meine Zeichnungen bin ich nicht zu haben, sie gehören zu mir wie meine schwarzen Naturwellen.

Kurz vor Stadtlingen wurde er von der Polizei abgewinkt: Geschwindigkeitsüberschreitung.

Der Center war in Stadtlingen gut aufgenommen worden. Die Zeitung hatte geschrieben, ein Mann mit dieser Routine würde als Hirn des dritten Sturmes die beiden jungen Flügelflitzer zu führen wissen. Man erinnerte sich seiner herausragenden Spiele zu Karrierebeginn und brachte auch das eine oder andere alte Foto.

Stadtlingen hatte mittlerweile ein Fünf-Sterne-Hotel einer traditionellen Kette bekommen. Von dort war es für den Center nicht weit zu Training und Match. Das ihm zur Verfügung gestellte Auto stand allzeit unbenützt auf dem Hotelparkplatz. Und wenn er da, den Sportsack über dem Rücken, über die Straße ging und des Öfteren gegrüßt und aufgemuntert wurde, schien sich ein Zeitwunder zu ereignen. Die Fast-Food-Läden verschwanden, die alten Gasthäuser waren wieder da. Er hörte in der Fußgängerzone Autos hupen, wie damals, als er vor Aufregung vor dem Match bei Rot die Kreuzung hatte überqueren wollen. Er erinnerte sich an eine Knutscherei mit seiner späteren Frau in einem Hausflur, der jetzt nicht mehr dunkel war, sondern in einen gestalteten Innenhof führte, wo der obligate Italiener und der obligate Grieche ihrer Opfer harrten.

Wunderbar in meinem Hotel die Hochrippe vom Wagen, was brauch ich sonst?

Fünf Mal hatte er bis jetzt gespielt. Fünf Mal hatten sie in Serie gewonnen, der Aufstieg war zum Greifen nah. In der Zeitung stand, der Entschluss zum Bau der neuen Eishalle sei spät, aber nicht zu spät erfolgt, denn mit diesem abgewrackten und die potenziellen Zuschauer auch nicht mehr fassenden Stadion könne man sich in der Beletage des Sportes nicht blicken lassen, und die sei mehr als in Reichweite.

In der Mannschaftsbesprechung bekam der Center einen nachhaltigen Schlag in die Magengrube. Der dritte Sturm solle heute ausschließlich zerstören, nur defensiv bleiben, den starken ersten Sturm des Gegners neutralisieren, auf Torjagd zu gehen hätten die Linien eins und zwei.

Das hielt der Center für eine Zurücksetzung. Sein Sturm, der dritte, hatte bis jetzt in der Aufstiegsrunde genauso viele Tore geschossen wie die anderen, warum er heute nur die Drecksarbeit leisten sollte, war ihm unerklärlich.

Oder überschätze ich meine Partien bisher? Habe ich mir eingebildet, so gut zu sein wie früher? Vielleicht nur, weil in dieser Liga langsamer gespielt wird? Hat der Trainer recht?

Als sie sich umzogen, ging er aufs Klo. In seiner linken Faust waren drei Pillen. Erstmals drei. Bis jetzt hatte er immer zwei geschluckt, vor der dritten immer ein wenig Angst gehabt, aber es war schon seit längerer Zeit, schon in der Schweiz der Verdacht da, die zwei Pillen griffen nicht mehr so recht. Als das Geräusch der Spülung nachließ, tönte erstmals der Chor von Stiege 11 herein: Keiner wird es wagen, den ECS zu schlagen! Keiner wird es wagen, den ECS zu schlagen!

Schön wär's, sagte sich der Center.

Der Architekt hatte auf einem Dreiergespräch im Büro des Bürgermeisters bestanden. Der beharrte zunächst einmal auf einer Beurteilung der neuen Büroeinrichtung. Seine Frau habe ihm einen fabelhaften Innenarchitekten empfohlen, und er müsse sagen, da habe sie einmal mehr ihren sicheren Geschmack bewiesen. Es war am Architekten, das zu bestätigen. Der log wie immer in solchen Fällen. Er fand alles gönnerhaft gut, aber wiederum nicht so gut, dass er damit seine Position als teure Autorität in Frage stellte.

Der Baumeister kam mit Verspätung. Er habe noch einmal alle Unterlagen auf das Sorgfältigste geprüft.

Der Architekt zwang ihn Punkt für Punkt vor dem entscheidenden Zeugen zu erklären, die Pläne seien unmissverständlich und exakt kalkulierbar gewesen, eine Nachforderung während der Ausführung durch nichts zu begründen. Der Baumeister sprach von üblem Asphaltjournalismus, von gezielter Diffamierung durch die dem politischen Gegner nahe stehende Konkurrenz. Nein, es müssten schon außergewöhnliche Umstände eintreten, dass man nicht im Rahmen der Kalkulation bleiben könne, ließ sich der Baumeister die übliche Hintertür offen.

Nachdem die Herren eine Presseaussendung beschlossen hatten, erkundigte sich der Bürgermeister nach des Architekten Abendprogramm. Da der keines hatte, außer der Übernachtung in der Juniorsuite des neuen Hotels, fragte der Bürgermeister, ob der Architekt denn nicht wisse, dass heute die finale Partie um den Aufstieg gespielt werde.

»Da entscheidet sich's, welche Mannschaften in der nächsten Saison in unserer, in Ihrer – also in unserer – Halle spielen werden.«

Der Architekt hatte sich vor siebzehn Jahren geschworen, nie mehr im Leben ein Eishockeyspiel live sehen zu wollen, zu viel Angst hatte er, die Wehmut könnte ihm das Herz zerschneiden. Aber jetzt riss ihn die juvenile Nervosität des Bürgermeisters und Baumeisters mit. »Keiner wird es wagen …« schwebte durch den Raum und verwandelte die Männer in Halbwüchsige.

Die Halle war übervoll. An die tausend mussten wegen Platzmangels heimgeschickt werden. Karten wurden vor der Halle um den zweifachen Preis an den Mann gebracht.

Der Architekt saß in der VIP-Loge und musste sich von allen Seiten, auch den politischen, sagen lassen, jetzt sehe er einmal live, wie wichtig der Neubau dieser absolut nicht mehr zeit- und leistungsgemäßen, der Bedeutung dieser Eishockeystadt in keiner Weise genügenden Halle sei.

Der Architekt hörte alles nur von ferne. Sein Puls war auf 100. Der Fanclub auf der Stiege 11 brüllte pausenlos. Der Architekt meinte, sie skandierten auch seinen Namen. Er sah auf den Drahtkasten, in dem der Goalie des EC Stadtlingen stand. Die Arschbacken rutschten im Rhythmus der Positionswechsel des Tormannes hin und her. Dem Tormann sprang eine Scheibe weg, ohne böse Folgen. Ist der wahnsinnig?, wischte sich der Architekt den Schweiß von der Stirn, den halte ich heute noch mit einem Zahnstocher fest.

Der Center hielt sich an die Anweisungen des Trainers. Er checkte erst im Mitteldrittel, lauerte auf Fehler der gegnerischen Verteidiger. Und schon schlug einer über die Scheibe. Der junge Flügelflitzer brachte sie an sich und fuhr in Richtung Tor. Du musst mitfahren, sagte das Unterbewusstsein des Centers. Zum ersten Mal an diesem Abend brannten die Lungen. Aber er war im goldenen Moment vor dem Tor, als der Querpass kam. Stadtlingen führte 1:0.

Der Architekt sprang wie alle auf, umarmte links und rechts Leute, von denen er nicht wusste, ob sie Fremde oder alte Bekannte waren. In den abklingenden Jubel nannte der Platzsprecher die Namen des Assistgebers und des Torschützen. Der Architekt musste den Namen überhört haben, als vor Beginn des Spieles die Aufstellung angesagt worden war. Wahrscheinlich hatte er noch im verwahrlosten alten

VIP-Raum einen Aufwärmschnaps getrunken. Dann hatte er den Center des dritten Sturms wohl als langsam, aber sehr gediegen befunden, doch hinter dem Plastikschutz nicht erkannt. Jetzt war ihm klar, wer der Mann war.

Der spielt noch? Noch immer? Und hier?

Er ließ sich von einem kundigen Nachbarn das kürzlich erst erfolgte Engagement für das Play-off erklären. Voll des ungebremsten pubertären Neides starrte der Architekt nur mehr auf den Center. Ob er nun auf der Bank saß oder auf dem Eis war.

Wenn der noch spielt, könnte ich ja auch noch. Welcher Irrsinn hat mich geritten, nicht Eishockeyspieler zu werden, nicht da draußen zu stehen und den Gegner in die Verzweiflung zu treiben, anstelle dieses nur vom Glück gesegneten Dilettanten in unserem Tor?

In der zweiten Drittelpause stand das Spiel remis. Im VIP-Raum ließ sich der Architekt mit der Clubgeschichte seit seinem Ausscheiden ein. Er erzählte dem Gesprächspartner, der Center und er seien damals die einzigen Abiturienten der ersten Mannschaft des Clubs gewesen. Sie hätten auch miteinander geredet, ob sie beim Sport bleiben oder etwas anderes machen sollten. Sie seien sich nicht einig gewesen, jeder habe der Entscheidung des anderen misstraut. Ein leicht Lallender kam hinzu und erklärte dem Architekten, so ein Tormanntalent wie ihn habe es seit damals nie mehr gegeben. Nie mehr!

Wie Stolz foltern kann.

Der Center saß in der Umkleidekabine und malte sich das Schlussdrittel aus. Was der Trainer herumbrüllte, drang nicht bis zu ihm. Er würde die taktische Anweisung jetzt lockerer begreifen, mehr riskieren wollen, nahm er sich vor. Er griff in die kleine Tasche im Futter seiner Sporttasche und fingerte eine vierte Tablette heraus. Er schluckte sie vor aller Augen. Niemand schien es zu bemerken.

Zwei Minuten vor Schluss der immer härteren Partie handelte sich einer der Stadtlinger eine Strafzeit ein. Die Mannschaft war bis zum Spielschluss in der Unterzahl.

Ich schlage diesen primitiven Idioten tot, dachte der Architekt. Wie kann einer nur so blöd sein?! Jetzt verlieren wir wegen dieses Arschlochs!

Die Unterzahl der Heimischen machte die Gegner unvorsichtig. Sie rannten planlos und überstürzt an. Der Center sah voraus, sein finnischer Verteidiger würde an die Scheibe kommen, und stahl sich auf Verdacht zur blauen Linie. Der Pass kam beinhart, aber genau. Der Center nahm ihn an und fuhr – er hatte das Gefühl, die Lungen kämen ihm bei den Ohren heraus – auf das Tor zu. Die in das Hirn eingekerbten Programme sagten ihm, zum Umfahren des Tormannes fehlt schon die Kraft, es gibt nur mehr eine Möglichkeit: blind draufzuhauen. Er schoss ein Tor, wie man es in jeder Saison nur einmal schießt.

Der Architekt wischte sich die Freudentränen aus den Augen. Er hatte gesiegt. Er persönlich.

Im VIP-Raum überbordete die Stimmung. Er war viel zu klein für die Vielen, die da feiern wollten. Bier und Sekt flossen, die Platten mit den Hühnerbeinen und den Koteletts mussten im Nu erneuert werden. Der Krach war an der Obergrenze des Erträglichen. Nach und nach kamen die Spieler, je nach Verdienst akklamiert. Der Center wurde gefeiert. Der sah und erkannte sofort seinen Tormann von einst. Der Mann, von dem er erfahren hatte, er sei der geniale Entwerfer der neuen Eishalle. Die Männer umarmten einander, als ob sie immer schon die innigsten Freunde gewesen wären. In dieser Sekunde waren sie es. Rückwirkend.

Sie standen in Rauchschwaden.

»Wird im neuen VIP-Raum der Abzug funktionieren?«, fragte schwer atmend der Center.

»Sicher. Aber es wird wohl Rauchverbot geben.«

»Schön wär's!«

Nach zwanzig Minuten waren sie sich einig, hier abhauen zu wollen.

»Ich weiß ein Landgasthaus. Der Wirt ist ein Fan.«

Sie fuhren in der Nobelkarosse des Architekten. Der Center gab den Weg an.

»Schönes Auto. Du hast es geschafft!«

»Was habe ich? Einen Dreck habe ich!«

Nebel fiel ein. Sie hatten sich auf die Abzweigungen zu konzentrieren.

Sie saßen in einer beinahe leeren, holzgetäfelten, synthetisch auf alt getrimmten Gaststube. Aus dem Raum für geschlossene Gesellschaften drang Lärm. Der Bowling-Club feierte sein zehnjähriges Bestehen. Hinter der Theke stand eine hübsche Serviererin.

»Nicht schlecht!«, sagte der Architekt.

»Fad.«

»Weißt du schon?«

»Ja, weiß ich schon.«

Der Wirt, ein schleimiger, überhaupt nicht in seine ländliche Kleidung passender Typ, bedauerte unendlich, wegen der Bowling-Feier nicht dabei gewesen zu sein. Aber er wusste natürlich das Ergebnis und wollte den Schützen des Siegestreffers einladen. Es käme eine Platte mit den Spezialitäten der Region. »Alles hausgemacht«, log er.

Als die beiden ihre ersten Biere intus hatten – das Verhältnis im Trinktempo war 3:1 für den Center –, kam die Platte. Ein Berg von Blut- und Leberwurst, Hartwurst, Schinkenspeck, Räucherkäse, Rettich, Zwiebel, Pfefferoni, Schmalz, dazu Landbrot.

»Das kann ich alles nicht essen«, sagte der Architekt, als der Wirt mit seinem »Und jetzt einen recht guten Appetit!« gegangen war. »Mein Magen rotiert schon beim Anblick.«

»Bis auf die harte Wurst esse ich alles«, meinte der Center und drückte mit zwei Daumen die Prothese am Oberkiefer fest.

Der Architekt schluckte eine Magentablette.

»Den Käse kann ich ja probieren.«

Es begannen die »Weißt du noch, wie« – und die »Kannst du dich noch erinnern, wie« – Gespräche. Spiele von damals wurden noch einmal durchgespielt, Siege gerühmt, Niederlagen wegen des Versagens von Kollegen als unausweichlich erkannt. Heroen und Nieten, wunderbare Eisläufer und blöde Prügler bevölkerten das Eis der Vergangenheit. Die Abiturienten rekonstruierten mit der Ernsthaftigkeit einer Entscheidungsprüfung die Namen der Sturm- und Abwehrreihen.

»Der Kasparek hat damals im zweiten Drittel –«

»Der Kasparek war nie bei uns.«

Der Center hatte Probleme. Immer wieder einmal nannte er einen Spieler, den sein Gegenüber nicht kannte. Und dann kam er drauf, er hatte Stadt oder Club oder Jahr verwechselt. Sein persönlicher Film vom Eishockey war – zumal unter Alkohol – wirr zerschnitten. Ein gigantischer Videoclip ohne Dramaturgie. Bald wollte er sich nicht mehr irren und damit blamieren, wie er befürchtete, und ließ den Architekten reden.

Der wusste alles. Sein Hirn war das Archiv seiner sportlichen Jugend. Logisch, sagte er zu sich selbst, ich habe nur die Zeit, in der ich als Jugendspieler auf der Tribüne saß und mich in den Kasten der *Ersten* träumte. Ich kann alle Mannschaftsaufstellungen auswendig, bei denen ich dabei sein wollte. Und dann kam diese eine Saison, dieses eine Jahr Leben. Ich erinnere mich an jedes Tor, das ich bekommen habe. Ich weiß von jedem unhaltbaren Schuss, was geschehen hätte müssen, um ihn haltbar zu machen. Ich kann die Fluglinien des Pucks nachzeichnen. Exakt.

Der Architekt erzählte mit der Begeisterung eines dennoch gescheiten Sportreporters.

Irgendwann war das Thema Eishockey durch.

Die Zungen wurden schwerer. Die Hirne klarer. Die Gespräche tiefer.

Jetzt ging es um die Platzierung in der Liga Leben. Jetzt ging es um die Existenzen.

Der Architekt verbat sich die Bemerkung, er hätte es geschafft. Ein vermanagtes, korrumpiertes, magenkrankes Arschloch sei er, möglicherweise kurz vor dem Scheitern einer Ehe, mit der Aussicht, um die Zeiten streiten zu müssen, in denen er seine Kinder sehen könne.

»Du hast Kinder«, sagte der Center. »Du hast eine Frau. Ich habe keine Kinder. Ich habe Serviererinnen. Und du hast Kohle.«

»Wenn ich arbeite wie ein Tier. Wenn ich so ziemlich alles nehme, was kommt. Le Corbusier bin ich keiner geworden und werde auch keiner mehr.«

»Wer bist du nicht geworden?«

»Corbusier. Ein großer Architekt.«

»Bin ich vielleicht Wayne Gretzky?« Der Center wurde beinahe laut. »Im nächsten Jahr pfeifen die mich aus, die mich heute gefeiert haben. Und in fünf Jahren frag ich dich, ob du einen Chauffeur brauchst.«

»Red nicht so einen Blödsinn! Du hast dir doch was erspart! Du kannst doch was anfangen mit deinem Geld!«

»Möchtest du mir sagen, was? Vielleicht ein Bauherrenmodell, damit ich es *ganz* rasch los bin?« Sie wurden immer betrunkener.

Der eine versicherte dem anderen, der größte Fehler seines Lebens sei gewesen, nicht Eishockeyprofi geworden zu sein. Der andere schwor bei seinen Bandscheiben, niemals mehr diese Entscheidung zu treffen, hätte er eine zweite Chance.

Die Ausweglosigkeit, der Kreisgang ihrer Argumentationen begann sie zu amüsieren.

»Also, was ist: Tauschen wir?«, fragte der Architekt.

»Du hast die Schlusssirene überhört«, kam die fachmännische Auskunft.

Die Bowling-Runde war gegangen. Der Wirt setzte sich ohne zu fragen auf einen dritten Stuhl und redete über Eishockey. Keiner hörte ihm zu. Sie entwarfen im Rausch die Bilder des Lebens, das ihnen entgangen war. Der eine sah sich ins All-Star-Team der NHL gewählt, der andere als Gymnasialprofessor für Turnen und Geschichte und gleichzeitig als Vorstand des Elternbeirates.

Gegen vier Uhr morgens merkte der Wirt endlich, dass das Schweigen der beiden nicht Zuhören bedeutete. Er regte das Heimgehen an. Zu zahlen war selbstverständlich nichts.

Der Architekt und der Center traten in die späte, eiskalte Winternacht. Ihre Mäntel trugen sie über dem Arm. Sie spürten die Kälte nicht.

»Ich glaube, es war zu viel«, sagte verlegen lachend der Center und kotzte Pillen und Leberwürste hinter das Auto. Diesen Anblick ertrug der Magen des Architekten nicht reaktionslos. Er kotzte daneben.

Sie waren etwa zugleich fertig, sahen erst einander und dann ihre Kotze an.

»Tauschen wir?«, fragte der Architekt.

Sie kriegten sich nicht ein mehr vor Lachen.